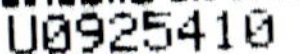
U0925410

野草
野草

西安电子科技大学

秋荻文学社三十二周年聚会

秋月依旧照荻花

秋荻文学社

西安电子科技大学出版社

内 容 简 介

秋荻文学社，一个诞生于西军电这样的理工科高等学府的学生社团，经过一代又一代人的努力，已经在风雨中默默走过了三十二载春秋。从最初的寥寥数人到现在每年入团的新生可达百余人，从最初的名不见经传到现在的举校皆知，无不浸透着每一个秋荻人的汗水。值此四八大寿之际，我们特地推出了我们的纪念文集《秋月依旧照荻花》。这本文集共有“故园三十二年前”“再回首，依稀当年”“离离原上草”“又是一年荻花开”这四个板块，按照时间顺序收录着七十余篇出自秋荻人之手的诗与文。每一首诗都歌颂着一个孤傲的灵魂，每一篇文都描述着一个动人的故事。也许在很多人眼中，我们的作品不过尔尔，但我们要用自己的文字书写内心对文学的执念，让更多的读者能在这个喧嚣的世界里发现一抹皎洁的月光。

图书在版编目(CIP)数据

秋月依旧照荻花/秋荻文学社编著. —西安：西安电子科技大学出版社，2014.12

ISBN 978-7-5606-3585-9

Ⅰ.① 秋… Ⅱ.① 秋… Ⅲ.① 中国文学—当代文学—作品综合集 Ⅳ.① I217.1

中国版本图书馆 CIP 数据核字(2014)第 300433 号

策　　划　刘玉芳

责任编辑　张晓燕

出版发行　西安电子科技大学出版社(西安市太白南路 2 号)

电　　话　(029)88242885　88201467　　邮　　编　710071

网　　址　www.xduph.com　　电子邮箱　xdupfxb001@163.com

经　　销　新华书店

印刷单位　陕西华沐印刷科技有限责任公司

版　　次　2014 年 12 月第 1 版　　2014 年 12 月第 1 次印刷

开　　本　787 毫米 × 960 毫米　1/16　　印　张　24　　彩页　2

字　　数　291 千字

印　　数　1～3000 册

定　　价　50.00 元

ISBN 978-7-5606-3585-9/I

XDUP　3877001-1

如有印装问题可调换

前　　言

秋荻文学社已经成立三十二年了，和学校其他社团一样，一直是校园文化建设的积极参与者。

她的成长，如同一棵树，经历了播种、生根、发芽、长大，直到成熟。我作为一位见证者，回忆起来，仍历历在目。

西电是一所工科院校，对于文学社团来讲，植根的土壤并不肥沃甚至贫瘠，在莘莘学子中也缺乏追随者和关注者。

可喜的是，在一届又一届文学青年爱好者的坚持耕耘努力下，秋荻从一棵幼弱的小苗，经历风雨阳光，终于成长为一棵大树，开出了芳香之花，结出了硕大之果。今天，可以骄傲地说，秋荻文学社是西电历史最悠久、影响力很大的学生社团。

三十二年后的今天，在校举办秋荻成立三十二年纪念聚会，其令人兴奋而感动，这是西电社团史上一壮举。

在伴随母校走过的三十余年成长历史中，秋荻的社员们用自己的笔写了许多东西，其中诞生了诸多美文佳作，本文集收录了秋荻文学社从创立到现在的一些优秀作品。这些作品与作者都很年轻，他们的文笔可能青涩，但是他们的情感却无比真诚，那是一块块光洁的璞玉，在悠悠的秋荻历史中留下了浓厚的一笔。让我们随着它，走进秋荻，走近他们。

涂益杰

2014 年 11 月

序一

当墨香扑鼻、清新脱俗的《秋月依旧照荻花》文集出现在我面前时，很难想象这是一份由我校秋荻文学社成员完全自主创办的纪念文集。

秋荻，我校创立时间最长的社团，在一届又一届秋荻人的努力下，陪伴全校师生一起走过了三十二个春秋的风风雨雨，在西电这样的理工科大学里营造了一个独一无二的心灵乌托邦。在这里，虽说没有湖笔的优雅，也谈不上徽墨的清香，但有着一届届孩子对文学如火的热情，对社内活动的责任，还有社内成员之间无微不至的关心，让远行的游子重温家的感觉。

而《秋月依旧照荻花》这本文集，是秋荻成员为了纪念这个大家庭三十二岁生日而捧出的贺礼。在这里，才华横溢的孩子洋洋洒洒，一泻千里；不善文辞的孩子感情真挚，朴实无华。一首首诗歌让你为作者天马行空的想象力拍手叫绝，一篇篇散文让你为作者细腻婉转的感情感同身受。不同体裁，不同内容，不同风格，这是一个最贴近学生的文化大观园。在这里，我们看到了学生对文学的热爱，对创作的追求，对自我的肯定……

不难看出，这本文集中蕴含了许多秋荻人的汗水，希望秋荻能在未来的路上越走越远，让这片心灵乌托邦继续温暖着全校师生。

龙建成

2014年11月

序二

告别西电的大学生活快三十年了，许多悠远的往事随时光的流逝在岁月中渐渐淡去。在2013年10月的最后一天，突然收到了李攀学弟发来的西电秋荻文学社三十二岁生日再聚首活动的邀请，先是感到惊讶，有些不敢相信，这是真的？自从毕业后和秋荻文学社就断了联系，光阴荏苒，那段难忘的经历以为就此尘封在往事的记忆里。当听到学弟肯定的回答，顿时倍感激动，正是那个我曾经为之付出为之骄傲的秋荻文学社，三十二年栉风沐雨，不辍前行，一如秋之荻花，年年吐芳，岁岁怒放。

大江东去，一幅长河落日的美景跃然波涛之上，寻望着漫漫江滩无际的芦苇，夕阳下在风中曼妙地摇曳，渐渐地，思绪也伴着飞扬似雪的芦花飘落在三十二年前的那个秋季。

1981年夏去秋来，已是踏进西电校园的第二个年头，瑟瑟秋风如约而至，扫过校园的每一个角落，落叶纷纷的秋色中透着阵阵寒意。下午时分，校园中央的大操场上人声鼎沸，一个个年轻的身影在风中跳动。在操场东边花园旁的一间大会议室里座无虚席，热烈的气氛胜过了操场的喧闹，这里正进行着西电新一届院学生会的选（推)举。此时台上3系(计算机系)80级的王超正在发表竞选演说，语调慷慨激昂，不甚标准的普通话透射出青春的激情与活力，精彩的演说赢得听众的阵阵掌声。提起这段往事，是因为它和秋荻文学社的创建有着密不可分的联系。

还是在秋季，王超被选为西电新一届学生会副主席兼宣传部部长，我也被组阁进学生会宣传部，委员还有4系(电子机械系)的李薇和6系(微波通信系)的付卫东。参与学生会工作之前，我和王超从未谋面，正是在学生会的交集，开始了我们几十年延续至今的友谊。

在西电主楼中厅的二楼学生会办公室里，王超新官上任，召开了换届后宣传部第一次工作会议。在讨论了宣传部将要开展的黑板报展评、广播宣传、西电第一次文学征文比赛等活动及工作布置后，王超不禁提高了语调，抛出了宣传部工作的重头戏，由宣传部组织成立西电文学社。对于这一提议，有些出人意料，委员们完全没有思想准备。王超随之和盘托出了自己的想法，大家听后情绪变得高涨起来，对成立文学社展开了认真的讨论。经过大家一番热议，在兴奋与期待中，一致赞同成立西电文学社，并进一步讨论明确了社团的宗旨、加入文学社的条件要求，以及社员招聘和活动的开展等具体事项。随后王超将成立西电文学社的设想向院团委作了汇报，获得赞同。当时院团委负责学生工作的副书记王源湘老师以及书记陈大旺老师，对文学社的成立以及后续活动的开展给予了大力的支持和指导，西电文学社可谓根正苗红。

西电文学社的创立，从产生的时代来看，有其历史的必然性。在上世纪八十年代初，中国刚刚迈开改革开放的步伐，政策环境变得宽松起来，人们逐渐挣脱文革的思想禁锢，谨慎接受着来自国门之外的思潮和文化，许多新生事物在悄然兴起。港台歌曲当时在国内开始流行，但有些歌曲被贴上了靡靡之音的标签，不能公开播放，同学们于是就自己买磁带互相翻录，偷偷在宿舍放；学跳交谊舞，对于当时的大学生来说是最新鲜的，开始也只敢在宿舍里练练舞步，周末晚上在教室里腾开桌椅偷着开个班级舞会；国内外名著以及各类书籍得以开禁，一时间兴起了读书和文学创作的热潮，使长久以来贫瘠的文化沙漠开始生出绿洲，文学爱好和创作也成为青年们追求的时尚标签。当时在西安的大学里，成立学生社团的为数不多，文学社团更是凤毛麟角。像西电这样从军事院校沿革过来的工科院校，校园的人文氛围更是沉闷，在日益开放的环境中，同学们希望在枯燥的工科课程之外，能够吸收更多的知识和获得个性发挥的空间，其中不乏对文学的爱好和追求。所以说西电文学社的成立，正是在那个文化贫瘠的年代顺应了大学校园里对文学的渴求，也首开文革后西电成立文学社团之先河。

西电文学社获准成立，我被委以社长的重任。文学社成立后的首要工作就是招募社员。和现在大学校园里众多的学生社团摆摊设点、摇旗呐喊式的招兵买马不同，西电文学社首批入伙的社员都是宣传部的委员们在各自的系里班上老乡朋友中吸收的有文学爱好的同学。那时西电一共有六个系，学生四千多人。记得最早的社员有3系80级的杨丽达、柯丽芳，81级的高岩、顾长富，1系80级刘征南、吴为平、刘小光、李亚民，5系80级王建奇等，也就十个人左右。后来通过文学征文比赛以及相互推荐，又陆续吸收了许多81、82级的同学，到我离校时，文学社第一期社员大约有三十来人。

写到这里，依稀的记忆中，那个激情燃烧青春绽放的岁月又开始清晰地浮现出来，三十多年前一伙朝气勃勃、鲜活生动的社员群像又仿佛历历在目。首先出现在眼前的是王超。王超是湖南长沙人，人不显高大但有魄力，思想活跃、思路开阔，做事果断，始终不缺少激情，很有领导才能，是西电文学社的重要创始人；西安人刘小光，首批入伙的典型文艺青年，嗓音醇厚，对莎士比亚的戏剧颇有研究，酷爱话剧表演，走错校门进西电读了工科，毕业后仍执著于梦想，现在是知名电影导演阿甘，以导演恐怖片而闻名，近几年拍摄了《大电影》、《高兴》等有影响的喜剧片；吴为平，四川青神人，为人随和热情，戴着深度眼镜一副学究像，喜爱诗歌创作，常有捏腔拿调的即兴诗朗诵，引得一片笑声；杨丽达，具有北京姑娘的爽朗大方，喜欢读名著，擅长评论，思想独到，也写写诗歌散文，是文学社的才女；高岩，西安人，为人沉稳低调，话语委婉，亲和力强，书香门第的浸润使其不经意间都透出文学的气息；康春华，有些多愁善感的西安姑娘，看似柔弱但不乏激情，朗诵的声音很好听，当年代表文学社参加了陕西高校的演讲比赛；还有王杰、薛晓生、陈怀志、屠本建、张泽云……就是这些工科院校里的文学青年，为着一个共同的爱好和追求走到一起，投入满腔的热情，点燃了秋荻文学社的火种，弹指间三十二载文化流芳、薪火相传。

思绪在往事的记忆中游荡，顺着时间的脉络流淌。

1981年进入冬季，宿舍和教室都开了暖气，当时文学社的活动是借用院学生会的办公室，房间里未安暖气，只有一个带烟囱的煤炉生火取暖，炉上烧着水，暖暖的不时冒着热气。晚饭后夜色降临灯火阑珊，西电校园里几个学工科的文学青年顶着刺骨的寒风，穿过已是寂静空旷的马路，齐聚在了学生会办公室暖暖的火炉旁。这是西电文学社成立后的第一次活动，看得出每个人脸上都透着兴奋的神情。由于社员们有的是初次见面，短暂的缄默后，一番自我介绍，大家便一见如故，相互攀谈起来，渐渐引入对时下广受热议的小说诗歌的讨论。那时有一份杂志叫《作品与争鸣》，既刊登新近发表的小说诗歌，也刊载对作品正反两方面的评论，当时最引人关注和引起争鸣的就是文坛兴起的伤痕文学和朦胧诗，那晚大家讨论的热点也是卢新华的《伤痕》、张贤亮的《灵与肉》、顾城的朦胧诗，还有舒婷、北岛、张弦、王安忆……时有不同观点的碰撞，擦出思想的火花，气氛热烈暖意融融，不觉夜已深仍意犹未尽。就是在这个文学沙龙式聚会的夜晚，秋荻文学社翻开了三十二年历史的第一页。

文学社的成立给西电校园带来了一抹亮丽的绿色，当春天到来的时候，已然焕发出勃勃生机。1982 年在西电纪念五四青年节的文艺演出中，文学社精心排练，由刘小光、杨丽达等自导自演的话剧《哈姆雷特》登台亮相，独树一帜的节目使师生们感到耳目一新，在收获了阵阵掌声的同时，也使文学社的影响力剧增。文学社的活动更加多姿多彩。沣峪口郊游，信步穿行于山谷巨石之间，惊叹于天地造物之神奇，情不自禁吟诗颂文于旷野；楼观台怀古，感世事变迁沧海桑田，中华人文博大精深，个中哲理参不穷道不尽，发人深省，引人遐思；赴延安开展社会调查，途经黄帝陵拜祭人文始祖、洛川会议旧址驻足聆听，仰望宝塔山，徜徉延河水，土窑洞里和老乡同吃同住，田间地头当午正锄禾。

走出校园，感怀社会、自然与人文，社员们进入了一个畅想的空间，创作了许多美诗美文，只可惜当时没有编辑成册，成为一大遗憾。

1982 年圣诞平安夜，文学社又组织了一次“出格”的活动，举办了一场平安夜欢庆舞会。教室里烛光点点，舞曲漫漫，许多社员还带着同班的俊男靓女加入其中，不论舞步是否娴熟、舞姿是否优美，大家尽情欢舞，体验着遥远西方的生活情调。这次舞会的举办在校园中也是轰动一时。

随着在西电校园里产生的反响越来越大，文学社的活动也不能再满足于孤芳自赏，需要开辟一个窗口对外传播，创办社刊的设想由此产生。这样的提议社员们当然积极响应，全情投入创作了一批诗歌、散文还有评论，组稿工作很快完成。由杨丽达、李亚明、高岩等五六个骨干组成了社刊编委，我和王超也参与其中。

注定又要度过一个不眠之夜，还是在学生会办公室里，文学社为出创刊号正在挑灯夜战。创刊号万事齐备，可最重要的刊名还没想好。那晚首先是围绕着取刊名掀起了一场头脑风暴，大家不时提出自己的想法，时而肯定时而否定，难以取舍。"起步"、"秋荻"、"小草"……大家商议了好一阵后，渐渐聚焦在"秋荻"上面。秋荻若羽、荻花似雪，更有白居易的"浔阳江头夜送客，枫叶荻花秋瑟瑟"，不只是秋荻古往今来被用于对美好意境的描绘，还有秋荻之本芦苇所具有的草根本质。芦苇茎直株高，遍野丛生，有赞道"迎风摇曳多姿态，质朴无华野趣浓"。这不正契合了学生社团社刊草根一族的特点。难题终于解开了，大家一致赞赏，"秋荻"从此植根于西电这片热土。

有了"秋荻"，大家就觉得"西电文学社"叫着太直白平淡，应该也取个大名，不如社名刊名统一，于是一致同意西电文学社冠名"秋荻"，"秋荻文学社"从此唱响回荡至今。

夜已深了，办公室的灯光依然亮着，大家为"秋荻"的诞生还在激动不已。接下来是创刊号排版印刷，那时印刷用的是滚筒式油印机，先要把内容刻在蜡纸上，俗称刻钢板，然后调好油墨，上油印机用滚筒推墨印刷，一切都是手工完成的。一晚上大部分时间都花在刻钢板上，版式、字体、插图也没有过于讲究，印出来后版面显得很拙朴，却也别具意趣。刻钢板可是个苦活、累活、细致活，原来谁都没干过，可一旦投入，各个凝神闭气，只听见笔尖划动蜡纸的沙沙声。当东方吐出了鱼肚白的晨光，《秋荻》创刊号也终于油印完成。望着墨迹未干的创刊号，仿佛一件伟大的作品横空出世，大家想欢呼雀跃但已没了力气，只是默默地欣赏。

《秋荻》创刊号由于是试刊，所以印刷的份数不多，主要在文学社内部传阅，也呈送了院党委宣传部和团委。当我们为《秋荻》的创刊正倍感兴奋之余，却不料捅了大娄子。党委宣传部从《秋荻》创刊号所刊载的内容中发现了问题，有些张扬个性、思想开放的内容不符合当时的主旋律，被定性为“自由主义和不良思潮”，《秋荻》被责令全部收回，刊物也不许再办了，文学社倾注心血充满期待的《秋荻》就这样夭折了。

三十二年过去了，秋荻文学社终究成为西电学生业余生活中最靓丽的一道风景线，作为秋荻文学社的创建者，感到由衷的自豪和骄傲。回望 1981 的秋风、冬夜，也注定成为一生中值得不断回味的难忘时光。

余佳川

2014 年 11 月

目　录

故园三十二年前

再回首，依稀当年

离离原上草

又是一年荻花开

故园三十二年前

三十二年前
荻花初开

无论过了多久
无论那些荻絮飘向何处
他们的故园
永远是那片秋月照下的荻花丛

那些曾经的书生意气
那些难忘的青葱岁月
从未走远

夜晚即景

文/屠本建

年轻人纷纷扬扬从酒馆一起飘出，
隔壁咖啡厅里的音乐不错，只是咖啡太苦。
粗心的青年遗落了一本精致的童年，
在堆满纸屑的大道上闪着光亮，
路人急匆匆地行走也很粗心，
一次次从童年上踏过却从不留意。
几辆患夜游症的汽车在街上神气十足，
剧场外冷冷清清里面却又哭又笑，
情侣们总喜欢走向暗处，
这里面的哲理似乎从没有人思索。
夜晚的自由市场被迫转移，
讨价还价也总是在暗处，当然点着灯，
小学生们离开晚自习教室蹦蹦跳跳，
没有人抬头注视星空没有人注视远方，
月亮编的神话再也无法吸引他们，

他们喜欢人情味的电视剧而不再是《南征北战》。
有一位小小姑娘在路旁弯下了腰，
拾起了已满满灰尘的童年然后弹尽灰尘，
从此她便每夜每夜坐在路灯下静静等待，
等待天亮等待失主……

武当弟子

文/屠本建

嘿嘿，无师自通
我是武当的邪传弟子
出世二十年，血脉承袭的武当派训
忍让
捏紧的拳头作一梦搏击的传说
眼孔总是布裂血丝
愤视他们
至少是四十岁都有着十年以上的软功历史
然后道一声“前辈见谅”再打一路武当硬掌力克他们的软功
而他们
软功也确是强哟盘腿而坐微闭双目连说“百善孝为先”
一套四书五经上学来的软功和我打斗的也是难解难分

这一套江湖厮杀　　　哈哈

牵动着所有的心与手只有山岳

若无其事地摇摆听爵士音乐

因为胜负自有天定

而我

又是战无不胜

还有你们

同我一般血气方刚一般年龄同样捏紧拳头同样瞪眼的小子

也有着战无不胜的历史同他们

接下来就该由我们　　我和你们

燃起又一堆江湖烟尘

打

我们没有牵挂没有草状妻子在枕边出馊主意

惧慌地期望战胜别人战胜一切

这才是男人

而男人是不该有妻子的

用血和泪就足以完成一个儿子或者一个女儿的形象

那么来吧

高挽起袖口带着你们的家伙

别想在暗处耍几路花拳绣腿投几枚飞镖暗器

那么来来来　　　来吧

明日中午在太阳宫殿里搭起个擂台

管你什么峨眉少林还是华山奇剑

我武当弟子向来是后发制人

原野上，跑着一个女人

文/鲁加国

夜雪
轻轻地悄悄地飘落
没有月亮的月色
没有琴弦的韵律
大地倾听着呼吸
黎明匆匆地赶来
一只小鸟，在苍茫中
飞翔，盘旋，鸣叫
寻找栖息的地方
……
前面跑着一个女人
一个熟悉的倩影
呵，还记得
每月半十五的清晨
她总是早早地来到邮局

邮戳、体温、希冀
海那边，有个类似的邮局
……
那一切是多么清晰
清晰得像头盔，长矛
蒸腾出的恐惧，叹息
向四外扩散
真的，月下的依偎，绿荫下的低语
潇洒的身姿以及盛夏般的狂热
不再属于她了

小街雨景

文/高亚军

小街湿淋淋的了
雨 还在下
路旁的积水
半掩门扉的人家
穿着爸爸的大雨鞋

打着妈妈的小花伞
一个小男孩儿
盯着他的小纸船
在水洼边
编织着航海的梦幻
哦 专玩的孩子
不去凝望街景
也不理会别人的凝望
雨伞 红 黑 蓝
小街的树枝上湿淋淋的花朵
匆匆飘去了
雨伞下的世界
熟悉 陌生 遥远

小街湿淋淋的了
雨 还在下
临街的小店喝酒弹唱很热闹
风雨中的那株梧桐树
忽然感到很寂寞
雨 还在下
那是梧桐无奈的泪
在默默飘落

南方人的故事

文/张泽云

当竹林的涛声
唤醒沉睡的巫山峡口
当庄重的青城拖出
岷江中双手挥动历史的李冰
使回忆永恒
被北方的风撩起额发的少年
泪水蒙住了双眼

被北方的风撩起额发的少年
泪水蒙住了双眼
一直向前走吧
只要你永远记住南方的土地
——丰富、宁静而深沉

又是一场大雨
只有爽快的北方

才这样爽快地流泪
甚至是悲伤
南方也只是断断续续
如果你珍视勇敢而自由的山鹰
请移开注视我前额的眼睛
移开吧
就只是片刻的希望

永不结果的花期
绕线扣得不准的风筝

没有动摇
甚至没有一点
逃离故乡养育的摇篮
只是为了看一看北方的山
是否不同南方的山

混乱的四季
却从秋雨中长出一叶新绿
在春风中枯萎落地
你为什么突然关闭百叶窗
是记起太阳背后的绪语
还是忘了
最勇敢的青年也害怕孤寂

以一个决然的转身

以一个决然的转身
我接吻一次太阳的手指
以南方的名义
将自己纳入行星运转的轨迹

世纪的相撞

文/陈怀志

钟声 为了早春晨风的摇曳 匆匆地走出
被绿树浓郁了的校园
沿着马蹄刻下灰色记忆的田坎
急切地
和多少代父亲
一滴滴反射太阳骄横的
晶莹的艰辛
一滴滴浇灌儿子的
眷眷的希冀
染成油墨的黄土地

相——撞
计算机终端白色的长弦
开始抖落一串世纪的音符
乳白色的电子束
开始严峻地
扫描历史的回音
扫描世界的轮廓
然后从荧光屏走出
手挽长弦上抖落
激越的音符——和耕牛的犄角
和农夫的吆喝
和搬运工颤动的腿
和船老大扭动的腰肢
和黄河水悬浮的山脊
和圆明园清晰的噩梦 相——撞
烟尘 火花 迷蒙的抖落
历史的热吻
世纪和世纪的撞击
猛撞下的火花
如同点燃地平线上朝霞的冲光
铿锵的声音
不就是早春晨风中呼唤黎明的
钟声

站立、沉默

文/江翔

当我第一次置身于秦俑威严的军阵前时，
深深感到一种莫名的震撼，
只因为这站立的军士，
只因为这无声的军阵。

沉默，沉默，
威严的沉默。
就这样在沉默中站立，
就这样在站立中沉默，
斗转星移，十几个峥嵘世纪，
你们都是这样站立。

是因为西秦的黄土烧制成你们的躯体，
还是因为黄河的流水汇聚在你们的心窝？
你们竟这样无声地站立——
无声地沉默！

沉默，沉默，
是喜，是怒，是哀还是乐？
你们为什么不说——
无声的沉默！

（一）

你的眼神为何充满忧伤，
是思念家乡的父亲，还是悲叹人生如此嗟咤？
真是这样，又为什么要沉寂！
难道不知孟姜女为你把长城哭倒，
难道不知慈母呼儿竟把喉咙喊破！
你该起来斗争，你该起来反抗啊，
可你却依旧是忧伤地沉默！

（二）

你的嘴角怎么挂着冰霜的划痕，
是因为青铜的剑戟击碎了你的欢乐，
还是因为塞外风雪把滚烫心儿吹落？
真是这样，又为什么要沉默！
你该去奋斗，该去把那心儿找回，
可你却依旧是冰冷地沉默！

（三）

你的躯体为什么积蓄着怒火，
是因为奴隶工匠的血泪落入你的体魄，
还是因为始皇残暴
——把你的自由剥夺！
真是这样，又为什么沉默！
你该用愤怒的心，
去点燃愤怒的火，
焚烧这地宫的一切恶魔，
可你却依旧是愤怒地沉默！

我茫然，我不知所措，
你们为什么这样看着我？
忧伤，冰冷，愤怒！
是想告诉我应该怎样生活
——要站立，但要沉默，
好像这便是炎黄传统，
不！不能！我们有青春似火！
我们应该站立，我们决不能沉默！
心有所感，神有所思，为什么要闭口不说。

沉默不是我们的性格，
我们要站立

——过去站立——现在站立——将来站立

——永远站立！

但决不能沉默！

啊！

我们是一群呐喊的开拓者！

雨季

文/汪宁生

总是盼望雨季的来临

总是带着任性的眼神去怅望

你不是告诉了我

雨季马上就要来了吗

我相信你不是谎言

千分之千地相信了你

丽日朗空一天接着一天

日历总是揭不到尽头

也许这个时节根本就没有雨季

可我怎么也不相信你会戏弄我

花雨伞上尘灰堆了很厚

却一天又一天躺着不动
碰到这些倒霉的天气
你我还期望做些什么
时光在流逝
一切仿佛都是遥远的梦
终于有一天我想去问一问
雨季还会来吗

关于少男的诗

文/朱筝

——那一日我走进森林是为了放肆的一声呐喊，不想从此便迷失在一片野性的山谷

（一）

好像很突然
胡子不再又软又黄像冬天里的哀草
跃动而又跃动却偏爱小孩似地悄悄去
花园拾落英

世界一夜间都变了
新奇的我成了孩婴

女同学好靓好像过去怎么从没留心过
夕阳下半推半就瞥一眼划过面前的
诱惑的连衣裙
试了又试
试了好多次终于小心翼翼地塞给她半片梦
红着脸仿佛她是夏天烤人的太阳
那刚剪掉小翘辫子的小姑娘嘻嘻地笑了
笑嘻嘻地扔了我一身星星的小野花
我先惊后喜又惊又喜地跑开了
夜里的时候把她塞进粉红色封面的日记里
捂紧了怕她逃走
那会儿还小呢
胡子刚刚不软也不黄但弟弟很羡慕
是一个得意惶恐惶恐得意的年龄

（二）

开始装模作样地抽烟是为了小姑娘
终于吐出的烟圈一个比一个圆得精致
圆得可爱
大胡子的邻居小伙不动声色眼睛却

闪烁着惊奇
真快意以后便学会了不再刻薄
学会了挤狡黠的眼睛打轻狂的响指
大大咧咧的步子迈进许多缤纷的梦
自认为长大了肩膀能扛起父亲和他的铁犁
而父亲
父亲却老是盯着我的头发说如今的孩子们哎
哎得沉重沉重让我如同失去了心
那小姑娘有一天也悄悄离开了
离开了说是要去山谷寻觅小白兔偷走的黄辫子
那时这个这个哎呀那滋味记不清了也说不出反正我很伤心
很伤心随后也抓起一大把金灿灿的日子钻进了森林

（三）

陡然间岁月涩涩的
感到冷大概不是因为忘了穿毛皮鞋
冬天还远着哩树梢的黄叶还能飘零一个世纪
背着太阳看影子我觉得自己很大又很小了
郑重地发誓我走过谷口没再犹豫
可一听松涛低啸便倾塌了许多个日夜
苦心经营的长城
那小姑娘还在寻寻觅觅认真得如邻居
红纱巾在林间飘动成一团火精灵

大概最后畏惧了父亲无边哎声的敲打
父亲有一口洁白得无与伦比的牙齿
令我骄傲而那目光
那目光总让我坐卧不安
坐卧不安时便去遥望天边的森林
于是决计去森林中作一声雄性的狂喊
喊出无际的骚动
就这样走进了山谷
每一片绿叶都是父亲喜悦的眼睛

（四）

一路上跌散了好多泪
哭了又笑笑了又哭
哭哭笑笑我已不在意
撒落的日子在背后闪闪发光弯弯曲曲
那是路标呢
我还要回去给父亲娶回儿媳妇
山洪来时把所有的日子冲塌了
又点了烟吐烟圈跌落进了山沟
便对自己说明天还有很好的太阳
就让过去与回忆随烟一起跌落吧
在塌成一摊的泥水里又吃力起雄性如兽的欲望
撕裂胸襟裸出纤弱的胸

让风叫嚣着留下痛痛快快的疤痕
走过世界不能什么没拿走什么没留下
哪怕是痛苦的呻吟
慢慢双肩也能闪出棕色诱人的光
昭示我的欢乐我的艰辛
我对太阳疯狂得意的一笑
回过头来看小姑娘长成了少女
眼里有好多关于朝霞与日落的梦
没寻回小辫子太可惜
却捡到了好多好多长大了的欣喜
她也很得意
对我笑笑挽起我的手
我不再又惊又喜
也挽起她的手一同去捡蘑菇

郁金香开了

文/金晖

不知为什么
你走在我的身旁

郁金香开了
雨条沾染着泥
一顶粉红的伞
却没能遮住
你披散的长发
但你却没愿意留下这雨

不知为什么
你穿过许多草原、森林、沙漠
郁金香开了的时候
你却停留在这样孤寂的沙地
走在我的身边
愿意留下这雨

不知为什么
你突然爱待在黄昏的窗口
可我不记得
曾许诺过一束郁金香
因为我始终能
找到一块绿色的草地

妈妈不许我

文/徐昌鸿

妈妈生下我
就不许我把手绑在祈祷柱上
乞求上帝的怜赐

妈妈生下我
就不许我卑躬屈节的膝盖
跪着去生活

妈妈生下我
就不许我有眼泪
——她怕它会将我融化

妈妈给了我
火一般的双腿，要我去跑
妈妈给了我
迸发出火焰的大脑，要我去思索
妈妈要我，会劳动、会生活
妈妈希望我
是世界上最幸福的孩子

炙的地平线

——献给毕业生的歌

文/廖清榕

(一)

四年恍惚而过，人生短暂易逝，一声重重的感叹落入书桌。还记得吗？一年前一次演讲会上我认识了你，为你的《男大学生的素描》叫绝，你的胆识，你的口才，一套套绝妙的理论，时空观，信息观，新的生活方式，人才的“银行”系统等等，那样动人，富有哲理，不是说教，更不是空泛的理论。昨天，你还在为学院科协的创办操劳，学生一第二课堂一科研能力一走向社会，这不是十九世纪的经典理论，而是信息化时代的要求，开创，创新——美好的理想，美好的词汇，请你把它带进炙的地平线吧！

(二)

四年，思考的四年，也是充满“浪漫色彩”的四年。不要再后悔十五平方米，泡了一周的衣服，晚睡前的“骂娘”，零乱的布置，食堂排队的“生死搏斗”，还自誉为是“男大学生”的最大特点，密密麻麻的希望，密密麻麻的忧虑，六十分，优等生，三好生，三点一线，马拉松长跑，忍耐、激动、冲击、刺激……一切！一切！不要再后悔过去，前面的地平线不需要卢梭的《忏悔录》，汲取一贡献，这不是一句美丽的诗，它是新陈代谢，它是圣洁的洗礼。

（三）

日新月异的世界，瞬息万变的信息，你应该懂得。惶惑、迟疑的懦夫，必将受到时代的淘汰，大浪淘沙，只有像鹰一样，才能在社会站稳。一本红澄澄的毕业证书，在日夜竞争的市场上，如通货膨胀一样，正残酷无情地贬值，自满就是自杀，停滞就是危机，世间没有知识“压缩机”，不能把一切深透，只有永恒地追求、学习，才有新的收获。

四年，你虽然学到了不少电子领域的知识，但是社会知识、人才识别和使用、经营管理、设备管理、市场信息的获取、繁琐的合资法条例等等，更上一层楼，你就能惊奇地发现一个更广阔而未知的天地。

（四）

远方的星，远方的地平线，正在召唤。祖国每一个急待开发的角落，每一项令人费解的深题，技术更新换代，科学的广阔领域都等着你。炙的生活，似乎在钢丝上表演，每走一步都须小心翼翼，似乎在赛台上举重，常常要大吼一声，才能完成一次计划的挺举。

毕业，不过是一个搏击走向另一个搏击，在未来的考场上，应属于明天的学历，选择淘汰，结束开始，旧的匆匆离去，新的缓缓而来，就像电子的永恒运动，只有这样的世界才能生存，人类才有信息的今天。肩负重任，充满自信的大学毕业生，去书写一个劳动者的手记吧！

倒影

文/高岩

又起风了，微微地带着一丝暖意。小草儿艰难地爬出地面，柳条儿也开始绽出点点绿意。人们还是匆匆地行走着，性急的孩子跑出了家门。于是，蓝蓝的天上开始漂浮起星星点点的风筝。抬起头，望望广漠的苍穹，童年，缓缓地向我飘来了……

那是“火红”的年代，一切都是那样简单，明了，清澈。红的，黑的，轻的，重的，好的，坏的……可突然有一天，在我的瞳仁里，世界罩上了一层淡淡的薄雾。

那也是春天，小伙伴们已经开始跑向田野，风筝飘起来了，可妈妈病倒了。于是，我离开了窗口，不再望着天空寻觅自己的世界了。我提起热水瓶，向开水房走去。

开水房是一间破旧的屋子，一只昏暗的灯，疲惫地晃动着。小屋弥漫着蒸汽。开水锅架在高高的炉台上，我踮起脚尖，抓起水瓢，艰难地向里伸去。可手颤抖着，怎么也舀不起来。

不知什么时候，她走了进来，我们这里唯一的右派。从我懂事的那天起，她就是“坏人”，小伙伴们经常围在她的小屋前，骂完以后便是一番密集的石子。她什么话也没说，拿起了另一只水瓢。我看到她枯瘦的手也在微微颤抖。

她拿过我的水瓶，将水缓缓地灌进瓶里……水雾越来越大，我什么也看不清了……

以后，过了好长时间，小伙伴们发现她的屋子锁了好久好久，终于有一天，听说她死去了。

梦四年

文/江澍

春雨淅沥沥地，给黄昏的校园罩上一层薄纱，冰凉的雨滴在脸上，把人带入蒙蒙的雾中……不知是一股什么力量驱使我的脚移到21号楼前，这个半年来我绝少问津的宿舍楼，在雾中默默地迎接着故人。正如分在西安的一位同学说的那样：我每次到学校来，都不愿意回到21号楼去，是呀！就连我仍留在学校的也是如此，这究竟是为什么呢？

不想念她吗？这楼房，这过道，这门窗，一切的一切都是那样的熟悉，怎能不让人回忆那往昔的时光，她仿佛留下了我们的什么东西。走进依旧是那样黑的楼道，我在一个房门前停了下来。啊！四年啦，四年中我毫无顾忌地推此门而入把这里当做家一样的房间，盛着我四年的喜怒哀乐，而今天我都在此犹豫了。……这门仿佛打开，似有一阵欢声笑语从门缝挤出……哦！不，这里已换了主人，原来，这一切的一切又是那样的陌生。有一个声音在这楼里轰响，你是谁？你是谁？是啊！楼虽未空，故人却早已离去了，我到这里来竟是为了什么呢？

我四年的同窗、好友已各奔东西，分散到祖国各地去了，他们常给我来信，述说对昔日的思念，“白天忙得晕头转向，晚上躺在床上觉得心里空空的，专业不对口，整天给人打杂，种种烦恼涌上心来，更令人怀念我们的大学生活，同学的友情，如今连个排忧解闷的人都难寻了”。还有一个声音说：“今天我又是独自吃饭，味同嚼蜡，想起我们同餐共饮的时候，是多么愉快呀！”

我的挚友把她那绵绵的爱诉说给我：“半年来我是多么思念你，想你那颗忧郁、善感的心。你老这样愁闷，也该改改才好，向你的知心朋友倾诉吧。”这叫我怎能不满怀愁绪呢？即便是心情开朗的人此时此境也难免呀！我们班那些足球迷们，不是因为失去了球友而狠命地将球对墙而踢吗？那喜欢合群的同学不是因为与社会上青年谈不来，而闷闷不乐吗？不是因为师徒、同事间的技术保密而更怀念同学间的激烈争论吗？大家心中都发出了这样的共鸣：只有同学情最纯真，我们多么想回到学校啊！

许多同学借着出差的机会回校来看我们，看看学校、老师，这给我们带来无限的愉快，勾起我们美好的回忆：记得第一年冬天，南方的同学对雪是多新奇，宿舍楼前开了一条长长的冰道，半夜了还有人在楼下面闹，为女排胜利而游行，为足球赛而哄闹，运动场上为了班级的荣誉而拼搏，考试前的紧张、烦躁，考完后的轻松和空虚，这种种是值得怀念的。然而毕业后一个更值得思索的问题提了出来：大学四年我们究竟得到了什么，失去了什么？我想这也正是为什么大家对这四年这样的思念，回忆不仅仅是为了过去，更是为了将来！

我离开了忆境，茫然地回转，望见大会议室又灯火通明，乐声阵阵，如今学校跳舞成风，时常有舞会。想当年，班干部组织舞会像做贼一样，而今却是这样理所当然了，把这告诉给组织跳舞而引起老师不满的团支书，作何感想呢？记得我们班有一部分男生有这样一个习惯：晚上一大群同学步行到很远的地方看电影。现在大可不必了，尽可能到学生办的咖啡厅去坐坐，到中心沙龙去聊聊。如今是改革开放的年代，大学生活比我们那时活跃、丰富得多了，禁锢也少了，我的远方同学们，把这一切告诉你们，该怎样呢？

雨仍旧淅沥沥地，在这黑夜的校园里，我像是与世隔绝，沉浸在往日的回忆里。

激将法

文/周雅平

今天电路课要集体改作业。老师已走上讲台，李静伏在我的耳旁道："喂！老师要实行改革了。"

"今儿，请同学们自己来讲。"老师停了一下，接着道："谁会第五题，请上来讲。"

"嗡……"教室里一下乱嚷起来，似乎都想去，但你看我，我看着你，并无一人站起来。

"快，抓紧时间。"老师说着，目光却射向我们这边，我赶快低下头。

"李静，你来。"

还在四处张望的李静压根没有想到会叫她，一下子紧张起来，我却长长地松了口气。

可是我们的“巧嘴八哥”说起来也断断续续，拿着教棒的手也发抖了。

“根据，根据功率可以知道 U_c，知道 U_c 就可以知道 X_c……”

“完了。”大家还没听清她讲什么，她已满脸通红地跑下来了。

老师微微皱着的眉头也松开了，无可奈何地说：“还是我自己讲吧。”

“求最小值可以用相量图，这里 U_{r2}为定值，U_{r1}为变量，从相量 U_{r1}向相量 U_{r2}作垂线，所得相量就是 U_{ab} 的最小值。”

“不对，不对！”下面喊成一片。

老师“不解”地望着大家，半天也搞不清什么地方错了，李静急得直搓手。

“谁来讲一下？”老师大声喊道。

“我来！”我们的“八哥”又上去了，用手背擦掉老师画的线，“刷刷”两笔，从 U_{r2}向 U_{r1}分别作了一条垂线和斜线，得意地下台来。

“哗……”下面响起了热烈的掌声。

“中计了！”突然有人喊道。

给哥哥

——为了那过去了的……

文/康春华

记得电影《小街》中俞曾经问夏：“哥哥，你说人为什么要长大？”……是的，人为什么要长大？而此刻的我却要问：哥哥，你说我什么时候才能长大?

你一定又望着我宽厚地一笑，算是回答。可是，不，哥哥，今天我就是要你回答。唉，不能这样问你，这又是一种没有长大的说唱。

哥哥，你曾经说过，我是一个理想主义者。过去，我不愿承认，甚至还狡辩说：没有理想，哪来希望。而今天我明白你善意的嘲讽是正确的。或许正是由于许许多多与现实的不符，才造就了我多愁善感的性格。我总想人与人之间应当真诚、友爱、互助，应当理解、体谅、关怀。而当现实中出现了与之背道而驰的诸事时，我便茫然了。痛苦、迷茫使我开始怀疑：“我是理想主义者？”于是，我开始理解现实，走向现实，开始懂得了人生的曲折和艰难。

多么复杂的人生！美与丑，阴暗与光明，苦恼与喜悦，失望与希望……交织成一幅色彩斑驳的画面。

我在长大，不是吗？哥哥。

我隐约地感受到：哥哥，你并不喜欢我的表演、朗诵，你似乎在为我地地道道地“表演”，就连我现在在写，我都怀疑你不会喜欢的。可是，我喜欢这些，喜欢诗歌、散文、朗诵，有时还有点自我欣赏（大言不惭乎?）。当我感到同胞兄长不喜欢这些时，我茫然了。但当我发现那么多人喜欢我的朗诵，每当我背诵即便是短短的一首小诗时，场面竟那样静，静得使我可以听到自己的心跳。我激动了，不是因为虚荣心的满足，而是由于诗的力量，因为我知道，他们喜欢的不是我，而是那美好的诗句与纯情的结合。他们中间，有我的同学、好友，还有我的老师和长辈。我感到了一种被理解的欢欣与快慰。我为自己能给人们带来一丝愉悦、享受而感到幸福。人们活着不就是为了给人类创造幸福与欢乐吗？于是，我的心中升腾起美好的愿望与坚定的信念——我将继续努力，给人类带来光和热（不光是以朗诵的形式）。甚至你也喜欢我的朗诵、表演，还会为了我挥笔诗书呢？真的！

哥哥，亲爱的哥哥，我还会再给你写的……

我怀着一颗纯真、美好的心灵，愿大家相互理解、友爱。

在这个时刻

文/常玉斌

“现在，我们开始讲第四章。”

B君看了看表，十一点五十。

平静的教室里开始骚动起来，有人窃窃私语，有人翻动着报纸，还有人小声地哼着歌曲……

B君仍直挺挺地坐着，两只眼睛出神地盯着黑板，但老师的话却一句也没听进去。每天这个时刻他的脑子里总要翻江倒海地折腾一阵子。

“菜票还够不够？”他想，于是，捏了捏口袋：厚厚的一摞，他放心了。

“可是……”他又看了看表，十一点五十五，“米饭肯定没有了，菜呢？也许还剩下一些，不过，肯定很贵。现在的菜也真是的，最便宜的也要两毛五。”他有些气了。“叭”，不知谁的文具盒掉在了地上。

“咣当”，凳子又倒了一个。

“下课了”，不知谁捏着鼻子小声喊道。

老师仍在慢条斯理地讲着。B君第三次看了看表，十一点五十七！他心里盘算着买不到饭不要紧，要是万一再……于是，他心里开始紧张起来，额头渗出了细细的汗珠。“不过，这次不会的，肯定不会的。”他自我安慰着。

骚动的教室更加骚动起来，而且不时发出几乎是有意但也可能是无意的响声以示抗议，有的则早已装好书包，只等一声令下……“下面布置作业……好，下课。”十二点整，绝了！同学们像决了堤的潮水向外涌去。B君则以最快的速度赶到食堂，他提心吊胆地向碗架走去，“但愿这次别再……”他心里默默祈祷着。

为了先锋

文/任增辉

先锋，是强者，她永远走在前面。

先锋，是弱者，她永远承受诽谤、攻击。

是矛盾，不错。正是这矛盾，扼杀了无数的先锋，也孕育出无数的先锋。

正是这无数的先锋，把历史的小车从满是泥泞的沼泽推出。

秦始皇是先锋，没有他，就没有六国的统一，没有中华民族的空前繁荣；至少，这繁荣得推迟几十年、几百年，一统六国的英雄，是强者。

秦始皇是先锋，没有他，就没有焚书坑儒，没有阿房宫，也没有兵马俑；至少，没有中国最伟大的暴君，自古招骂的“独夫”，是弱者。

布鲁诺是先锋，是因为他坚持“太阳是宇宙的中心”，把上帝从神圣的十字架上拖下来，从此，人类走出了神的迷宫，走上了科学的大道，一位不折不扣的强者。

然而，他又是弱者，面对美丽如画的“母亲”，不能说我爱你；面对穿红衣和黑衣的，不能揭下他们虚伪的“画皮”；剩下不屈的双目，熊熊燃烧着自己，一位任人宰割的弱者。

再看看中国的第一位总统。

有家不能聚，有园不能归，四处流荡，流离颠沛甚至不能保证自己的温饱，能是强者所为吗？

然而，胆敢从龙的身上揭下龙鳞，从故宫赶出龙子龙孙，结束长达两千年的帝制。中华民族的国父，以及高耸入云的中山陵，都发射着一位强者的光芒。

多么曼妙啊！强者和弱者在一位先锋人物的身上得到了和谐、至美的统一。多么可悲啊！一位先锋人物总要被时代沾上污点。

一个奇怪的三角形，永远在左右着一个不息的圆。

我奇怪那些视“适度”为至宝的人，当然我不想冠之以“中庸”。他们饱食终日，嬉笑于市井之间，骂于大街之上，优哉游哉，颐养天年。生活永远是无风无浪，无棱无角，无血无肉，无灵无魂，半抔黄土，三炷清香，悲乎？曰“想开了”。行尸走肉矣！

于是，我想起了一位叫魏忠贤的英雄。没长胡子就修生祠，造屋宇，望六尺金身于佛殿之上，受香火不绝，注定断子绝孙却子孙满堂，俨然一位建伟功，立奇迹，泽被后世、流芳万古的英雄，可惜，没待多久，就死了。

是绊脚在受此厚遇，是先锋却遭此磨难。人妖颠倒矣。

昨日是人妖颠倒，今日是人妖难分。

一批批改革者落马，一排排创新者中箭，而保守者却高位在上，一手遮天，中国的中坚，就这样被折断了。

显然，“山头的椽子先烧”还在左右着几代的中国人，作为大学生的我们惭愧！我们骄傲的是我们是中坚，而不是先锋的扼杀者。

我们是多么希望这“木秀于林，风必摧之”的时代结束啊！是该结束了。

不是吗？柳枝抽芽了。

几度夕阳红

文/赵丽欣

那个黄昏！

那个周末的落日黄昏！

整座教学楼是那么肃穆、坦然。我们站在五楼的阳台上，默默地望着西天那红红的、圆圆的夕阳。操场上，有一圈密密的人，那是我们班在进行篮球赛。那个穿红色运动衣的是王哲吗？倒真想去看看了，你说呢？蔚。

“玲，你说世界上最软弱的是什么呢？”蔚，你怎么啦？声音这么干涩。怎么忽然又问起这个问题了。

“是心！它最容易变质，最容易失去血色。”

我回过头，发现你的眼睛湿润了。蔚，你又想起讲台上那双愤怒的眼睛了，那两片上下启动的血红的嘴唇：

“有的同学集体责任感十分淡漠。有时分配的任务顶着不干。告诉你，你那样做什么也得不到。分配、入党……”

哦，又是这些？！我低下头，说不出心里是什么滋味。一入大学，老师所灌输的就只有这些。

“散会后班里组织篮球赛，要求每个同学都到场，不去的年终总评扣3.5分。”

天呢！老师，你竟然把篮球赛放到了“得到点儿什么”的高度，我的心由厌烦转成了极度的愤怒。抬起头，你正用冷漠的目光紧紧盯着老师，紧抿着唇。我们对视了足有10秒钟。

一下课，背起书包，我就踏上了上楼的楼梯。背后跟着轻轻的脚步声，你来了，我知道，你不会不来的。这块地方，原是我们看夕阳的净地。我们就是在这儿，成了无所不谈的好友的。

但是，蔚。现在，我们又站到这了，又在看夕阳了。忘掉别的吧。来，让我给你讲个故事：

中学时，我班的班主任真是个极好的老师。他老是教诲我们刻苦努力，考上大学。高考前的那个元旦，别的班都在搞元旦晚会，他不许我们搞。可是，等晚上，吃过晚饭，他到自习室视察，一看，教室里空无一人。黑板上有两个大大的彩笔单词“Sorry,Sorry”。把老师气得直瞪眼睛，又没办法。蔚，你知道，这些都是谁干的吗?

对了，是他。那天晚上，我们玩得好痛快呀。我敢说，到大学里再没那么开心过。

那个放弃高考参了军的班长，他昨天给我来信，还提到了那个元旦晚会。他还说他在前线立了二等功，入党了。还问我，入党申请书写了没有?

瞧！蔚，我又扯到这儿来了。还是那两片血红的嘴唇：

“告诉你们，入党对于毕业分配，对于你的未来影响很大。你们政治上一定得要求进步，向党组织靠拢。但是至今为止，我班只有王哲一个同学交了入党申请书。这是很不好的现象。你们要认真想想。”

党员，在我们心目中，曾是多么圣洁的称号呀！很小的时候，我就把她视为至高无上的象征。但是，今天，我们所看到、所听到的社会上的一切使我们感到她已经被亵渎了。老师，请你不要再伤害我们对她的感情了吧！

王哲！他，当然要交申请书了。团支部书记，老师的宝贝，系里的红人。还记得那次系里那几个主任、书记承包了一块操场去“开垦”吗？一个个挥舞着锄头狼狈极了。当时正面临期终考试，别的班都躲得远远的。那个他，王哲，宣布作为一次团日活动，帮领导干活。

但是，又有谁听他的呢？走的走，溜的溜，不剩了几个人。蔚，是你，望着我们几个人说：“我们去吧！”气的小玫一甩手：“别人露脸，我们去耗费劳动，不干。”

“但是这是团日活动呀。”你轻声地申辩。

我们去了。几个人拿起工具，一言不发。主任大人又开始在一旁指手画脚，却没人领他的情。王哲慢慢地走过来，懦懦地说：“回头我跟老师说，加分。”

“加分？你们就知道这些？你再提它，我们都不干了。”小玫涨红着脸一顿抢白。王哲一下子变了脸色，两只眼睛尴尬地望着我们。

两个小时后，活干完了。他慌慌忙忙来收工具，还轻轻地对我们说了一句：“谢谢。”

谢谢？我们当时应该说我们是在尽团员的义务，应该说我们不像别人总是为了得到什么。还应该说他不该……但是，我们什么也没说，一个个心里好悲凉呀。

后来，后来王哲似乎也变了。老师对他也有点儿变了。我们班组织活动却是越来越好了。看夕阳的人又多了一个。

……

蔚，快看！太阳正在隐没。那么红，那么大。你看，那山，仿佛被涂上了色，还镶着金色的边。天空，红得多壮观呀。静，楼道里静得出奇。这才该是世界的本来面目吧！

好了，蔚，我们不再去想什么“软弱不软弱”的问题了。太阳都甘心用自己的生命换得美丽的黄昏。尘世真是如此纷乱、复杂的话，我们还乞求什么呢。你看，操场上的人正在散开。红色运动衣往这边儿跑来了。他一定是来告诉我们：我班赢了。

乌拉！赢了。

情到深处

文/韦再雪

你的信飘然而至，远远地捎来了哈尔滨的寒冷，你选择哈市，是因为那种冷得刺骨的真实，我想。

你的言词一如你的性格，刚毅果断，又不留半点情面，知道么，我想起了童年时的你——那个任性的短发女孩。

你说，我未在学生会团委中任职而选择了文学社，让你很是惊讶，你执拗地认为我是“当官”的料，你问我，“你甘心吗？”句中的问号曾让我感到压抑和困惑，随着你的提问，我也一遍遍地问自己，直至今日方才找到答案——这，便是我迟迟不回信的原因了。

慧，你是了解我的——在过去，是的，我曾有过“执掌大权”的日子，也曾因班干落选而落泪，和你一样，我也曾觉得自己该是“当官”，然而，慧，我不得不承认，我错了，你也一样。十二年的班干部当的我已心生厌倦，我不愿再让身心受到太多不得已的束缚，十二年的“官史”只证明了一个事实——我只不过是一个被师长呵护成长的孩子，其实，我并不懂如何独当一面，我浅淡的心性也不允许我在“官场”中争斗，过去，很是不理解闲云野鹤一般的你，奇怪你何以总要反抗别人的关爱，你原是要走自己的路啊——我方才渐渐领悟过来，你是冰一样的女孩，自立而极富个性，而我，选择了辽辽原野，我要做一株小草，自由地呼吸，自由地成长，我不再是温室中的那朵小花，不是。

我是在逃避？慧，你是如此的一针见血啊！是的，我在逃避——只在最初！我梦想超凡脱俗，所以在这个强手如云的理工科院校中选择了文学，只为寻找一种云淡风轻的日子，我很累也很软弱，我是在逃避。然而，上天并不愿让我轻易地逃过世间的一切，它用一双手温和地把我送到一群热情洋溢的人中，它让我去看，去听，去想我的所见，所闻，所感。这是怎样的一群青年啊！他们活泼开朗，充满信心，他们坚强而果断。他们曾饿着肚子打工筹学费；他们曾通宵达旦地选景、排版，小心翼翼，如同在抚育一名新生的婴儿，而忙完之后，每个人都是潦倒不堪。他们顶着烈日寒风在户外卖报，甚至逃了课去拉广告，跑印刷厂。傻吗，也许是的。我曾不明白怎么样的一种力量在支撑他们，但我确确实实地被感动了——被这一群可爱的、纯粹的“傻瓜”，以至于我心甘情愿地去作他们中的一员！而我相信我是对的。

“逃避”？我不能的。《野草》不是我避难的去处，就算她愿意接纳我，容忍我，我也不能用任何软弱来玷污她的纯洁，所以，那种逃避已经不存在了，我开始积极而认真地为《野草》忙碌，在文学气息浓郁的工作中我在感悟生命的真诚，逃避不是我该做的事——我懂得，慧，你知道吗，那种忙得喘不过气儿却仍痴心不改的感情？当我也一样地饿着肚子开会，审稿，一样地掂着《野草》叫着“五分之四个馒头价”，当我与那几位可亲可敬的朋友一同为《野草》而歌、而泣时，有一种感动涌上心头——那是爱，源于、归于《野草》的爱！我不知道别人是否有过那样的思想转变，然而我是这样的。我欣幸——因为我摆脱了心中的阴影，因我敢于直面人生，我歉疚——因为我曾有过那样的软弱，因为我能为《野草》所做的太少，对《野草》，对编辑部的朋友——我充满感激。

慧，文学辛苦，浪漫是依旧的，我们有过冬日下午汇聚一室的快乐，有过冷夜中点起生日蜡烛的温馨。那天，当我在冬雨后的院子中洗茴香时，一片还绿的法桐叶子从头上飘落，恰恰落到我手里，风很大，很冷，院子中朋友们的笑语确实暖暖的，我握着那片叶子，竟久久不愿松开，仿佛我握住了生命，握住了青春。生活，本该如此的——不是么？

《野草》就要一岁了，我又开始忙碌于周年刊的筹备，繁忙的日子中有一种感动，一种激励——相信你懂的。

再回首，依稀当年

斗转星移
晨昏代序
荻花总有飞向远方的一天

多年之后
回望那丛荻花
西风里，秋月下
依稀当年

追忆秋荻

文/张琼花

微信和 QQ 从来没有像这几日那样忙碌，满满的都是秋荻的回忆，让我一下就回到了以前的时光。

人和人的相知，或是两人朝着不同的方向奔走时，碰巧在一个地方歇息，偶尔四目相遇，对视一笑，便结秦晋之好；或是朝一个方向赶路时，前面的回眸一盼，眼神和眼神的交汇，不可思议地缘定三生。而我们，是在初入学时把眼神都投向了秋荻文学社的一则招募启事。

按启事上的要求，我写了篇散文交给了文学社。现在我已经想不起来写的是什么了，想必不怎么样，因为我最怕就是写命题作文。那时候去报名参加文学社的人很少，但凡写了，估计也就留下了。

周雅萍先我一步，已经参加过一些文学社的活动了。她带着文学社的社长鲁加国来到我们宿舍时，因为是社长突然间到访，着实让我紧张半天。鲁社长是南方人，说话的语气非常温和，脸上还常常泛起一丝略带羞涩的笑。说起来，这就是我们第一次正式见面。

听很多人说过，我和雅萍长得很像，这也难怪。谁让我们俩高矮胖瘦差不多，又都留着齐背的披肩发，长个大脸盘子，更要命的事，鼻梁上都架着一副眼镜。雅萍的头发很漂亮，漆黑发亮的，额前的刘海自然卷曲着，非常好看。那时的学生几乎没有烫发的，所以，自然卷更惹人嫉妒。眼睛漂不漂亮，就不多费笔墨了，谁叫她一双大眼，要躲在凹透镜的背后，再清澈如“秋天里的菠菜”，你不和她亲密接触，难以看到她摘掉眼镜时的明眸。

像我们这样不同班级、不同宿舍的姐妹，每天能在一起相处的时间并不多，晚自习也是各在各的教室里。后来也去过图书馆看书，但也很少和她同行，大多时候还是一个宿舍的姐妹一起上课，一起自习的。不知道怎么的，我和雅萍会把碗盆凑在一起，也许开始于我们每周的文学社活动吧！

鲁加国曾在一次返校的途中，从一个小偷的手里夺下了一把利刃。学校对他的先进事迹进行了表彰。他当社长，最大的贡献就是从学校要来了一间礼堂的化妆室。我们总算结束了今天在花园，明天看谁的宿舍没人，到处找聚会地点的流浪日子。有了活动场所，文学社很快就扩展到五十多人了。

礼堂在操场的南面，这里算得上是校园的腹地，学校的文艺活动大多在这里举行。西边有间化妆室就是我们的活动室，每周三的下午或者晚上，一群文青在这里聚集，拿着各自的作品相互交流。由屠本建主编的文集就诞生在这里，文集从设计到油印都是几个编委亲自制作的，以当时的条件，也算是“精致”。几经搬家，那本我已经遗失了，好在屠师兄和康华师姐他们还有保存，希望有一日能得到一本影印的电子书。

在朦胧诗人的佳作令人目不暇接的年代，我们秋荻文学社也有两位知名的诗人——屠本建和张泽云。

张泽云的诗很小资，一首“再来一杯/再来一杯/再来一杯苦的咖啡/没有人爱我/我也不爱谁/……”让大家笑了他很久。毕业后，我和张泽云做过几年同事，他的围棋水平和桥牌技艺在我们那一带是赫赫有名的。

屠师兄怀揣着“到非洲去/到非洲去/那里的黑女人需要我们/……”的梦想，曾以沙龙形式在学校开了家咖啡馆，咖啡馆提供各式西式糕点和现磨的咖啡。浪漫优雅的塞风壶（虹吸式）让我迷恋上咖啡的香味。下了晚自习，我和雅萍常常会去那里帮着洗盘子，这事儿他早就忘记了，但我们一直都记得，因为他从来没有给我们付过工钱。

说是因为喜欢文学而相识的，可那时写什么都轮不到我。别看秋荻文学社是工科院校的一个文学社团，那里面能咬文嚼字的人还真不少，其水平也未必逊色于文科院校的学生。记得我们也和其他学校的文学社一起联欢过，相互交流了各自的刊物，相比之下，往往觉得自己的好。西电校刊上的豆腐干基本是被文学社的几个笔杆子承包了，我是偶尔有个什么发表一下就开心得要命，那时的稿费大约是五元钱。五元是什么概念？差不多够在食堂吃一周的饭菜了。几个朋友有约定，谁领了稿费谁请喝酒。所以，尽管我稿费领得少，但酒却从没少喝。

最后一次参加文学社的活动应该是86年的元旦前夕,我们在化妆室里静静地等待新年的到来。“铛—铛—铛—”新年的钟声敲响了，我们冲出了化妆室。

一出小屋，我们几乎同时惊呼起来，太美了，整个运动场被皑皑白雪覆盖了，天空却是湛蓝的，那种深邃的蓝是我一直无法描绘的。我们几个人开始互相抛掷雪球，打雪仗了。几位女同学组成娘子军，我们一边唱着：“向前进！向前进！战士的责任重，妇女要翻身！”一边向男同学冲去……

廖清榕、张泽云、常玉斌都是 82 级的，也许是临近毕业，大家内心充满着惶恐，文学社的活动不再问津了，而我们那一届几个人的心情也深受影响，几乎没有再参加过周三的社团活动。同级三系有位徐姓女生，和我是同年同月同日生的。84级的会员里，接触多些的只有高雅君和黄勇，毕业后也都失去了联系。

从入学到毕业，真正能坚持留在文学社四年的并不多。我们入社时，80

级的师兄师姐们已经很少参加社里的日常活动了，这使得我与文学社的几位创始人擦肩而过。庆幸的是三十年后，在绍兴校友会成立的庆祝宴上，后任社长汪宁生提及秋荻文学社的往事，一同来道贺的金辉通过绍兴校友会的何会长见到了文学社创始人之一的王建奇师兄。时值秋荻文学社 32 年庆，虽不能与各届社友同饮王师兄的八坛绍兴黄酒，心里仍然盛满了浓浓的思念！

秋荻文学社 32 岁生日快乐！

秋荻文学社的兄弟姐妹们

文/玉梅

我并不是一个喜欢怀旧的人，因为没有什么值得炫耀的往事。生命如此短暂，如果停留在过去，总是在回忆当年，这是我最不愿意的。

记忆会自然选择，或者经人提起，有时也会想起一些有趣的人或事。

离开西电二十一年了，其实真的并不怎么怀念学校，偶尔想起的只是一群朋友，想起那个文学社，大学那些灰色的日子，因为有了这些朋友才变得多彩起来。

有一年骑单车去灞河，以为会看到古人充满诗情画意的灞桥离别的风光，结果，浅浅的河滩，只有几棵矮小的柳树。灞河风柳，不知道是古人杜撰还是已被历史堙没。那个季节应该是五一前后，春天刚刚来到，强烈的阳光把我捂了一个冬天才白净的脸和胳膊晒得通红，然后是火辣辣的疼，再后来就是掉皮。同去的人好像就是所谓的文学社里的几个兄弟姐妹，具体有谁，真不记得了，回来有没有聚餐也不记得了，好像也没有照片。类似的郊游不止一次。

我们这帮人怎么混在一起的已不记得了，似乎是文学社的关系？我也没写过什么好东西，好像在一起就是吃喝玩乐，有大量照片为证。最早是任增辉（老二）、李刚（老四）带他们老乡金晖（老三）和我们一起玩，还有汪宁生（老大）、陈乐波、赵蕾欣、小雪，后来又和老三他们班的人、其他浙江老乡经常玩在一起，反而广西老乡没怎么玩了。

老二当年是文学社的社长，秋荻文学社当初在西电号称是社团之王，大概是当年的文学环境好的原因，到处都是舒婷、汪国真、三毛的天下。老大虽然年龄最大，3 系 84 的，长得又黑又矮，但丝毫不影响他在诗歌创作方面的才华横溢，据说每一首长诗出来都会在西电这个纯理工科的校园里长期传播；老三虽说也写得出非常棒的朦胧诗，但谁也看不懂，只是他很早就显示出来的商业意识和组织能力让我当初很纳闷，诗人怎么还会做生意呢？他在 87 年组织的西电第一届大学生诗歌大奖赛中，除了请来陈忠实、贾平凹（当初还不是特别出名）、路遥、岛子等当年陕西的文学界牛人当评委外，更是拉来了很多赞助费，得奖的校园诗人据说都拿到不菲的奖品；赵蕾欣是 4 系的，学电子结构的女生，多愁善感、文笔细腻，怎么也想不通写得一首非常好随笔的女孩竟然是学电子的。曾经在很长一段时间里，我沉浸在诗、酒、兄弟姐妹们的情谊中。

每年开学，我们都会聚餐，分享从家里带来的特产。印象最深的是老三带了宁波醉虾（蟹？），那是我吃过的最美味的虾（蟹？），其实已经不记得是虾还是蟹，也不记得是什么味道了，但是那个印象却一直都在。

那个时候聚餐我还负责杀鸡、剐鱼，因为我生长在医学院，从小看大人杀鸡劏鱼就像上解剖课，虽然没真正干过，却熟知每一步骤。李刚把鸡脖子割了，我就指挥用开水烫鸡毛，然后亲自给鸡开膛破肚、清理鸡杂，做的干干净净，井井有条。我还告诉李刚劏鱼要小心，不要弄破鱼胆，鱼剖开后不要冲洗，以保持鲜美，等等，很令弟兄们刮目相看。不过弄完后我通常已经吃不下了，不知道吃得满嘴油光的弟兄们有没有发现。现在我只买劏好的鸡和鱼，不忍心自己动手杀生了。

大四的时候，老三带我去爬了一次华山，冰天雪地的已经封山了，但我们还是剪开铁丝网从晚上十一点左右开始往北峰前进。其实已经找不到路了，只能从边上的铁链上认路。老三好几次没有踩到路而掉到沟里，因为雪太厚了一点没有伤到他，一会儿他就像个猴子一样又翻滚上来。快到峰顶的时候实在太冷了，大家又累又饿，我们在山上一个被废弃的小屋扯了油毛毡烤火，好不容易熬到天快亮，一路跑上峰顶看日出，结果还没跑上去，太阳已经出来了。老三边跑边欢叫的样子我似乎还记得。一起去的还有老三他们班的一对小情侣，那男孩时不时背着女孩走，要知道华山空手走都会累趴下的，毕业后听说他们结婚了，应该会相爱一辈子的。另外还有两个男孩 J 和 Y，话不多，真的任劳任怨，水和干粮应该都背在他们身上了。如果当时知道老三的意图，我可能会和他们多说说话，现在真的没有什么印象了。以后我去了黄山、泰山、峨眉山等等，却没有了那种累垮了、坚持不住、历险的感觉。

其实那时候特别渴望爱情，心里只装着自己喜欢的，但不在这群兄弟中，所以真的没觉得谁特别喜欢我，想和我谈恋爱。倒是老三好像想当红娘，拉了 J 和 Y 两个同学似是而非的，一点都不认真。那时候老大汪宁生应该是有女朋友；老二喜欢的女孩好像是 4 系的，我还帮忙找过那个女孩，可惜人家没那个意思，害得老二有一阵子总是一个人猛灌啤酒；老三这家伙比较早熟，他喜欢的女孩和喜欢他的女孩，不知道哪个是真的，他说是博爱，到毕业的时候我才知道老三的女朋友是外校的；老四李刚好像年龄比较小，超级聪明，特别贪玩，没有绯闻。

我们这群人，冬天打雪仗滚在一起，吃喝玩乐在一起，我曾经和老二坐在花园里彻夜长谈，也曾经和老三一起勾肩搭背去边家村看电影；六四的时候老三带我去省政府附近看热闹，大家在医院里一起为因冲动而意外负伤的老二担心；每个人的生日都是我们聚会的理由，有一年我生日，大家用彩纸装饰了一顶帽子，我戴在头上，像少数民族一样，也有点像皇冠，非常滑稽，大家聚在宿舍里喝酒，个个都笑得像花一样。我们这群人里没有一对恋人，却很亲近，到毕业各奔东西，我们也没有太多的眼泪。

毕业后常常联系的就是老二和老三。老三时不时就提当年某某某追你、J和Y你究竟喜欢谁等等，晕死。

真的爱过谁吗？爱过的，分手时候心都伤透了，老死不相往来。

喜欢的，这些朋友，想起来，总是会心一笑。

听说老大有几个孩子了（还有几个孩子的妈，呵呵），就会想他怎么老走桃花运。

和老二通电话，谈的都是学习工作之类的正经事，总感受到一种兄长般的关心和理智，不再是那个冲动的少年。

看到老三的 QQ 头像，总觉得像见到亲人般，有一种很温暖的感觉。现在老三事业有成，依然爱心泛滥，转投慈善事业，令我们望尘莫及。

当年最小的小妹小雪据说已是北方一个大城市一个区局的电信局长了。

老四多年不见，会是什么样子？还有老五、赵、小雪……

前段时间，老二电话里跟我说除了老五，全部都找到了，明年一定搞个聚会，我其实真的很期待这个聚会。

岁月流逝，大学时代那些曾经亲密无间的朋友似乎已经越走越远，但这并不令人伤感，偶尔想起那个纯真的年代，沉淀在记忆中的那些快乐依然如此鲜明。我相信，我们都会好好地生活，好好地工作。我祝愿我的兄弟姐妹都有新的朋友，每一天都幸福快乐。

成长

文/谭劲秋

八八年的秋天，我来到西电。作为四川人，父母本为我选择的是成电电子工程系，临交志愿前五分钟我擅自改成西电，因为从小没叛逆过的我那天突然觉得：凭什么都听父母的。命运从此在此转弯，因为去了成电，不知我又会收获怎样的人生。

去西安有两个相当朴素的愿望：一是要去看兵马俑，二是希望离贾平凹近一点。八八年的贾还没有九三年写了《废都》后的臭名昭著，在我心中是个极有灵性的作家。但西电的第一眼，让我热泪汩汩而来，没想到我拼力奋斗来的学校，是这么的令我失落。火车上遇到的老乡及校友一系八六的沈勇师兄把我带到四十九号楼，一路宽慰我，说咱们学校不差，二系很好。在此致谢沈师兄，尽管这份感激迟了二十五年。

从此开始了我的大学生活。从没离开过家的人那时感觉到的是满心的乡愁，想父母，想弟妹，想家中的美食，想高中的同学。最讨厌的是齐秦的《狼》，走到哪里都听到他的嚎叫，到现在仍不喜欢，一听到就想起那段茫然无助的日子。心中不愉快，就想写东西。那些清冷的美好的西安初秋的夜晚，没有与同学去聊天散步打双扣，而是含着眼泪坐在教室一角写文章，现在想来多浪费啊，浪费了那些美好的时光。军训没结束写了几个豆腐块文章投到二系系报《青年之友》上，很快获得采用，被系中师兄师姐们列为约稿对象。紧接着发现了《秋荻》。投给《秋荻》的第一篇小说是一顶草帽的自述，以我一个高中八六级师姐为原型。那位师姐美丽，高挑，当时考到广外，是我们心中女神般的人物。我们高三时听说她休学了，因与同学们出游喝了山泉水莫名高烧不止，后来用了大量激素抗生素才捡回一条命，但样貌毁了。本来只是听说，直到有一天我在街上偶遇她，才知疾病能把人毁成什么样子。我以一顶草帽的视觉去想象这位师姐面对如此人生变迁她的勇气与悲哀。从那时起我不喝也不许身边任何一个人喝一口山泉水，太惨痛的教训了。后来还投过什么文章已记不得了，唯有一篇印象深刻。八九年秋天，不知为何，写了一篇关于一个因意外车祸丧生的亡灵俯视人间熙熙攘攘产生的感慨，那时我只是一个十九岁的少女，不知为何对生死产生了疑惑与感悟。这篇文章之所以还记得，是因为在《秋荻》发表后有几个认识的朋友还专程到宿舍与我讨论。可惜都没留下一份。如果哪位师兄师姐师弟师妹手中还有当年的《秋荻》，请查一下有没有笔名金秋的文章，分享一下，将不胜感激。

后面的生活就庸俗了，因为熟悉了，有了同学圈、朋友圈，不孤独了，有乐子了，在大二下学期就不大写东西了。

一晃二十多年过去了，辗转了许多地方，最大的变化是再也感觉不到乡愁了。在深圳已待了十九年，超过在四川待的年头。现在每到一个新地方，作为资深吃货是兴冲冲地四处找吃的。

现在回过头，想念那段单纯的岁月，想念《秋荻》给予我们的情感的宣泄口。最后说一声：感谢《秋荻》!

我们的秋荻，我们的野草

文/拓峰

尊敬的各位领导、师兄师弟、师姐师妹，大家下午好：

很荣幸能在秋荻 32 周年庆的光荣时刻作为代表发言，我发言的主题是“我们的秋荻，我们的野草”。

在我的工作简历，以及人生的诸多头衔中，我最引以为豪的是“大学时曾任文学社主编”这一项。这不是矫情，是我对学生时代的真诚致意，是对秋荻岁月的深刻缅怀。

“遥想公瑾当年，小乔初嫁了，雄姿英发。羽扇纶巾，谈笑间，樯橹灰飞烟灭。”——现在想起当年在秋荻的日子，我们虽然清贫，却都是怀揣梦想意气风发的一群年轻人。那时的豪情，就算苏老爷子豪迈的《念奴娇》也难以完全概括。记得有一天我们在一次聚会中突然有了创办一份报纸的念头，当时的社长叫谢扬林，一个湖南小伙子，说那就叫《野草》吧！想必是取野草平凡却顽强的寓意，大家一致赞同。年轻有年轻的弊端，也有年轻的热血沸腾，不思前想后，说干就干。当时团委三楼有秋荻的办公室，可以探讨、编辑、办公，但我们经常在学校熄灯后还意犹未尽，于是谢扬林自己掏钱租了徐家庄的一间民房，作为野草骨干们的另一个“据点”。后来我们亲切地叫它“徐家庄 82 号”！

《野草》就这样出刊了，初期的经费是大家一块筹的。大家都是穷学生，弄这经费比较困难，我们想出了“两毛钱无人售报”的办法，摆张桌子放个投钱盒子，宣传海报贴的到处都是。没想到得到了全校同学的支持，慢慢的每期报纸基本上都卖的差不多，收的钱逐渐可以弥补些亏空。随着报纸的发展，野草得到了校团委甚至校党委的关注，党委每期还批了专款，这下有资金，《野草》开始了大发展，印量加大，内容充实了。《野草》不但刊登秋荻社员的文章，还大量刊登其他同学的稿件。内容也不局限于纯文学作品。我印象深刻的是我们做了一个名为“西电大学生思想调查”的问卷，反响甚为强烈。这个时候我们甚至还向校园周边的饭店、企业拉广告，像立人公司、天梦圆酒家，当时都给了我们不少的广告赞助。

现在回想起来，缘聚秋荻、缘聚《野草》，缘于我们对文学的热爱。文学是什么，又能给我们带来什么？一千个人会有一千个回答。但我认为，文学是让人心灵纯净的东西。它让人有坚持，有梦想，有所为而有所不为。当初，正因为我们心中有梦想，有了坚持，克服了重重困难，才让《野草》得以持续发展。此外，就我个人而言，一个理科生能够从事现在的传媒工作，很大程度上得益于在秋荻、在野草的经历。如今，社会处在变革期，各种拜金、物欲的思潮泛滥成灾，文学的地位越来越偏远，文学的价值似乎愈来愈可疑。但我不这样看，无论岁月如何变迁，文学始终是我们心灵的引领者。套用句时髦的话，你见与不见、信与不信，它就在那里，笑傲人生的风雨江湖。

今天，我们相聚一起，与秋荻共庆。今天在座的有从秋荻出去的知名的作家，有成功的商人，有各行各业的精英。但我们不谈名利，只缅怀，只追忆。人生如舟行水上，时进时退，或明或暗，遇到的挫折没必要细说，取得的成就不值一提。此刻，我只愿想起你——我们的秋荻，我们的《野草》，还有我们最值得珍惜的青春年华！

最后，我们怀着最诚挚的感恩，感谢秋荻文学社给予我们永不退灭的激情和宽广的舞台，让我们在各自的职业生涯中得以绽放；感谢历任校领导、师兄师弟师姐师妹们对秋荻文学社和《野草》报的支持和厚爱，让我们的舞台得以传承和延续；感谢培育我们母校——西电，在我们的生命血脉里流淌着它的血液；感谢承办秋荻文学社 32 周年的全体人员，是你们让我们再次缅怀那魂牵梦绕的秋荻岁月、野草岁月！

我的兄弟

文/谢扬林

秋荻三十二岁的时候，拓郭何三人同行去了。我本也想去的，但所在单位有筹备期不得离开拉萨的禁令，只能做个看客。在微信上看到兄弟们追忆昔日的聊天，看到一张张泛黄的老相片：十九年前那株破土而出的野草，十八年前郁金香前无邪的合影，十七年前咸阳渭河畔怀梦的少年们，突然想写段文字，记述兄弟间的回忆。

（一） 拓峰

拓峰师哥苦孩子，老家是陕北的，上大学来到西安，什么都得靠自己，二十四岁的时候就长成了四十岁的老脸。当年文章最见功力，最有文学梦的是他，如今离文学最远的也是他。第一次读拓的文章，描述的是陕北乡土丰乳肥臀的故事，那时陕军文学东征，《白鹿原》、《废都》正横扫中原，我就想象着有一天拓也能写一长篇，一样的乡土气息，一样的对人性描写得入木三分。

拓的长篇还没有写完就遇上了他的女友，女友是他的学生，一起去爬山，攀登的时候拉上手，就再没放下来。有了女友，就开始有了油盐酱醋茶，拓的长篇就此再未听他说起过。这是和拓认识一年之后的事情，在这之前第一次深谈，是关于《野草》的创办。

那是 1994 年的秋天，小平南行讲话已经两年了，股份制改革已经萌芽，市场化在我们没意识到的时候已经冲击我们的灵魂。我那时是校文学社社长，对于一年一期的《秋荻》期刊并不满足，和大家一起商量，打算创办一月一期的报纸，不仅要办，而且要是一份能赚钱的报纸。报纸主编，非拓莫属。那时的拓已有从秋荻退隐之意，架不住人情，答应做创刊，条件是不参与经营。我们一起为报纸取名《野草》，那时还没有草根之说，野草之名，是每每从南方踏上西北的列车，感于“野火烧不尽，春风吹又生”，平凡生命之顽强，况且还有鲁迅杂文集《野草》之先例。

拓做完了创刊号，果然金盆洗手，不过在之后的一年时间，他其实还承担着幕后首席顾问的角色，继任主编是他推荐的，诸多骨干在遇到文学问题时也会一起聚聚探讨，大家在一起谈理想谈人生，也在冬夜的时候男男女女围在一起讲故事。拓那时留校，有自己的宿舍，记忆中讲恐怖鬼故事的时候，拓从来都只是听客，有女同学惊叫着往男同学身上钻的时候，拓宽广的胸膛从来是岿然不动。

拓从学校离开后，去了当地的《华商报》，从此单位没换过，爱人没换过。他在报社跑过 IT 口，跑过教育口，早年的时候还骑着自行车穿着黄马甲在西安大街小巷转。大约从小贫苦，拓是个珍惜自己所得的人，有一年当地一家都市报在《华商报》大肆高薪挖人，也没能把当时经济拮据的拓诱惑到行动。毕业后，我对拓的印象最深刻的是他的“靠谱”，我考研要调剂去西安，瞎猫碰死耗子般找学校，拓就说他试试帮我联系，结果第二天就办妥了。我上学时去《华商报》实习，也是拓在穿针引线。

毕业后，与拓见面的次数不算少，有时在西安，有时在北京，在一起的时候，大家谈生活谈工作越来越多，谈文学谈理想越来越少。奥运会那年，拓的老父过世了，关于拓的长篇小说，就再也没谈起过。

最近的一次见面是今年春天在什刹海，拓的身份已经成为媒体广告人士，整个晚上，我不见他说起过文学，这位最有功力的文学爱好者，有了老婆孩子热炕头，身处媒体，离开文学圈却已很久了。

（二） 郭飞耀

在文学社的时候，找郭最多的，是找他写海报，虽然他的文章写得也不错。郭这个人挺有意思，一手拿着毛笔，一手拿着香烟，属实力派才子，在学校的时候却很少谈女人。人后来越长越儒雅，从来没有听过他的桃色新闻。写毛笔的人，往往定力不错；定力不错的人，往往缺乏情趣，虽然那时的郭也留着小胡子，带着棕色蛤蟆镜。

见识郭的定力，是在2000年的时候，那时我在西安游荡，住在郭一个人租的房间。我们都是在《华商报》做编辑。有一次我半夜二点多醒来，满屋烟雾缭绕，郭正叼着烟一张张翻看研究各种报纸，当时就看懂了郭对报纸和工作的热爱。

郭也许生下来就是个报人，在《野草》的时候，他什么事都干，做文章，做编辑，划版面，跑印刷，写海报，卖报纸，乐此不疲。毕业后他走了一段路，就去了当地的《华商报》，采编工作干得有声有色，后来还先后去了沈阳和非洲办起了报纸。

这个年代，广告人才多，经营人才也不少，埋头码字的人也有，唯独纯粹的报人是个稀罕物，不知道郭今后的日子还会不会继续这条路。

（三） 何自清

一半是火焰，一半是海水，放在何的身上，一半是文人，一半是流氓。流氓是玩笑话，风流是何的外衣，喝着啤酒唱着歌，再在六路公交来段风花雪月的往事；文人是何的内心，哪怕后来整日浸淫在广告客户的声色犬马中，文字的梦在何的世界中从未死亡。

我和拓做《野草》的日子，也就维持个收支平衡，再就是一班兄弟能在小餐馆聚个餐。等到何做《野草》的时候一下就风光起来了。那时拉来的赞助现金长进不明显，跟着何混的文学兄弟却能免费把校园四周吃喝玩乐个遍。当年一家叫立人的校办科技企业是《野草》的赞助商，旗下有家当年硬件一流的 KTV，那场地都快成了何的第二故乡，何带着女友和兄弟们免费卡拉 OK。何的思路是，用钱可以买广告，用资源也可以换广告。何甚至把报纸广告卖到了校园的小餐馆，小餐厅用回锅肉和炒面等买单。

何做《野草》，以及和他一脉相承的文冠果做《野草》，据说是《野草》销量最高的时候。但是大家对何印象最深刻的，却是何的那段注定没有结果的风花雪月。美女是标准的美女，属荷花的，何自诩是风流倜傥的帅哥，把荷花拉去了兴庆公园看郁金香。荷花是水里的，何一辈子也没有走出过黄土高坡，这段感情，属于典型的校园黄昏恋。末了女的哭几场，男的喝上几顿大酒，就各自结婚生子了。从大学生的角度，何确实是个才子，文笔优美，讲述的又都是风花雪月般的意淫，不少女生读了何的文章就仰慕他，多少年后的秋荻 32 周年聚会，座谈时有位 93 级的留学生说“当时有个叫何自清的，是我的偶像”。会场上大腹便便的老何那个高兴啊。

老何的大腹便便，以及脖子上的赘肉，是工作多年之后的事。毕业后他去了咸阳一家国有工厂做宣传员，我和拓、郭一起去看过他，他就带我们去渭河摆 POS 照相，相片上有他和拓，都瘦高瘦高的。不甘寂寞的何后来又跑回了西安，在一家旅游报社，白天拉拉广告，晚上还是风花雪月。陆续还写过《台球厅不眠夜》、《六路车开往终点》等不长不短的网络文学，是否实力才情佳作，得看过才知道。

此后年复一年，何在广告、活动、赞助上的路上越走越远，肚子越喝越大，这个时代没有给何这样的人留下一片纯净的文学天空，是这个社会的悲哀。

（四） 韩冰

偶尔唱摇滚的时候，会想起韩冰。冰是女人的常用字，韩冰却是个男人。不仅是男人，而且当年是地道地吼着崔健的《花房姑娘》的男人。山东梁山人，国字脸。

韩喜摇滚，挣扎着叛逆，但身上留着的是鲁国的血，齐鲁大地，齐国面朝大海，鲁国孔孟之乡。多年之后，在挣扎得遍体鳞伤后，韩还是回到了三纲五常。有时故事越是波澜，越是动魄，结果越是简单。

还记得 95 年韩冰从工地回到学校喝得酩酊大醉后的话，大意是：如果有一天我变了，不是我变了，是这个社会让我变了。

（五） 姚维博

不知道姚是否属于文人？不过入了《野草》，从此也难以成为真正的商人。他卖空调、卖保健品，但不知道是否有卖过自己的灵魂。

他毕业多年之后的老婆，是当年的原配，总算创造了一起有目共睹的奇迹。

和姚已经多年没见过面，何时一起见见。

2013年11月11日拉萨

且把风流唱少年

文/何自清

1

于我而言，文字这玩意总是为了怀念点什么的，譬如一个人的消失，一只狗的死亡，或者一段时间的流逝。总之，因为怀念才写下点什么。

秋荻文学社32年庆那天，秋雨潇潇、黄叶遍地，有点戴望舒《雨巷》的意境。本来就挺伤感的，没想秋荻这帮师弟师妹更煽情，投影仪上打出了当年我们青涩的照片，配乐是名动天下的《同桌的你》，谁要不感动谁就是橡皮人！加之有师兄（弟）说我是他当年崇拜的对象，我那个高兴劲呀，于是，硬生生坠入了怀念的国度无法自拔。

那是最美的光阴！面前的影像似乎渐渐模糊了，就像马尔克斯《百年孤独》开篇第一句主人公想起“那个看冰块的下午”往事澎湃涌出一般，我已经进入角色。我思维的“元神”出体，破窗而出，绕过都市林立的高楼，穿过熙熙攘攘的人流，飞向那遥远的1993至1996时光……

林荫道间洒下的碎阳、小花园弥漫的玉兰花香、贴满树干的《野草》海报、那些纯真的青春面孔——记忆里的遥远光影竟然无比亲切……

现在，距离年轻的校园岁月已有二十年的光阴。二十年时间，时光飞逝万物流转，杜拉斯的湄公河干涸又丰盈，春上村树的大象想必也已重返心中平原。

二十年时间，遥远的令人无限遐思！但我坚信，人是一种怀旧的动物，过去是镶嵌在记忆里的珍珠，无论多么遥远，哪怕饱经磨砺，她一样会熠熠闪光。

2

西电科大是省城的重点大学，进了 211 工程那是后话，单其前身就很辉煌，据说是红军时的通讯学院。基于此，虽是科大第一年试招的专科生，我也倍感自豪。

但说实话，当年西电的校门很破，我乘火车站的接送车来到校门口，西电给我留下了这不太好的第一印象。此外西电的建筑也乏善可陈，由于年代久远的关系，教学楼略显破旧，没有现代化大楼的气势。但校园面积很大，我绕校园围墙一周，竟然耗时 30 分钟。

新生楼也很陈旧，是三层楼的苏式建筑，我住顶层最北头，房号很好记，345，是打麻将的一组牌，哈哈。宿舍住 7 个人，有 8 张床，一张作为大家的行李床用。宿舍的分配没有特殊讲究，是报名顺序相邻的七个人安排在一间房里。我抢先进去占了靠窗的上铺，居高临下可以观赏窗外的风景。

我们班在西大楼最南头的阶梯教室，编号 119，很好记，是火警的号码。班上有 107 人，加上矮胖长得像宋江的班主任，恰恰一百零八将，被我们戏称为水泊梁山。有所不同的是班上女生不是三个而有三十之多，所以无法一一对号入座。班长高大魁梧，绰号晁天王；学习委员玉树临风，人称入云龙公孙胜……我入学成绩拙劣，要排座次想必已在七八十位以后的地煞星之列了。

新环境里总是充满新奇，同学之间彬彬有礼，相互帮助蔚然成风，所以

不觉得孤单和不适应。每天早晨起床吃完早餐去教室、上完两节大课到中午时分，休息 2 小时再去上下午课，到 5 点左右可以去操场上活动，排球、乒乓球、羽毛球、篮球、足球应有尽有。晚饭后可以去晚自习也可以待在宿舍看书，总之，相比高中生活，是自由而美好的。

我的专业是计算机应用。这行业日新月异，那时我们玩得最高档的是 486，操作系统是 DOS。说起来惭愧，我的成绩很差，年年补考，能够顺利毕业已属万幸。

西电最美的景色是大雪皑皑时，我们穿着军大衣在操场上的雪松下合影，有谁使坏朝树干猛跺一脚，雪花落下满身钻进脖子里透心的凉。

西电的调剂食堂是我较为怀念的地方，这里可以点菜，价格适中，比起学生食堂的一锅烩好得多了去。我们有事没事就在这改善生活。

3

我这人不爱热闹，所以没加入什么社团。刚进校时看见形形色色的社团招聘，只是好奇地瞄上两眼。对秋荻也无特别的印象。只到寒假前，看到东区食堂对面海报栏里贴的“西电杯征文大赛”的启事，一下子来了兴趣。

“什么样的文章才是好文章？”我坐在 119 阶梯教室里，看着西下的夕阳沉思。那时候二环还没修，放眼望去是北方乐园报废的摩天巨轮，在暗红的天幕下沉默不语。我左手边是摊开的《大学物理》，右手边是一沓稿纸。我拿起笔时而疾书，时而冥想，如此三个晚自习后终于写就一篇 2000 余字散文《年华随风而逝》。写罢我再三默读，文中的美文佳句把自己感动得不行。我将稿件郑重地装进信封，亲自送到大学生活动中心三楼秋荻的办公室，值班的女孩接过我的投稿，郑重地做了登记。

除此之外，那一年再无甚书写的亮点。第二学期开始，三四月份的某天，我看到红底黄字秋荻文学社的海报，我的那篇《年华随风而逝》获得了二等奖。

从这天起我的生活开始多姿多彩起来。随后被通知参加颁奖仪式，再去秋荻时便有人热情地打招呼，见着了社长谢扬林，主编拓峰，编委韩冰、殷允辉、郭飞跃这五大“常委”。我诚惶诚恐地接受他们的表扬，顺理成章地加入了文学社，成了有组织的人了。那时他们已在筹备社报《野草》的出刊，作为一名新兵，我能做的是听从每个人的吩咐，完成繁杂的选稿、写稿、编辑工作。所幸我天资聪颖外表憨厚，几乎给每个人都留下了老实可靠的印象。

《野草》顺利出刊了，钱是谢扬林筹的。报纸出来后老谢大宴群臣，我们都去了，在他租的徐家庄 82 号的一间民房里，自己做饭，喝啤酒庆祝，气氛无比热烈。

快出第 2 期的时候，老拓突然提出退出，他那时从西电职校毕业，表现突出准备留校。他提议我接任主编，我受宠若惊，推辞了两句便欣然接受，没想我人缘还行，大伙一致同意。

我上任后大肆扩招。有了《野草》这个报纸的平台，我们的新会员招募很成功，苏珏、姚维博、文冠果、刘红荣都是那时候进来的。卢光伟、楼子燕稍晚些。

又出了几期，《野草》声势越来越大。到冬天来临的时候，老谢要退隐，大伙提议我当社长。老谢也无异议。不料临近时老谢突然变卦，说要让姚维博当社长。其实我倒无所谓，主编挺好的，不像老谢要为《野草》好几百的印刷费发愁。

但是，大伙不干了。秋荻历史上最隐秘的一场逼宫就此展开。在西电小花园里，以拓老大为首的五大《野草》常委们以举手集体表决的方式形成决议：何自清任社长，苏珏任主编。

我顺应历史潮流荣登社长宝座。不计前嫌任姚维博为副社长。班子搭建而成，开始了《野草》风云之旅。谢扬林和老拓从此隐退。老拓在成教的办公室我们还常去。老谢除了上课就蜗居在徐家庄 82 号，据说常带一女生出入。听到此消息，我对徐家庄 82 号在《野草》历史上的神圣地位开始产生了深深的忧虑。

1994、95 年是秋荻、《野草》叱咤风云的时候。

我当老大的第 8 期《野草》无人售报取得佳绩。无人售报是大伙的集体智慧，以前也搞，但收获不大。但这次，我们大造声势，在出报两周前就贴出海报，预告报纸内容。每天一个主题，吸引大家关注。出报的那天是周末，我们写了近千条标语，把校园林荫道旁能够着的树干上都贴满了。红红绿绿的标语，把校园渲染的像过节一样（还好，西电是个宽容的学校，容忍我们如此胡作非为）。在强大的宣传攻势下，报纸很快售罄。我们在会议室里一角角数钱，竟然很可观，历史性实现了盈利。此后，报纸印量节节攀升，最高印到 2000 份。广告那时也慢慢上来了，公司的、饭馆的、录像厅的、蛋糕店的，收入不少。《野草》的繁荣引起了学校的关注，党委涂书记特批了经费供《野草》发展，自此《野草》名满西电。

在《野草》恣意生长的同时，秋荻也迎来了大发展，某期《野草》上公布的人数到达 150 之多，包括编辑部、外联部、文艺部、发行部。俨然一个小媒体。那时候活动开展得如火如荼，征文大赛、卡拉 OK 大赛、文艺汇演、公关演练、名人演讲、大学生思想调查等等，应有尽有。

主管社团的校团委赵老师在我们的庆功会上，特意夹了个鸡头给我，说我劳苦功高，应该犒劳犒劳。我受宠若惊低头把鸡头啃了半天，回看桌上已是一片狼藉。

4

现在想起来，那时的秋荻真是人才济济，骨干甚多。活跃的有二三十人，有的成了好朋友，至今难以忘怀。

老谢是个有故事的人。我们尽玩了风花雪月的时候，老谢已经开始实干了。老谢有佛性，喜欢普度众生。后来在西安某报实习时，路遇一流浪汉，接至住处，给其吃赐其浴，一宿好梦醒来发现被洗劫一空。仅此倒也罢了，几日后又遇，老谢再度将其迎至家中，上班前给其做好早餐。晚上回来时发现住处一片狼藉，又遭洗劫。还有听说老谢把千辛万苦弄来的上研指标让给了他小师妹，后来师妹依依不舍地嫁给别人了。但老谢艺高人胆大，一晃考到老家读研去了。毕业后和老谢不常见，最近的一次我截获了他的微信留言："我在雅鲁藏布江听风，一个人。报告完毕。"老谢骨子里有魏晋名士的风雅。

老拓当时是个严谨的人，现在是传媒界重量级人物，修炼的更为老到，做起事来滴水不漏。他现在是我们的老大，他的人脉是你想象不到的好，在我印象中就没有他办不成的事。这样的人你没办法挖到他的趣事，只好略过不表。

殷允辉是老谢时《野草》的编委，后来在逼宫老谢时起了关键的作用。他歌唱得很好，尤其一首《太傻》，唱的如醉如痴。他和女朋友十分恩爱，羡煞我们了。相比后来悲切的众人，他是幸福的。只可惜他们比翼双飞早早毕业走了，再无音讯。我还能忆起他唱歌投入的样子，"守着你的承诺太傻，只怪自己被爱迷惑"，余音犹在耳边。

郭飞耀是个全才，编、写、书样样精通，所以早早位居《野草》编委不足为怪。他是我的左膀右臂，肱骨之才。秋荻那些花花绿绿的海报大部分出自他的手中。他字写得极好，据说老家时过年常常在街上卖对联。他的字现在有价格了，好几千一副。我对他十分欣赏，买来 8 尺宣纸求他一字准备挂在办公室，两年过去了他还没写好。老谢说郭鲜有绯闻，那是他心地纯洁。上学那会老郭常带我和韩冰去通院他的女同学那儿海吃海喝，后来我都不好意思去了。郭其实挺有女人缘，毕业后我有个女同事给郭飞耀介绍她朋友，人家挺满意的，写了封情书托我转给他。结果聚会时我内急掏去误用了。为这事，老郭有好长时间不理我。你们说我容易吗，当个红娘还被人怪。

苏和韩这对必须放在一块写。苏是主编，负责一切编务工作，做的有条不紊游刃有余。韩冰是福将、《野草》重臣，编委兼记者，校园新闻兼广告稿件他是主写，他是性情中人，做事雷厉风行，宛如急先锋。他和苏的爱情故事是轰轰烈烈，肆无忌惮的。不像我瞻前顾后，畏首畏尾。遗憾的是他们有情人未成眷属。和韩经常通话，感到多年来他还是那般真性情。韩喜欢黑豹、唐朝、崔健、郑钧。他喜欢《睡在上铺的兄弟》甚于《同桌的你》。

姚维博是我的得力干将，我俩一唱一和所向无敌。我唯一见过他的一篇作品叫《老黄》，大意是说一只叫老黄的母鸡为保护一窝她即将孵出小鸡的鸡蛋而奋力和大黄狗周旋的故事。但他描写的较为晦涩。以至到现在我都不明白黄狗为什么对鸡蛋那般锲而不舍地窥视，而非一只骨头？但姚维博的优点是人长得帅。人帅好办事，我和他出去拉广告，若是女老板就派他上了。姚的漂亮女朋友也是秋荻的，毕业后历经波折，最终成了他老婆。毕业后姚在钟楼附近上班，当上了国营大厂驻西安办的主任，我们经常到他那打土豪。后来读了 MBA，在家外企上班，相妻教子，不太参加我们的聚会，对此，我们颇有不满。顺便爆一下料，姚在来文学社之前是学工处“手电队”的成员，成天晚上打着手电在小花园照来照去，不知棒打了多少鸳鸯。

卢光伟自述是看到我写的一篇关于马拉多纳的足球品论文章才跑到秋荻来的，这让我有理由相信我的读者遍西电。卢是个和善的人，整日笑呵呵的，典型的邻家大哥人物。他写过一篇文章叫《情殇》，冷静地剖析了校园爱情，得出弊大于利的结论。他的成熟由此可见一斑。后来我、苏、郭、姚、韩我们经常在一块小范围活动。毕业纪念册上卢给我题词“琴心剑胆”，我回他“海内存知己，天涯若比邻”。单从字面意思，我的稚嫩和他的成熟高下立判。毕业后大家都频繁更换工作，和他再无联系。

刘红荣是可爱的微胖界人士，性格温和，谁娶了她必定幸福。我们那时都亲切地叫她荣儿。她擅长卡通画，《野草》的许多海报都是她画的。她后来和一个叫吴琳的大眼睛姑娘承包了活动中心三楼秋荻的咖啡厅，每月给《野草》贡献 60 元经费，那时已是不小的数目。我们去时老是白喝几杯，现在想起来有吃拿卡要之嫌，不知她们有无背后说我坏话，呵呵。

文冠果后来居上，文章写得好，拉广告也一马当先。我们退隐后他个人拉的广告占据了半壁江山。是才子必定有风流故事，他亦不例外，恋上一冷艳的女生。若干年后我和他在微信上聊，他说“早分了，被一个猥琐的家伙弄走了。”看来他还耿耿于怀。文现在早就金盆洗手，读完研后从事芯片设计人称文高工，但他得意于当年一篇千字文被新浪等轮番转载，挣了近万元。文毫无悬念成了我指定的“接班人”。秋荻社长这位置不是那么容易坐上的，谢扬林那会儿到处拉票，最终靠韩冰的关键一票才险胜，我那会儿靠大伙支持这才逆转乾坤。

楼子燕是才女，她有篇美文叫《俯首千年》，我剪下来贴在笔记本上。文字美，有气势。我把它推荐给报纸副刊主编，她看了个开头就欣然提笔批发。那时候的她安安静静的，有别样的气质。她现在一边编程序一边给媒体写专栏，美食、旅游、亲子、家庭，广为涉猎。

5

大学生涯当然少不了风花雪月的故事。

杨算是和我有点故事。大二某天我在119晚自习，她坐我邻座。我惊艳于她的端庄典雅，遂要了她的宿舍号。那时没有手机、传呼，联系起来甚为不便。我约她看电影她婉拒了，遂偃旗息鼓。没想数月后杨出现了，她陪同舍一女孩来《野草》投稿时在门口怯怯张望，我便请她们进来。聪慧的苏珏邀杨加盟，杨以沉默的方式默许。她自投罗网便怪不得我了。我和杨待了几个月，为她写了几篇文章发在《野草》上，据说感动少男少女一大片。她毕业回家了，之后来了封长信，末尾写道“若有来生，定做你心仪的女子，长相厮守。”我将信叠成纸飞机飞到对面学生食堂的瓦顶上，第二天一场大雨将其冲刷得无影无踪。毕业后她给我办公室打过三次电话，我也给她家打过三次，彼此都要人转，极为不便。我把我们的故事写成散文发表在那年的《当代青年》上。曲终人散，无比圆满。

第二个女孩其实认识更早，大一时我和室友去调剂食堂吃饭，碰巧和她坐一桌。我轻松破解了餐厅电视里一道“1 至 16 排成四行，横、竖、斜线相加之和等于 33”的矩阵题。我说这题《鬼谷算术》中有过记载。她看我的眼神近乎崇拜。事实上我至今还未见过《鬼谷算术》。这雕虫小技还是高中看《射雕英雄传》拜书中黄蓉姑娘所赐。后来常在校园遇到，她总是纯情地看着我。我不傻，当然读得懂她眼中的深意，但我假装不知，和她仅仅维持在相逢一笑的初级萌芽阶段。她长得有点像后来《挪威的森林》里的水原希子，不是那种惊艳的女子，却有无法忘记的美。但那时受德华兄影响颇深只喜欢长发披肩的。等到我懂得欣赏时她已名花有主。惹得室友好一阵嘲笑。

所谓的爱情，就是在合适的时间、合适的地点遇上合适的人。只不过有人运气好有人运气不好，仅此而已。

6

1996这一年，世界仿佛一夜间变得忧郁起来，我和姚、郭、苏、卢、文常常聚会，临近毕业每个人都变得心事重重。我的心里空荡荡的。

这一年，世界异彩纷呈。美日签署安保联合宣言，中英达成香港交接仪式协议 。这一年，四大天王风头正健，周星驰的无厘头依然是最爱。这一年慧敏祖贤还是玉女，清纯可人的海报处处可见。这一年，中国足球依旧在重要时刻功败垂成，学子们发泄砸下的啤酒瓶满地都是。

我们把秋荻交给文冠果、韦在雪、徐艳。文的文风和我一脉相承，颇受我器重。我学老谢老拓，急流勇退，恰到好处。

郭、卢依旧是单身，拓和谢都有人陪。我倍感无聊，闲来无事时会和女孩聊天，但她们对我和杨的事了若指掌，不好意思下手。偶尔也会收到情书，也有女孩执著地在楼下等，都被我无情婉拒。若干年后看到文冠果发来当年的合影，我倒抽一口凉气，照片中的我瘦高瘦高，风吹就倒，哪有资本这么拽，随便哪个姑娘配我都绰绰有余。

后我迷上了和杜老板他们赌博。杜老板是我同班死党，住隔壁宿舍，因早早在学校摆摊而得名。我们在宿舍玩“扎金花”赢饭票。结果被校联防队送进了派出所。后找人说情，各罚50元了事。

再就是打台球。谁输谁掏钱，我和杜老板你追我赶，互不相让，杀得个昏天黑地难解难分。结账时台主总是少算一盘。据说台主从前是这儿有名的混混，后来械斗瘸了腿，但是余威尚在。他一瘸一瘸的样子，像极了小马哥。

也有和舍友跑去玩通宵游戏。那时候流行《沙丘》，我最不能忍受的是敌人的飞机在我基地上空飞来飞去。钱总是不够用，只能造几个防空兵扛着炮筒对着飞机，轰、轰，半天打不下一个来。

最后的时光，姚维博拽起来了，恋爱谈的红光满面。想找他吃个饭都难。倒是韩冰回来了，大伙好一阵热闹。我找了临近城市一家国有工厂，等待毕业。

离校那天我记不清是谁送我了。想留不能留最寂寞，没说完温柔只剩离歌。时光一去不返，再回来时已成了过客，令人无限伤悲。

我的行囊里装了厚厚两本《野草》的合订本，不料成了绝唱。他们现在都向我要，我先摆摆谱慢慢复印了再给。

7

虽然没有蓝莲花，我也知我们心中世界的清澈高远。虽然不曾去挪威，心中亦有湖面一片澄清空气充满宁静——其实我们一直在寻找。

我承认是对文学的热爱让我有了强大的内心，从而有了自信的人生。自信的人生其实无比重要，终将不会失去或错过。

我朋友杜老板说，“就算把我们扔到沙漠里，我们也会创造另一片天地。”这话有点夸张，沙漠里没有水和食物，他终将被渴死或饿死。但我欣赏他的豪情。

后来才知杜老板也是秋荻的成员，入社时间比我还早。但他从不参加活动，我们卖报他摆摊卖磁带卖旧书，属于当年秋荻名单上的僵尸户。他毕业后早早自立门户，刚开始到处借钱，人人避之不及。学车那会儿撞了人，深更半夜跑来找我，我将可怜的积蓄悉数给了他。现在他发达了，成天开着宝马 7 系到处晃荡。我说来西电吃饭，他屁颠屁颠地奔过来，和我吃个泡馍。

酒足饭饱他提议进校园看看。彼时阳光灿烂、碧空如洗。学校变化不大，大学生活动中心还在，当年住的 21 号男生宿舍楼还在，主教学楼还是那般雄伟宽广，操场是老样子只是换成了塑胶跑道。

只是物是人已非。我们都输给了光阴，再回不到昔日年华。我们笑吟吟地朝过往美女看，但她们都不看我们。

青春那道照耀我们的光芒

文/韩冰

老何 11 月 8 日发给我一条短信，简短几句说让我加入野草微信。身为西电人的我汗颜，手忙脚乱地用手机、电脑下载安装，登录到微信上一看，还是高科技好啊！哥几个图标已经像鱼一样在网上排排坐了。遥想当年宿舍楼只有一部座机排着长队接打电话的年代，的确进步太大了！

进步的不仅是科技。在老拓上传的秋荻 32 周年庆祝会照片上，看到哥几个体重也进步不少，尤其是郭飞耀进步的可喜可贺，把你们在我脑海中的 1.0 版本形象直接提升到 5.0 最新版，不得不说真的是人到中年了。

细细算来离开西电已逾十八载了，那时哪能想到风靡校园《同桌的你》1.0 版的老狼，也会升级到现在醉驾臃肿的 5.0 版。日子就这么一天天过去了，也就这么一天天过来了。彼时通讯不便，我们满怀热情写过一封封的信件。中间也曾失去过音讯。再后来通讯方便了，可工作生活上的事情也多了，每天都像陀螺一样转个不停，大多就是在过年过节的时候相互问候一下。

这次秋荻成立 32 周年庆祝会又一次唤起了青春的记忆，野草就是青春中闪亮的一道光，那时的你、那时的他(她)、那时的我，还有那时的事，都隔着时空的玻璃明灭地闪烁着，有些清晰有些模糊，但已不可再触及。

我参加秋荻之时尚未有《野草》。有《野草》是老谢当社长之后的事。

那是一个夏天的故事，老谢在 28 号楼下提出了社刊的名字。当初老谢的冲劲很强，如果允许的话，我估计能够把校团委整个承包改组。老谢当时坐在宿舍楼门口一辆三轮车上给我说，非常佩服野草“野火烧不尽、春风吹又生”的生命力，经风霜历寒暑依然默默无闻地坚守脚下土地。按说早在 94 年夏老谢就用了野草来定义草根的含义。

好多年之后，我想老谢当初定义野草之时，应该还有另外一层意义。同样是草，为何不能叫《小草》？秋荻其实也是草，还是大草，为何非得叫野草？野草更多地突出了一个“野”字。一株株弱小独立的草们聚集在一起，面对广阔的天地，任狂风暴雨。用老谢的原话说就是：被人踩过一脚也默默挺立。在那时没有表达清楚，可能也无法表达清楚，说到底应该有一种渴望独立的意识和由此产生的深深的孤独感在里面。

西电作为理工类院校，文学社本身就是小众，至今能够存在 32 年确实不易。老谢当社长之初百废待兴，正值用人之际，多的是社员，少的也是社员，多的是人数，少的是从内心和行动上真正做事的社员。我之所以同意刊名为野草，也是希望一位位热爱文学的小草们能够“星星之火，可以燎原”。

先说说我与《野草》之前秋荻的几件事。印象中最早是 93 年秋季在团委活动室举行的一次座谈活动，好像是稍有名气的一位校园文学“作家”（那时流行各种文学流派，比如知青文学、校园文学、寻根文学等等）。姓甚名谁早已忘记，作品名字有一定的遐想性，叫《女大学生故事》。六系大四一名叫杜威的同学用火爆的嗓门和打破沙锅问到底的气势让作者倍感难堪，直接影响了其签售效果，我也知道了所谓作家或者诗人也有着另外的一面。彼时文学青年还有生存空间，披着作家诗人的外衣还是很能忽悠人的，特别容易忽悠怀着文学春梦的女生。那年代还流行交笔友，就如同时下交网友似的。会后知道杜威是当时秋荻文学社社长。

座谈会上最大的棒喝还不是这件事，而是另外一件事。座谈进入现场提问环节时，我拿着话筒鼓起勇气，郑重提出了困惑自己很久的一个问题：男女同学之间有没有真正的友谊？结果引来一片笑声，很类似现在常说的“你有啥倒霉的经历，说出来让大家乐和乐和！”的样子。该作家在台上堂而皇之地说：上大学就是要谈恋爱，都成年了想爱就去爱，别拿友谊当幌子自欺欺人。直接把年少的我给震撼了！这在上大学之前是无法想象的，哪有老师在公开场合大声鼓励你去恋爱的？现在想想那时真的很傻很天真！一个在五十多岁还在写《女大学生故事》的人肯定与一些女大学生有着事故，你指望他能给你怎么样的回答？

有些同学可能在入校之初就加入了秋荻，不然等我再入之时，社长已经换为93级三系王洪岳了。王是陕西扶风人，宿舍在21号楼一楼东，我在二楼中。王为人热情爽快，精力旺盛，在他宿舍开过几次小会。其舍友刘风，也是社员，北京人，细眼长发，从其接触到单反相机，虽然当时我也有台双镜头傻瓜机，但后来《野草》诸多活动都是借用其凤凰单反拍摄的。

入社之后是纳过投名状的。一加入就参加了西电第一届校园辩论会，辩题已忘，王是一辨，我是三辨，开辩论会那天的西装还是借的，但我有皮鞋。年轻时候的照片能证实，我有过穿运动衣穿皮鞋的时候，但绝对没有穿西装穿运动鞋的时候。

最大的活动就是参与学校食堂伙食问题调查，联系过周边几个学校社团，和几个社员一起去过西工大、西北大、交大、陕师大，顺便看过彼此的老乡同学之余，在几个学校食堂聚过餐。回来后写报告的事情全落在我身上了，我杂七杂八地写了草稿，他们又乱七八糟改了又改，没少添油加醋，最后署我名字以《灶王爷在行动》的标题发表在《西电学生》上。反响如何不得而知，但是至少引起我班曾在老山前线负过伤的连指导员的关注，课间把我叫到走廊说给学校提意见也要注意方式。

洪岳不做社长大概是因为功课压力大的缘故。94 年下学期伊始就准备重新选举社长。老谢是参选之际才走进我的记忆，之前可能是沉默的社员。与之竞选的还有一名黄姓广东男生，住我同宿舍楼层东侧。冬季时常聚集在公共洗漱间洗冷水浴，很显摆嚣张的样子，将手套叫为手袜。后来我和宿舍几个哥们也叫板式地冲冷水。93 年那个冬天就是在山东老乡与广东同学每半月一次冷水浴中度过的。所以我很不支持他。

第一次见到老谢应该是在三楼团委活动室，谢是湖南新邵人，住东南门临街的 28 号楼。其貌不扬，乐观壮实，能吃辣椒，能抽烟不擅酒，一喝酒脸就红，一醉就爱笑，一直笑到曲终人散。等他告诉我对社团发展的规划时，我感到他是一个很有想法的人，至少不是为了在毕业时能够在档案上多写几行字而混社团资历的人。说实话是他真诚的眼光打动了我。

虽然习相远，但是性相近。在团委活动室召开换届选举会时，我果断地将选票投给老谢，结果老谢以 4:3 胜出。我那一票或许不是最关键的一票，但幸运的是老谢最终当选了。

老谢随后便风风火火地实施自己的计划，真正做起来才让我发现老谢计划性和时间观念都比较强，热情饱满，激情洋溢。于是麾下聚集了不少干将，有拓峰、郭飞耀、何自清、殷允辉等等，有些人已记忆不清晰了。

拓峰是老大哥，陕北榆林汉子，是经历过坎坷的人。有着真性情，沉稳真诚，讲话做事不急不躁有分寸，有酒量但不好酒，没脾气但有性格，彼时是最早毕业又留校的一位。后来回母校时，老哥刚转到商报，白天骑一辆破旧自行车穿行城区大街小巷，晚上回来加班写稿子，还不耽误陪我们聊天。

现在是报人。

何自清，汉中人，不似陕北汉子，明显带着岭南近川一带风土滋润的情怀，白白净净、瘦瘦高高，爱唱《童年》。一副圆边眼镜很有徐志摩风流倜傥之态，估计桌球打得比徐好很多，五角一局的话，一下午能赢徐十块大洋。何硬笔书法也好，稿件上的字迹也如其人一般飘逸。性情不温不火，遇事最多叹一声就过去了。毕业之初在咸阳一家军工国企做得不爽，直接就辞职去了旅游商报做编辑了，冷暖自知为爱好开始打拼。

郭飞耀彼时偏瘦，陕北汉子，能抽烟酒不行。瘦长的脸型上带着宽大的茶色眼镜，像极了大眼睛的蜻蜓。一次闲聊中谈起祖上是沿着丝绸之路在陕甘宁一带做珠宝玉石生意，是因为解放了的缘故才不做的，不然依旧富甲一方。郭书法很有功底，笔墨和为人一样豪放。能唱信天游，让人不敢相信那高昂悠远的曲调是从他那瘦瘦的胸膛里吼出来的。毕业之初曾在单位于小寨商店里卖过图书软件，后来也在商报天南地北出差，也是报人。

还有姚维博，也是位帅哥，说是让我一篇短文中那句“黑得掉汁的头发”给骗进秋荻来的，以为韩冰是位“美丽的女孩”。入社目的性之强不打自招。姚有几句给我很深印象的话。有一次谈起校园恋爱现象时，姚说其父曾告诫说，不支持他在大学里谈恋爱，但遇到好的也别放过。还有一次在图书馆楼前小花园里，姚用很精辟的话概括了很多轰轰烈烈但最终烟消云散的校园恋爱，那就是“梯子爬到了头才发现架错了墙”，我想那或许也是《唐伯虎点秋香》结尾唐伯虎的感受。如此才情和聪慧，所以才是为数不多校园恋爱修成正果之人。不过，最近有人爆了个十八年前的料，说姚曾经是校园手电稽查队的人，我不信。

文冠果是江西萍乡人，其名确实是一种果实的名字，于是都叫其果子。果子也戴一副大眼镜，圆脸尖下巴，骑起车来东倒西歪的。一副没心没肺的乐呵透着一股天真。后来也成了继老谢之后的社长，再后来与我失去联系。期间在同学通讯录上无意中看到可能认识的人里有其名，留言给他，结果他一年之后才看到。目前应该是我们中间为数不多还干专业的人。

彼时我和老何都在南校园宿舍楼，就是上游泳课时能往东看到那栋楼，老何住三楼中，我住五楼西。我们经常搭档着在校园中穿行，纳新成了我们的新任务，经常去操场看新生军训。新生在校园道路上列队时，我们甚至与教官看不到的后排新生，用学哥的派头瞎吹一气。后来还真招来一批十系的新人，个别小草入社后还真对我俩有印象。野草也从此与十系产生了渊源。

野草的启动资金是老谢提供的。起初的琐碎辛苦现已记不清了，好像去过原来出版社所在大楼西侧的排版印刷室。跑过立人，和殷为立人跑过南侧家属区几乎所有的家属楼发广告，也贴过小广告，以工代酬。老谢课余骑车在校里校外风风火火地跑了多次，组稿、编辑、排版，反反复复弄了好多次，使用的是 WPS 华光排版系统。那时学校里最好的开放机房是位于东教学楼一楼的三系 386 彩显机房，二元还是三元一小时。

无人售报是个创新，用现在的眼光来看，很像用两角一份的报纸搞的一次诚信考验的行为艺术。老谢提出的这个设想让我们有些意外。为了减少成本和体现价值是要售报的，但没有想到是采取无人售报的方式。

第一期报纸是采取无人与有人相结合的方式出售的。既解决了上课没时间的问题，又集中人手在人流量大的地方突出宣传。我们课间还专门跑到无人售票点去看行为艺术的效果，还好桌子、报纸和零钱盒都在。记忆中第一期售报总所得是 140 多元，肯定是完全不够成本，但效果确实超出我们预期。140 元在当时是不少一笔钱，那时从西安到济南全程运行 23 小时的绿皮车学生票只要 22 元，不半票的卧铺才 73 元。食堂馒头 2 角一个，想想看 700 多个馒头是多么一大堆啊！更多的是有这么多同学参与阅读了《野草》，再加上传阅呢？确实是可喜可贺，怎么可能不去徐家庄 82 号庆祝一下！不过至今我也不清楚，当时是怎么把那堆零钱换成整币的？

“知之者不如好之者，好之者不如乐之者”，随后的时间里，功课之余就是在团委活动室或者小花园里，一起说笑谈天、做策划、写稿、组稿、编排。没有双休日的学期也过得很快，寒假之前好像摸索着做了三期《野草》。多年之后想起来，如果都能把爱好当做职业，自己喜爱又能利于他人，我估计敬业度会提高很多。

组稿依旧辛苦，售报依旧如同过节，海报仍然铺天盖地。特别是海报，野草的海报都是提前做好了，夜半才贴，一早就开始活动，就是为了防止被其他社团的海报覆盖了。累并快乐着！

记忆是片段的，也是琐碎的，往往也是很细致的，某个场景、某次谈话、某个表情，彼时的一段旋律、空气中弥漫的味道，茶水炉总是排队的暖水瓶，高大教学楼里昏黄暗淡的灯光，晚自习时为亮灯而跺脚时空荡的回声，写在课桌上的字迹，春天小花园里黄黄的迎春白白的百合，放暑假前热得跑去操场上集体卧谈，秋季里校园草地上铺满了金黄的落叶，冬季教学楼前暖气井盖子上摇曳的白烟，去防空洞看过录像，上过未竣工科技楼顶层俯瞰全校，每周六操场上免费的露天电影……

秋末冬初新草们能够胜任野草工作，流程步入正轨之后，部分小草自发开展了一次骑车活动，去看过神学院、回民街。印象最深的还是在环城公园西门外爬城墙。城砖逐级收缩向上，陡峭的城墙诱惑似的仿佛能够爬上去，好像来看过城墙的没有几个不爬着试试。那天阳光不甚明媚，包括谢、郭、何、苏、二杨等都兴致很高。好像老郭攀爬的最高，以至于我都为他担心了。恍惚间突然想起轮回乐队那首歌：老觉得前面挡着一堵墙，墙外是理想，你不停地爬呀不停地撞，你只有靠着你那燃烧的欲望。我马上拿起相机定格了这个场面，冲洗出来后还在照片背面写上了这句歌词。多年后再看到这张照片时，我挺遗憾当初没有采用仰视的角度去展现城墙的高大与攀爬者渺小的对比，但是依然还能体会到理想与现实之间那堵墙的意境。

夕阳西下的余晖里，又转到城门口的旱冰场滑冰。强劲的节奏、快乐的笑声、古老的城墙、年迈的大树、年轻自由的我们。是的，彼时我们有着强烈的欲望，去证明自己、去见证成长、去追逐理想，相信努力就会爬过那堵墙。我们也有着诸多的困惑，各种各样的语言和思想在头脑中冲突碰撞，在孤独中寻找成长的道路，在外界与自我之间寻找着平衡，在最需要的时候渴望理解与支持，总希望但始终没有一个能拉我们一把的人，只有自己默默地去感受去体会。

这个时候野草适时出现了，我们就如同梁山泊好汉一样，听到山上有了自由的消息，就渴望做一个敢作敢当的自己。我想这也是老谢当年推出野草的初衷。野草是一个凝聚起大家的舞台，因为年轻的我们有着对抗孤独努力成长的欲望。

在经费紧张的情况下，野草曾经推出过一项从未实施过的措施：有偿发稿。就是针对那些稿件质量不是太高的文学爱好者，野草可以宽容地接受并在其授权下完善修订，为其提供一个表达并获得共鸣的平台。这有点类似现在某些学术期刊，可以收费发稿，甚至多交钱还可以提供枪手。

当初我们可能并不彻底地理解，想来包括无人售报、广告创收、有偿发表等等措施，放到现在也是行之有效的办法。比如野草未站稳之前广告少也没收过费，淘宝未做强之前也是不收加盟费的，打出品牌吸引眼球，养肥了再杀的道理还是相通的。

在野草经历中，老谢的徐家庄 82 号是必须要提的。西电宿舍管理是严格的，每天定时锁门断电，隔三差五地查夜。为了给秋荻提供便利的场所，老谢在校西徐家庄 82 号租了一间二楼民房。房间外是房东未来得及加盖的二楼房顶，没有护栏倒也开阔。没有去过 82 号的小草不多，开过小会、朗诵过诗歌、煮过稠酒、打过扑克、讲过鬼故事，彼时钥匙也混乱，往往主人不在时，房间里依然热闹，从此看球看录像回不了宿舍的人也都有了落脚之地。

94 年的最后一天晚上，忘记了还有谁在 82 号，好像房间是很热闹的。那天极冷，几天前刚下过雪，正是北风吹着化雪的时候，可喜的是晚上停了风，西安露出了难得的深蓝色星空。我和老谢在门外楼顶空地上找了两把破旧的藤椅，穿着军绿色棉大衣竖起领子，乘凉般看着天空中飞机尾灯如同流星一样划过天空，抽着二块五一包的金丝猴，谈理想谈人生谈未来，具体谈什么现在已忘记，但记得那天老谢用湖南话对朋友做了定义："捧友，酒是和(hé)了(liǎo)泥地酒，愁了泥地眼，传了泥地哒夜，尔泥布挤地忍"。最后我们是以闹钟时间（非北京时间）大声读着 54321 倒秒迎来了 95 年的第一天。

雪是之前圣诞节夜晚开始下的。那天晚上九点多钟的样子，谢扬林电话打到传达室叫我在东南门见面。穿戴齐备赶到后只见老谢一人已在等我了。原来老谢提议给单独过圣诞夜的女生去送温暖，想法简单富有挑战性。我俩把口袋里的零钱凑了凑去花店买了十二朵黄玫瑰，每人六朵分头发放，最后在操场北侧足球门集合。看到校园里有孤单行走的女生就硬着头皮上前主动招呼。雪越下越大时把最后一朵黄玫瑰送给了一位在昏黄路灯下撑着把蓝色伞的长发女孩，雪花在三角锥形的路灯光下纷纷飘落。

多年以后回想起来那个圣诞夜，觉得老谢应该不是突发奇想。在我们心底或许都存在着这样一个人，既做不成恋人，也当不成朋友，更不是什么红的蓝的知己，不再牵挂又无需怀念的一个人。应该是有那么一个人触动了老谢的心底，老谢是希望某人（应该是某女孩）能过个快乐的圣诞，很可惜快不快乐再与自己没有一毛钱的关系。

住集体宿舍肯定少不了夜里卧谈，我有一个叫石头的舍友，很好奇女生宿舍是不是如男生一样夜谈。知行合一，决定了就行动。自己动手照着模电教科书上的电路图做了一个发报装置。用收音机在宿舍楼上楼下地调试好后，就假借卫生检查伺机混入 23 号楼同班女生宿舍，用口香糖粘在公用桌子底部。当晚拿着收音机就叫我陪同去楼后小路上接收。或许是因为手艺太潮，说话声还不如噪音清晰。庆幸的也是手艺太潮，从此这厮发愤图强，考试都能给别人输出答案了。

向野草投稿的一部分作者，估计也和舍友石头一样，写作的道路是从写情书起步的。少年的情怀剪不断理还乱，在乱了理、理了乱、理理乱乱的过程中，就有意识地用笔来做记录，写着写着就有了文字功底。这是好事，现在能拥有一封文笔流畅字迹漂亮的情书很是件奢侈品。网络和即时通讯工具的发达，不仅毁了一笔好字，还扼杀了很多具有文学潜质的青年，除了长短句很难见到有功力的作品了，能码字的也争着去拍电影了，“小时代”是啥时代啊！九十年代才是文学百家争鸣的时代，路遥、贾平凹、陈忠实、霍达、王小波、梁晓声、铁凝、王朔等等，而如今盗墓、玄幻、穿越，价质相悖，这也是我现在不怎么读书的原因之一。

其实在野草组稿时，我就发现文字和语言有其局限性。以前我常随身带着记事本，偶有所感便随时记下，包括夜里卧谈时经典言语，假如再整理一下也能编成论语（可惜的是在多次搬家中丢失了）。每有感悟却发现早有人用精辟到位的语句准确表达了，学诗漫无惊人句确实令人遗憾，这不仅仅是笔力不逮、对语言文字驾驭不足的问题。

回过头来再看老何辛苦上传的《野草》扫描件，再读十几年前的文章，有些雾里看花了，彼时笔力稚嫩，小小的情绪也有扩大化的倾向，文字间或多或少地弥散着迷茫和空泛。但不可否认的是依然能够感觉到当初都是真实地烦恼着、认真地困惑着、努力地找寻着，少年维特是真的忧愁着，不是为赋新词强说愁。而多年之后才发现生活远比小说要精彩得多。

离离原上草，一岁一枯荣。铁打的学校，流水的学生。分别迟早是要来到的，终究是要走进更广阔的天地去成长。毕业前夕野草也组织了一次告别会，在之前借用团委活动室时，可能是因为6•4的缘故，团委赵成生以吊扇有安全隐患为由不想借用。老谢和我力争场地，最终还是如期举办了，那天是我和杨丽稍微主持了一下，活动中间也有些波折，那晚在后台我哭了，老谢给了我一个有力的拥抱。

离开学校是傍晚时分，是老何送的我们。临登车前，老何得知我没有订到座票，让我在站台上等着他，转眼就消失在人海中。在快要开车前，我上了火车放好行李，绿壳列车已经开始启动了，老何满头大汗地从车窗外高声呼喊着我。我赶忙到车厢门口，列车员正准备关门，老何扔给我厚厚一叠报纸说，晚上累了别不好意思，往座位底下钻，多铺点报纸睡就行。想不到老何风花雪月的背后还有如此的细腻。

毕业后的十几年在路桥工程单位天南地北地漂着，更多地接触了底层生活的艰辛，也见识到草根群体顽强的韧劲，偶尔地能想起老谢对于野草的定义，也想起那时的激情和友谊，曾经的日子就像青春里照亮我们的一道光。听说西电秋荻还在刊发野草，我们应该感到欣慰，接力棒依然传递着，野草还茂盛!

2008年是个多事之秋，在遇到困难的时候想起这帮知心的草们，在中秋节前再回西安。拓峰、郭飞跃和何自清，多年未见，见面如故，老友拉家带口相聚一堂，孩子们玩孩子的，我们忆往昔看今朝，气氛融洽热烈，怀念终究不如相见。孩子里面就属老拓家的大些，彼时已经上了小学。所以酒席散而兴未尽，就转战老拓家继续喝酒。老拓两口子平时忙，家中也没啥下酒菜，不过有高度的陈年西凤，我们四个又喝干一瓶。老拓酒量可以还要再开，最后到了子夜时分也是酒多微醉。拓兄家的沙发舒服，东倒西歪地怎么舒服就怎么坐了，不拘小节。还是从前的样子，无论我们在外边是怎样的身份，扮演着怎样的社会角色，这一刻都回归到野草秋荻，看得更多的是你飞的累不累，而不是关注你飞得高不高。

十八年过去了，在人生阅历的深度和广度上，我们小草们都知着行着磨砺着。谢扬林天南地北地跑着，毕业后在高校当老师兼职开过网吧，考研再回西安又去上海，后来进京，做过媒体再战金融。拓峰老黄牛一样在自己一亩三分地里深深耕耘，终有收获。郭飞跃小寨商店卖过软件，感慨没有时间练习最爱的书法，在我从西安回来不久就派驻南非支社，也成报社资深。何自清于风雨飘摇中坚持执著，写过老克林顿来西安的新闻稿，搞过实体报纸，也弄过网络传媒，写过几部长篇，至今也是成功传媒人士。娶妻、生子、工作、学习、升职、涨薪，生活中的点点滴滴也在我们生活中一桩桩一件件地发生着。一路上我们去疯去爱去浪费，去追梦去选择去后悔，有望断天涯路的孤独，有被父母误解忽视的无奈，也有被邻居同事讽讥的懊恼，当然也有峰回路转豁然开朗的喜悦，也有春华秋实的欣慰。很多原来仅存于文字中的做人处事的道理，在我们人生中逐步显现。历千般事，行万里路，读万卷书，阅人无数，识尽愁滋味后，却再也写不出感伤的文字，学会了在痛苦中找寻快乐，天凉好个秋啊！

看过文、谢、何的回忆录后，发现我们有着共同的集体记忆，你的记忆中有我，我的记忆中也有你。现在我早不做专业了，我到西电的原因可能就是为了遇到你们，共同度过那段时光。少年相知，经年相伴，感谢有你们陪伴！朋友也应该是这样的一群人，他们记住了很多你没有记住的往事，那道带着青春热情的光芒依然照亮着我们前行！

2013-11-26

（絮语：我用在野草时写稿的方法，手写草稿并整理成稿，确实很费劲，毕竟以此方式重温野草刊发，是以纪念。）

忆野草

文/文冠果

当电话响起，看到上面显示这个陌生的来电是西安时，便有些诧异。接着便听到了一个令我恍惚许久的消息。

说实话，秋荻的32岁，我真的没什么感触，因为我们那时都以为自己是棵野草。94年入学，虽然没有参与野草第一期，但也算是野草创始团队之一吧。在我们之前，秋荻只有期刊，没有野草报。本来老大们都还健在，轮不到我来忆野草，但今天夜里，这些天里，原来已经模糊的很多名字又活灵活现地出现在记忆里，何自清（无歌），无梦，谢扬林，姚维博，拓峰，苏珏，韩冰，韦再雪，徐艳（楼子燕），黄河平、杨振秋等等，暂且八卦一下吧。

无歌，当年的第一才子，我的上一任社长，笔法华美婉约，每次文章必是头版，引来无数追逐。就这样一个才子，居然当年追着佳人到了山东，依旧失意而归。拓峰，当年他在东南门成教的办公室，是我们闲逛无聊的夜游目的地。韩冰，永远充满热情的山东小伙，你的那件衣服出现在我大学绝大部分的照片里。姚维博《不长叶子的树》那首诗是你的作品吗？毕业之后我抛弃了果子这个笔名，用不长叶子的树，写了唯一的一篇文章，获得了新浪首页推荐。苏珏，与我同级，我的上一任野草主编，经历了与野草元老韩冰的惊天动地的爱情后，心灰意冷，在大二时便淡出。记得那时我从编辑被提拔为副主编时，苏珏和我一起去校办的印刷厂，她近乎疯狂地想把所有的流程一次性教会，以便她好好地躲在看不到野草的地方舔吸自己的伤口。99 年我读研时去到北京，她送了我一袋全聚德，带着一个我不认识的男朋友，想必伤口经过岁月，已经愈合。我想，已经过去这么多年了，无论是无歌还是苏珏，当年的年少轻狂，可以当故事来说了，你们看到，也只是怅然一笑吧。

永远记得，那铺满校园的海报，一个馒头价——三角钱，骄傲地宣示着青年人对于文学的价值。也记得，摆在每一个宿舍楼前的那叠报纸以及一个纸盒，无人售报的大字，宣示着我们关于诚信的价值。还记得，每次报纸发行，我们都像一个精明的小贩，计算着扣除团委的 200 元固定经费，扣除立人，还有那家圆梦园餐厅不定期的广告费，需要卖多少报纸才能做到盈亏平衡。还有大学生活动中心楼上，秋荻的专用办公室，多少人来人往，那是工科院校难得可以看到 MM 多过男士的地方，也是众多社员报名参加的主要原因。

《野草》报，记得最多的时候发行了 2 千份，当时学生会的报纸《西电学生》，完全不在一个层次，党委办的《西电科大报》的第四版绝大部分成了每一期野草的选刊。当然，真正风花雪月的好文章是不会选的，大部分是亲情之类的。后来随着那批充满才华的人们纷纷离校，不可否认的是文章质量在下降，后来每期印刷大概是几百份吧。后来我无助地看着充满好奇的 96、97 级新生，即使韦再雪、楼子燕两个依旧才华横溢，却还是挡不住大家热情的流逝，最后还因为刊发了一些针砭时弊的文章，以及内部的一些矛盾，与团委闹翻，而挂帅而去。

回头看看，其实文学对于我而言只是一个过客。果子这个笔名，伴随了我的大学生涯。变成铅字留在了野草的历史里，而人已远去。现在看看家里的书柜，《十月》、《大家》、《小说月报》那些纯文学刊物，大部分都是 03、04 年之前买的，而今天居然还能动笔写写，想想都觉得不可思议。

很多事情已经模糊了，只是一些片段在闪烁。毕业时我精心收集了从第一期到我大三卸任社长时的全套《野草》报。可惜我读研在深圳实习，学校搬宿舍，舍友把它们全部遗失了。

有些东西可以被遗失，有些记忆不会被遗忘，它只是悄悄地藏在岁月尘土里。

没有父亲的父亲节

文/金晖

今天是父亲节，大暴雨，我独自一人开车去了父亲的墓地，父亲离开我已经八个月整整 240 天了！依旧非常清晰地记得，我那天紧赶慢赶从杭州赶回家，一眼看到父亲安详地躺在他自己的床上，泪流满面的我贴着他已经慢慢变凉的面庞，怎么也不让大家把他抬走……我不相信，从此我们父子俩就要阴阳两隔了！我不敢相信今年的父亲节是以这样的方式陪伴父亲过的。

从小到大父亲为我做的一切我都觉得是应该的，等到我自己做了父亲，我才真正体会到，天下的父母为子女做的一切都是不求回报的，但子女们又有多少时间在想着父母呢？有多少机会主动去关心关怀他们呢？父亲，您就这样走了，我本以为最起码还有好好尽孝十年的时间，但现在留给我的却是无尽的悲伤和终生的遗憾！

前几天，我跟在北京工作家也在宁波的一个朋友说，你也该回去了，父母在，你是最幸福的，不要让这幸福这样轻易失去。今天，我把 QQ 签名改成了“及时行孝”，我要告诉在外闯荡的游子们，世上最幸福的时光是，你有机会把你所想的事情，慢慢变成现实；世上最痛苦的事情，是你想做的事但已经没有了机会。年少不懂事，不知道家是最幸福的，不知道父母是你心灵深处最安全最寄托的港湾。回来吧，好好陪陪父母，好好孝敬父母。

母亲经常说，我长得像她，但性格脾气性情跟父亲像极了。今年新中国 60 周年大庆，我和父亲一起看的阅兵式，当五星红旗渐渐从天安门广场升起时，我发现父亲的眼眶里充溢着泪水，而我也被这个激动的场景深深感染。妻子经常说我，你们父子俩真是一个模子出来的，40 多岁的男人啦，有时还是这样单纯、简单，为人处世没有一点心计。我说这样多好，心不累，快乐工作，快乐生活。

我相信父亲这辈子是快乐的，因为他在教书育人做善事时，从不求回报，只求付出换来的快乐——快乐地传递着善良，快乐地传递着幸福和豁达。那天给父亲在寺庙里做完“五七”清场时，法师惊讶地大声说：“快来看，蜡烛芯开花了！”大家围拢一看，父亲牌位旁点着的蜡烛芯原本一个芯的居然变成三朵并蒂的火焰，就像盛开的花朵一样。大和尚说，做了这么多年的法事，还是第一次亲眼看到这种现象，以前只是听说过，他说你的父亲生前一定做了很多好事善事，连菩萨都显灵了（法师事前并不知道父亲的一些事迹）。连一贯信仰唯物主义的母亲，也看得目瞪口呆！这个自然现象，也许真是验证了父亲的一生：燃烧自己，点亮别人！我相信，父亲在天堂里看到这个，也会欣慰的。

父亲生前经常跟我提起赵安中先生，他说先生的伟大是因为他并不是一个特别特别富有的巨商，平时自己非常朴素和节约，但只要是捐学助人从来都无比慷慨，连把儿子给他买的安度晚年的别墅也卖掉了，筹集资金来捐助教育事业。父亲与赵先生都是从中兴学堂（在镇海庄市，包玉刚、邵逸夫等港台巨贾的母校）出来的，赵先生每次到家乡都是父亲陪伴左右，赵先生曾经送给父亲一把金钥匙，希望父亲能够重振中兴。现在两个好人都去了天堂，也许真是缘分，父亲的墓碑跟赵先生的只隔着一个池塘，我想两个善良而又快乐的老人，在天堂一定不会寂寞，或许正在悄悄地商量着他们的计划。重振中兴的大旗，已经交给了很好的接班人，我想他们一定不会让你们失望的。

父亲一生有强烈的爱国爱党爱民族的情结。我小时候他经常给我讲两个故事，好像就只是讲这两个故事，翻来覆去的。一个是父亲五十年代末，有次去杭州参加全省团干会议时，周总理亲临会场做报告。小时候我曾经看到过这张照片，每每讲到这个情景，父亲的眼光里洋溢着幸福和崇敬感，他比划着周总理讲话时的气势，我听了后心中就有了一种英雄主义情结，很多年过去了，至今难忘。另一个故事是红军从瑞金出发长征，其间经历了多少磨难，最后到达陕北。一天一个段落地讲，直到我安然入睡。那个期待听长征故事的渴望，成为我童年时刻最为难忘的记忆。

1989 年我还在西安上大学三年级，父亲给我寄来了信。记忆中，这是他写给儿子的唯一的一封信。在信里，他坦诚地跟我交流思想、平等沟通。告诉我，现在的一切都是暂时的，中国这么大，没有共产党是不行的，要相信党相信政府，要以辩证的眼光来看问题，一个人都有优点和缺点，何况一个

国家。父亲正是因为这种对党对国家的崇高信仰，才在政治风浪前能保持非常清醒的头脑。

我小时候是非常调皮的，为此没少受父亲给我的皮肉之痛。但这丝毫没有影响我们的父子之情。记得七十年代末批“右倾翻案风”时，父亲被关进了“牛棚”，母亲当时还在学校农场劳动改造，家里就剩不到 7 岁的我和大我几岁的姐姐。我自告奋勇给父亲做菜，于是站在板凳上，趴在比我还高的灶台前，晃晃悠悠开始第一次烧菜，不知道是紧张还是分不清盐和味精，结果烧的荷包蛋里只有味精没有盐。当父亲吃到鲜美无比却又淡而无味的荷包蛋时，我清楚地记得，他的眼泪夺眶而出……我想这是辛酸而又幸福的眼泪，辛酸的是不到 7 岁的儿子烧菜给父亲吃，幸福的是儿子学会烧菜了，已经能够独立生活会照顾人了。

父亲是五十年代的大学生，那时的大学生稀有又稀缺，父亲一生从事教育事业，说桃李满天下一点也不为过。父亲有一套鸿雁集，一共 46 本。他曾经说过这是他一生最大的财富，将来他走了一定要替他保管好代代相传，鸿雁集汇录了他与几千个学生的信件来往，学生的每一点烦恼、思想、进步、喜悦都深深牵挂着他老人家，鸿雁集的财富超过他的儿女，只有一种理由能说服，那就是父亲的博爱、大爱。

父亲一生善良、简朴、无私，极其热心、特别爱助人为乐。他有个盲人家庭的朋友，自己平时舍不得吃的、穿的东西都拿去给盲人朋友。父亲有一套使用了几十年的理发工具，几年来风雨无阻给六个盲人朋友理发、剃头，有一次他跟我说过有一天他走不动了一定要有人接上，盲人的生活太苦了。他以七十岁的高龄还攻读北师大青少年心理学硕士学历，为的是能以专业的知识与青少年平时交流。我知道有不少的青少年朋友经过金爷爷的教导之后又重新找回了自己。作为宁波帮文化研究会的顾问，宁波江南第一学堂的策划、筹建到开业都凝聚了他很多的心血，几个月时间从宁波的天一家园到庄市有多少个来回，他基本上坐的都是公交车，那可是 77 岁的古稀老人啊！有几次对方接送，回来他总说太麻烦人家了，而我因为经常出差没有送过他一次。现在江南第一学堂隆重开馆了，但他，我的父亲却走了，甚至等不到看那个 13 分钟的纪录片。

我经常跟妻子说，在外漂泊了这么多年，不管怎么样，最多再三五年一定要回来陪老父、老母一起安度晚年。去年初在杭州最适合养老的和家园买了套大房子，就是儿子孝敬您的晚年礼物啊，但您却忙于您的关工委、宁波帮文化而不曾去过、看过。

父亲，儿子这辈子欠您太多了，因为我觉得您的身体这么好，我有的是时间。年初您说想参加三峡夕阳红旅游，我说等我空闲时再陪您去；您说一直想到中南海里面去看看，因为您曾经很自豪地跟我说您北京一个学生的女婿是一位中央领导的秘书可以带您进去参观下，而您的儿子曾经在北京工作了一段时间却没有能帮助您实现这个计划；您说你曾经工作过 30 多年的台州终于通上火车了，什么时候再去趟故地重游，但您也已经等不到了。

一直跟朋友们探讨什么是幸福，第一就是父母安在，身体健康。古道训：父母在，不远行。父母在，就有机会了，就有期待，就有依托，但现在我已经失去了最后的机会了，赚再多的钱，做再大的事业，又有何用呢？从墓地下来，我已经泪流满面，也分不清是雨水还是泪水。老爸、父亲，让儿子再回头叫一声，儿子其实一直很爱您，但从来没有真正大声说出来过，今天虽然已经来不及了，您也听不到了，但我还是要大声地说出来：爸爸！我爱您！

奉献与得到

文/张琼花

也许我们所有这些关于爱情的问题，这些度量、测定、试探以及对爱情的挽救，都有一个附加效果，就是把爱情削弱。也许我们不能爱的原因，就是我们急切地希望被人爱，就是说，我们总是要求从对象那里得到什么东西(爱)，以此代替了我们向他的奉献给予，代替了我们对他的无所限制和无所求取——除了他的陪伴。(摘自《生命中不能承受之轻》)

我的目光久久地停留在这段话上，这段话在我看来，是整个小说要表达的思想，献出得到间的巨大差距，是我们不能爱的原因。而这一切，不是通过托马斯与特丽莎，托马斯与他的画家情人萨宾娜，萨宾娜与弗兰茨，弗兰茨与他那性冷淡的妻子，与那个萨宾娜带给他的学生情人间的爱情以及性友谊抑或某种责任引发的。这是卡列宁——一只母狗带给特丽莎的回馈，尽管特丽莎在向这杂种狗身上奉献爱时，并没有希望得到什么，但卡列宁真的给她了。在人与狗之间这牧歌式的爱中，在人毫无准备向他索要给予时，给她的。

“我们不能爱的原因，就是我们急切地希望被爱。”特丽莎的一生都在爱着她的丈夫托马斯，她希望他能让她摆脱那些噩梦，她要与别的女人不同，她从小就站在镜子面前看自己的身体，但他的丈夫告诉她说爱情与性爱毫无共同之处。她去实践他的话，她害怕了，她感到了灵魂与肉体的分裂，最后，灵魂完全原谅肉体，快乐地享受着一个陌生男人带给她的快乐。她说："这不是我的选择。"是的，不是，她的选择是要他忠诚的陪伴，而不只是婚姻，只是陪伴而已。但托马斯只能给她婚姻。而这一婚姻的给予，也全靠那六个巧合。

那么托马斯的付出呢？婚姻。这在他来说就等于违反了他与情人间从一开始就无意识地建立起的他们的各种约定，因为那六个巧合，他"非如此不可"地给了特丽莎婚姻，这婚姻打破了原有的平衡，对于托马斯来说，他付出了，那么他的得到呢？他得到的爱，使得他无法在正常情况下，和他的情人在一起，他必须借助酒力，在酒精的迷惑下，他把每一个情人都幻想成特丽莎。特丽莎把托马斯的嫉妒当成了诺贝尔奖，而特丽莎的嫉妒是托马斯沉重的包袱。

最令托马斯轻松的情人是萨宾娜，他们之间有如牧歌般的爱情，也许该如书中提到的，称之为性友谊更为恰当。即使这种貌似公平的交易中，我们还是看到了奉献得到的不对等。萨宾娜一直被"背叛"那未知状态所引诱。她一次次地渴望背叛：背叛父亲，丈夫，拒绝服从秩序——拒绝永远和同样的人在一起讲同样的话！但是，托马斯离开了她，在特丽莎离开瑞士的第五天，他"非如此不可"地回到了布拉格。托马斯没有给特丽莎背叛他的机会，所以，特丽莎始终记着他们在一起时，头顶着她祖父留给她的那顶黑色的帽子。托马斯呢？他离开苏黎世后很少再想起她了。

萨宾娜却在弗兰茨身上寻找到了背叛的胜利，而弗兰茨以为他的妻子会绝望，他正是怕她去自杀才娶了她。但他还是真实而艰难地告诉她："我有一个情人，已经九个月了。"他一辈子都怕伤害她，自觉遵守着一夫一妻制的无效纪律，而现在，二十年后的今天，她竟能平静而冷冰冰地催他走。而在萨宾娜悄无声息地离开之后，她和她的女儿在酒吧里大声地向别人讲述他那可笑的行为。为一个女人抛弃妻子，又被情人抛弃的行为。那个学生情人用弗兰茨看萨宾娜那种崇拜的眼神注视弗兰茨时，弗兰茨的星空里永远闪耀着萨宾娜的目光。而他死后的身体，依然属于他的妻子，那个半夜里在彼此沉重的呼吸中醒来，吸入对方身体的气息的人。

我的一个朋友说：她宁愿把爱献给她那只长相丑陋的狗，也不把爱献给那个实际上是她心中最放不下的人。其实她的狗能带给她的只不过是在她打开家门的时候，围着她的脚转上几圈，而那个人给予她的远非这些。但是，她对他的索取也远非如此。他们不能爱的原因正是在付出爱时就期望着回报。他对狗的献出是不索取给予的，就像特丽莎一样，没有幻想什么去试图改变他，一开始就赞同他狗的生活，不希望他从狗的生活中脱离出来，也不嫉妒他的秘密私通。

我们能企望一种牧歌式的爱吗？那么问问自己，在付出时能不企望得到吗？

爱在献出得到的平衡中挣扎，平衡一旦失去，爱便不能爱了。这就是人——永远消失不复回归的人。

写作，寻找心灵虚幻世界

文/付遥

早上从被窝里爬出来，走三分钟来到北京三元桥的佳程广场的星巴克，点杯咖啡，打开电脑，开始写字，十点钟，合上电脑去办公室上班。这几年已经成为我的习惯，这是一段美妙的时间，我脱离了咖啡店的喧闹，商务人士的低声细语，进入了一个虚拟的世界，与自己想象中的人物面对，《输赢》中的周锐和骆伽，《创业》中的俞渔和那蓝，《猎天下》中的杨忠、陈庆之和尔朱荣。

这个过程如同精神 SPA，按摩我的大脑皮层，让我深刻理解了宋徽宗那句话：书中自有颜如玉。书中自有颜如玉，按照我的理解，既然可以在虚拟世界上为你的主角创造伟大的历程和事业，并和骆伽、那蓝以及吕明月这样的颜如玉，展开荡气回肠的情感故事，你在现实世界中，还有何求？

如果人生是一段旅程，写作就是我的精神旅行。

我相信，即便我身处纳粹集中营，无论身外的环境多么恶劣，只要给我一台电力充沛的电脑，我就可以时常钻进自己的精神旅行之中，甘之如饴。虽然免不了要回到现实世界中，面对苦难和折磨，却有一个可以逃避的精神港湾。可是，大多数人没有找到精神旅行的方式，所以会失眠，愤愤不平，有时孤独和痛苦。怎样能够找到自己的心灵虚幻世界，获得巨大的满足和乐趣？写作适合我，却不适合每个人。我又相信，每个人都能找到自己独特的精神旅行方式，或许，女人在购买奢侈品的时候，是不是也进入了精神的幻想，想象自己成为万人瞩目的焦点，所以才会有那么美妙的购物过程？所以，我在想，进入心灵虚幻世界是否需要一个媒介，就像古代中医的药引子，才能破碎眼前的虚空，进入那个世界？

好吧，我还是讲述三件发生在我身上真实的故事，看看我是怎么找到这个世界的，或许可以借鉴。

我仍然记得清楚，高考的时候，我语文是 89 分，数学 108 分，物理和化学大概都在 90 分左右。如果你知道当年高考语文成绩的满分是 120 分，你就知道，在所有学科里，我的语文成绩最差，而恰恰是作文拖了我的后腿。我爸爸是哈军工毕业，大学的专业是导弹，分配到西军电，这所大学转业，爸爸也脱下军装，不得不转了专业，成为计算机系的老师。在他的影响下，我大学的专业是计算机通信，彻底脱离了文科，是一件挺开心的事儿。从此之后十年，我做过软件开发，在 IBM 做过销售，在戴尔做过管理和培训，除了 PPT 和电子邮件之外，我没有做过任何写作方面的事情，我不但不写，反而歧视这个职业。提到写作，我会联想到书生，基本嗤之以鼻，百无一用是书生，我还会联想到文人，那种落魄的、穷酸的文人。

我应该没有写作的天赋，或者，写作不需要天赋，可以后天培养。那时，我更没有发现写作中蕴含的精神世界。我的心灵虚幻世界沉浸在电子游戏中，星际争霸、魔兽世界，不得不说，这是一个很烂、血腥的、花费大量时间而且没有任何回报的心灵虚幻世界。虽然这么烂，还是有很多人沉迷其中，再烂的心灵虚幻世界，也比没有好得多。

所以，这件事给我启发是，年轻的时候，往往沉溺于某种精神世界之中，不停变幻，直到我们停止成长了，我们的心灵世界才会慢慢被发现和固定下来。在这之前，我们可能与这个世界擦肩而过。此外，进入心灵虚幻世界，应该需要一个媒介，写作是其中之一，肯定不是全部。

2000 年左右，我在戴尔经历了一场大公司内部的政治斗争，有人的地方就有利益，为了利益必须拉帮结派，然后就有各种争斗。大概的经过是这样，我从 IBM 转到戴尔，正赶上好时光，带着很棒的团队，业绩翻着番向上涨。然而，公司扩大，需要不断招人，后来者没有那么好的客户和团队，走正路的人会慢慢培养队伍，搞好客户关系，扩大地盘，走邪路的人在公司内部想办法，想办法把内部的优质资源抢到手，投其所好，陪着大老板吃喝玩，搞好基层关系，时时关心，表示欣赏，诱之以利，分化瓦解，待时机成熟，寻找到好的时机，突然出手，将对手的地盘和人马全部接收。这些招数在历史上屡见不鲜，我当时却完全不懂，作为一个技术宅男出身的销售，不善于政治斗争，毫不提防，被搞得痛苦不堪，塞翁失马一般被转入培训部门。

这件事对我的影响很大，职业生涯彻底改变。我本来想在外企逐步高升，这个梦想被彻底打破，这真是因祸得福，我的个性完全不适合这个路线，于是，我转到培训部门。我的老板在新加坡，同事在厦门，我从忙得脚不沾地的状态，停顿下来，每天睡到自然醒，下午转战于嘉里中心的咖啡馆。我曾经请来一位从奥地利来的讲师，为我们授课之余，我陪他去喝酒，他说你这么闲，不如把你以前的案例整理一下，变成一本书。我听了进去，记得当时在厦门，用了几个月的时间，将以往经历过的销售案例整理出来，按照销售步骤串起来点评，这本名叫《八种武器：大客户销售核心方法和案例》的专业书在 2002 年初出版。最重要的是，在戴尔职业生涯的挫折，在现实世界里受到打击，让我进入心灵虚幻世界。我常常幻想，当时要是这样，就会那样，把自己想象成胜利者，像阿 Q 一样精神胜利。2005 年，我又经历一次重大的挫败，我梦想开发销售管理软件，于是请来工程师和销售团队，花了好几年时间，第一个版本开发出来，得不到市场认可，只好遣散工程师和销售，顿时闲了下来，无事可做。此时，我又发现，自己写的《八种武器》可读性也不好，我常说的话是，自己上厕所都不会带这么枯燥的一本书。我又开始幻想，能够用一个案例把销售方法写进去，再加入情感线索，让读者取得阅读快感的同时来领悟销售方法。软件暂时受挫，无事可做，于是立即动手，我当时特意选择了在 MSN 和猫扑合作的论坛上连载，阅读者都是非专业的网络文学爱好者，用了半年时间写完，交给出版社，于是就有了《输赢》这本书。

所以，关于心灵幻想世界，必须经历失败，需要逃避，你才能找到那个世外桃源。春风得意马蹄疾的时候，只会沉浸在现实世界的声色犬马或者纵横捭阖之中，此可谓失之东隅，收之桑榆。

《输赢》销量不错，我没有按照成功的路数继续写下去，而是立即写了一本用小说形式为表的专业书籍《摧龙六式：大客户销售策略》，接着开始把自己痴迷的一段历史写成小说。我经历职场压力的时候，常常翻看一些历史书籍，当时看见了陈庆之北伐的故事。在公元 528 年，南北对峙，北方被鲜卑人创建的北魏占领，南朝的一位将军陈庆之率领七千人马，利用北魏王朝在河阴之变的矛盾，从安徽出发，沿着现在的陇海线，攻破睢阳、考城、大梁、虎牢和荥阳等重镇，最终占领北魏的首都洛阳。我对这段历史十分神往，花了大量时间查看《魏书》、《梁书》和《资治通鉴》，每年都会去趟洛阳、西安、邯郸、大同，在这些地方寻找当时历史人物遗留的古迹。记得有一次同学聚会，去爬西安的南五台，我在路边看到圣寿寺几个字，下面隐隐约约看见隋文帝的字样，便中途下车，往山沟里钻，终于发现了一座圣寿寺的隋代古塔，为隋文帝杨坚为母亲祈福所建。他母亲不就是我小说的第一女主角，吕明月吗？哎，我找到了人生的终极理想，有朝一日，能够钻进这座圣寿寺的地宫中看看。这基本不可能，除非去盗墓，或许还有其他办法，能够名正言顺地做这件事儿。我沉浸在情感的心灵虚幻空间之中，且影响了我的现实，我去年报名北师大的历史系在职研究生。

所以，写作是一个媒介，让我进入心灵虚幻空间，这个空间不断成长，并且与现实世界呼应，在梦想中与现实世界交叉，成为引导行为的灯塔。当你找到这个世界，你心灵专注而平静，并且指引你的方向，你甚至不用担心失败带来的痛苦，因为你总能逃避在心灵虚幻世界之中，恢复和蓄满能量再次出发。

以上就是我通过写作得到的三个收获：第一，人的心灵中存在一个虚幻的世界、精神的世界，你可能没有意识到它的存在，有时会擦肩而过，写作是媒介之一，让你找到并且进入这个世界。第二，挫折和失败才能让我们寻找逃避的地方，在心灵虚幻世界中避免伤痛，这是找到心灵虚幻世界的必备条件。第三，心灵虚幻世界和现实世界互相影响，是现实世界的先导。关于这个世界，我还有很多并不清楚，或许并不是每个心灵世界都是健康的，或许会带来负面的影响，不过，我自己受益匪浅，所以今天能够与大家分享出来。

谢谢《秋荻》给我这次机会。

诗两首

文/王建奇

追悼父亲

石凳仍旧在，蜂房已剩无，
呼儿声声轻，经常错错错！
雪下天转寒，声名曲不成！
敢问老井台，枫叶何时起？

无　题

颤巍老娘送子行，一片孝心空寄存，
老屋孤存子孙游，何须建屋做念堂！

年少不知生活苦，总是东奔不看娘！
古人尚推孝子经，今人总道生活忙！
左苍苍，右茫茫，唯有泪挂千千行！

506

文/王瑞华

上周一在阿慧处吃完饭
因为没什么事，于是又去坐 506 路
阿慧的老板看到我，表情很是激动
然后握住手寒暄了几句
他的店也至少在那街上开了十几年了
不知道能记住几个像我这样的人
天空下着小雨
西安的秋天就总是下雨下雨
506 一点都没变
又脏又旧，在潮湿的雨天越发明显
不过雨天很适合坐这种车呢，我想
它会带我穿过整个城市，回到过去的时光
其实在记忆中更长一段时间里

我一直都去坐 707
是的，我就喜欢坐中巴
有次豆瓣上有人给外地人说千万别坐西安的中巴
那是疯狂老鼠，危险的很
也许没错，可其实在我上中学的时候就不疯狂了
也疯狂不起来，修地铁，全城都堵
但售票员一般说陕西话
加上走的都是小巷子，外地人更容易迷路
确实不适合外地人吧但是我就是喜欢中巴
它比起大巴还是能快一点的
还有一个更大的优点
因为会按远近算钱，所以一般三站之内肯定能等到座位
还有老人们坐中巴不免费，所以需要让座的概率也小~
而更喜欢的是
它穿过这个城市的那些小巷
我一路看着路边一家一家的小店
有的倒闭，有的开张，有的日复一日地繁忙
太白立交周围变化很大
原来学校北门，过了桥就是荒凉
如今却是熙熙攘攘，有超市，有商场
太白南路还是老样子
油漆，门窗，建材市场
边家村多了一个环形的过街天桥
完全和记忆不再一样

我努力看了看，西南角的羊肉面，东北角的大盘鸡
还都在，可惜这次没机会去吃了
我坐 707 也会路过边家村
不过是从西向东
而 506 是从南向北，走过我中学走了六年的太白路
那条路有太多的记忆
在每个小店吃过饭，在每个网吧玩过游戏
在边家村工人文化宫看过电影
小学开始就在豫秦买模型
在时代音像进进出出，看每一张专辑的封面
然后用零花钱买上一张
运气好的几次，还在这路上碰到了喜欢的女孩
纵使擦肩而过，也很美好
大学快毕业的时候
我喜欢上另一个女孩
从小我便爱看云在天空一朵一朵飘过
后来我的目光被她吸引的时候
她却默默在看天边的云朵
我也不知我喜欢的是她
还是她眼中云的倒影和寂寞
偶然听她说起她家在北边
原来只和我家差一站
从此我周末便开始坐 506 往返家与学校
可惜，一年来从没碰到过她

一次也没有
也许世上本没有什么缘分
只有跟踪，打听，假装，或死等？
可我就是那么懒，一次也没有但有时
我蜷缩在 506 的一个角落
也觉得温暖而安心
我们不光看着同一个月亮，同一朵云
还看着同一条街的风景
我在店铺的玻璃中寻找她昨天的倒影
在红灯的十字路口，她又会想什么事情
路边新开的花朵会不会让她微笑
秋天飘零的落叶有没有让她伤心？五年以后
我知道在 506 碰到她的那一丝可能也没有了
她家搬到了更北边的远方
可我又回到了 506 路，继续坐在一个角落
我想我要是碰到她
会讲到西门了，其实我家在这里住了七八年
那时这路边还没有公园
是一大片的平房，和批发市场
我知道每一条小巷，知道怎么去那座护城河上的小桥
可惜那时的水没有现在清澈，并不美好
但那时候的天比现在蓝一点
云也白一点，经常能看到白云飘过
在城墙边投下荫凉

然后就到了儿童公园
小时候生病了，就会来儿童医院
然后有时可以顺便去儿童公园
那是多么小的一个公园啊，可小时候会觉得挺大
我喜欢在里边玩海洋球，整整一个下午
我现在没那么喜欢球，所以应该是喜欢海洋吧
到了玉祥门内，莲湖路
我会想起小学时爸爸无论寒暑
总在六点多就骑自行车走这条路带我去上学
直到五年级我可以骑车了
才骑自行车和爸爸一起走
六年级时，就和同学一起走了
爸爸下班虽然和我同路
也不去打扰我和同学们骑车回家
从北大街向北
我便没有了小时候的印象
不过这是她上中学那些年天天走的路
我便又开始想她在这条路上的样子
大部分时候会骑车，有时会坐车，也许是 506 吧
她上学时可以不用力气就一路下坡到北大街
我却相反，放学时才可以不用力气从水司滑行到西门
而有时，天气不好，下起淅淅沥沥的雨
她从北边乘坐 506，到北大街，车摇摇晃晃穿过古老的城市
在出西门时，我多半上了同一辆车，人并不多

氤氲的空气中，也许还留着她的气息
那角落的座位，不知她是否坐过，暖暖的
一直到边家村我们就这样在不同的时间和空间
一直错过错过
506 好像时空中一根细细的蛛丝
偶尔的碰到了我，又碰到了她
在阳光中闪耀了一下
却又消失不见
然后，越来越远
夏天的云朵从我视线里飘走，去北边
我拍下一张相片，寄去一缕想念
可有时，它却在路上的阳光里消散
也有时，它凝结了越来越多的忧郁
在北方落下
没人知道，那连成线的雨丝，全是思念

老人们

文/郭毅

坐在西行的列车上，眼底满目荒凉起伏的山峦就如同老人们的一纸剪影长久地停留在窗口，心中蓦地涌起冷漠而廉价的惭愧，如同窗外疾驰的画面一般。想起每一次不负责任的探望，就像见证一场残酷的仪式，看着生命从老人们身体中一点点抽离，而我也只能匆匆一瞥。或许终于，某一天来临，会觉得，既突如其来，又顺理成章。

老人们孱弱无力，便溺失禁，胡言乱语，认错子孙。每句询问都是划过他们脑海的流星，一闪即逝。渐渐地，脸庞像素描一样瘦削，皮肤像枯萎的树叶。就像一种嘲弄，来到那间卧室，慢慢习惯用鼻尖聆听生命的终章，竟宛如序曲一般并无多少差异，不过是一次开始，也不过是一次结束，只不过回到同一个地方，而途中更像是路过的风景。谁也不会比谁更幸福。

老人们精神时，我还小，也记不住他们健硕的身影，脑海中永远重复的都是这暗淡的场景。我想永远抓住那个温暖和煦的午后，老人动容的叮嘱。总不愿每每在记忆的尽头才能回溯出一两段美好的时光。越来越觉得，痛苦的记忆总是挥之不去，欢乐的时光往往妄自菲薄。

直到一天，老人们不再为我遮住时光的倒影，那便是一段身份的告别，另一场身份的开始。怕就怕连温情脉脉的想念都没有，反反复复都是疾驰的身影，叹息间隐藏着笑脸，耳边都是金属撞击的声响。怕就怕再也没清澈的水潭，洗去满身的污垢，留下哪怕一丝纯洁的想念，也足以告慰，足以缅怀。

四年前，两年前，都是同样的情景，同样的结局，怀揣着同样的心境，竟然也怀揣着同样的懒惰。每一声叹息都足以翻起一阵惊涛，却还是回到了无边无际的泥沼。把记忆抛到脑后，面对的总是仰止的高山，也罢也罢，选择性失忆永远是一场拿手好戏。

所以，有一天，我们也会老，会很老。

看过老人们，觉得人生就是时光中扬起的尘土，飘得再高，也会回到地面。

短文三篇

文/韩双燕

心　动

当遇到相互喜欢的人时，一股情不自禁的惊喜与冲动会让小心脏怦然跳动，又不知如何是好。因为欢喜反而不懂如何表达，行动和言语瞬间被冻结了。偷偷地想象未来的美好生活，手牵手漫步在雨巷里，湖边，草坪上，看日出日落，在彼此的眼眸里感觉到了那一闪闪的温暖与珍贵。原来幸福就在此刻凝固，但愿这一刻是永远。你，我，曾畅想未来，曾规划人生，曾共同期待一起生活，曾为了对方放弃一些，包容一些，理解一些。当这样真挚单纯的感情未被油盐酱醋所侵扰时，是何等甜蜜如饴，沁人心脾，令人心驰神往。

希　望

思绪万千，宁静的夜不再有大山里的鸟语虫鸣，耳畔的交流问候声犹在，可内心依旧不舍那清新的自然环境，那旖旎的风光，那奔波的等待与焦急。奔向想象的期待是多么美好而又温暖的事啊，当深沉的大地停止了喧闹，回归悠悠然的宁静时，心也沉淀了平稳了。努力地向前，总希望迎面而来的是那美的山，清的水，亲的人儿。前进吧，我的希望，我的繁星点点，璀璨的夜空终究会归来，前方是希望必经之路，前方是那一抹温柔的彩霞突破重重雾霭与黑暗，迎来曙光。希望就在前方……

坚　　持

当想要放弃的时候想想再努力一下的成果会是什么，当饥饿疲劳困苦时想想自己承担的责任，责任代表能力，体现职业素养。先别想能得到什么，想想怎样能做到最好，戒懒惰、拖延、不专注。我们都还在路上，人生是幅长篇画卷，画的深度与美感需一步步用经历来描绘，来填充。把简单的事情做专业做精细并考虑周到就是行家;把复杂的事情做简单并保持优秀的习惯，影响他人，就是行家；把重复的事情执著地坚持做好，就是赢家。

大爱千秋

文/赵东辉

雪无踪，情无终；雪无形，情有影。冬来雪轻盈，爱来情倾城。冬过雪化水，情始终。

Sophy，当我的笑容在等待中慢慢化作泪水，我想我应该离开你了。然而，我还在爱里停留，我没有接受你的意见，请原谅。

据说最浪漫的故事没有结局，最幸福的爱情没有言语，只有彼此心灵的契合。可惜我们的故事是残缺的浪漫！你知道吗？那天你整个躯体化成一缕青烟飘到天际时，我看到了你的笑脸，不必开口，我知道你要说什么，而现在，你，过得好吗？

不知从什么时候开始为你燃烧着的双眸而发抖，那是怎样的感觉，心疼得无法承受！我们是通过诗歌和优美的文字认识的，所以我们的故事便是诗一般的故事。你对我说："有一种花你没有看见，却笃信它存在；有一种声音你没有听见却自知你了解，最远的我却是你最近的祝福。"可是寂寞的风独行冰冷的街道，繁星点缀我午夜不寐的思绪。思念的感觉有点酸楚并带着丝丝的甜蜜。如果幻想的翅膀能让我自由飞翔，我会把理想埋葬；如果你飘扬的长发能带走我的忧伤，会不会加重你的行囊？

我看过了你的日记，那本为我而写的日记！是叔叔噙着泪交给我的。你说爱是奉献，爱是牵挂，是思念的痛，是回忆的甜，是难舍难分，是晨昏心颤的期盼。你祈求上帝让你再生活一次。

若你闻过花香浓，别问花儿为谁红。爱过知情重，醉过知酒浓，花开终花谢，缘分不停留。像春风来又去，如花又如梦。这是那次花会过后我写的。而你写的呢？如果不曾相逢，或许心情永远不会沉重；如果真的失之交臂，恐怕一生也不得轻松。只要彼此爱过，就是无憾的人生。我们是爱着的，是懂得珍惜的，就像我的名字 Cherish 一样。而我们的爱情就像一支经过认真修剪过的爱斯基摩绿百合一样，除了延长花期以外，还让人徒增一声叹息。唉，一段本该完美而响彻千古的感情！

你我都是单翼的天使，唯有彼此拥抱才能展翅飞翔。Sophy，其实一个人并不寂寞，当一个人想念另一个人的时候才叫寂寞。而如今我已经习惯了一个人抬头望月。你说爱月亮的人夜里才能停泊，才能想你。而如今，你最爱的Cherish，正在无数次地重复这个动作。

秋风秋月落秋尘，月圆情圆人难圆！

月圆时，相看泪眼，无限惆怅。

情深处，心心相印，爱恨绵延。

Sophy，我发现我真的爱上了 Sprite（雪碧）的感觉，而且是你说的那种冰镇 Sprite 的感觉，整个心都爽了。你知道为什么吗？跟你爱上吃果冻一样。我们的喜好竟然都从那个夜晚的初吻过后而改变。你说接吻的感觉像喝 Sprite 一样，而我说像是轻轻地咬了一口果冻一样，微微的甜，清清的爽。于是你真的爱上了果冻而我钟情了 Sprite，因为那包含了彼此的感觉。

“有缘相聚又何必常相思，到无缘时分离又何必常相忆。”我们竟然写下了同样的文字，在看到 Tracy 和 John 的感情之后我们都摇头。

思是一种痛，念是一种苦，想见又不能见是一种痛苦。在人群深处，你我都孤独。那黄昏的风将为谁而哭？最寂寞的路把你我带到爱情的最深处。爱你的感觉永远都那么美，你那柔情的笑脸是我致命的弱点，就算到你离去的那一刻也没变。

那天我说我向往的生活是：日日深杯酒满，朝朝小圃花开，同斟共饮共开怀，且言无拘无碍。青史几番春梦，红尘多少奇才，不须计较与安排，领取而今现在。你笑了，那么开心，因为你知道了。

我看过了你最后的一篇日记“好多事情是后来才清楚，然而我已找不到来时的路。好多事情当时一点也不觉得苦，就算苦，我也不在乎！斟一杯红酒，为你而醉；扮一袭红妆，为你而美；燃一支红烛，为你流泪；这一路红尘，有你相陪。Cherish， I love you much as I love myself. 别为我伤心了——爱你的 Sophy。”

不见又思量，见了还依旧。为问频相见，何似长相守？天不老，人未偶。且将此恨，分付庭前柳。Sophy，我把所有的过去撕成碎片，甩开了又默默地捡起，冲成一杯苦咖啡。于是眼泪便流成了河，淌过你必经的路口。“纯情善性羞迷骨，丽眼红尘笑醉魂”是我对你的描述，你说你很喜欢，而如今你能听着我再念一遍吗?

寒冬的夜晚，风声烛影相嬉，我只能用你的名字取暖。我相信世间确有真爱！周围的人在我说出这句话时都向我投来异样的目光，因为他们不知道我和你的故事！他们没有看到病房深处你临走前拉着我的手露出的那丝微笑。

欲将心事付瑶琴，知音少，弦断有谁听?

Sophy 我在守候!!

后记：大二时候写的文章，不知道咋了，回头看了有种不一样的感觉。或许，就像我说的“我戒了”。

时间的束缚

文/施峰

“人类一旦摆脱时间的束缚，反而会变得规律”，听过这句话吗?(来自《容疑者 X 的献身》。)

这句话还是有点道理，我们每天做好时间的规划，将日程排得满满的，然后就开始像机器一样，几点钟该做什么事情，几点钟不应该做什么事情，好像真的让时间束缚了一样。

如果没有时间，也就没有早和晚，只是一件事情一件事情地去完成，当做下一件事情时，不会考虑这是否应该在这个时间去做。

如果没有时间，剩下的是节奏，就像一段音乐，它也是精确的，不会多一秒也不会少一秒。只不过不同的人有着不一样的节奏。

就这个吧。

丸子公主失踪了

文/徐艳

从前有一个国王，他很喜欢吃包子，每顿饭都要吃包子，我们知道的那些灌汤肉包啊，小笼豆腐包啊，香菇青菜大包啊，芝麻糖包啊，统统吃了个遍，还叫厨师给他找新花样，今天吃一个松鼠肉配松子包，明天吃一个玫瑰花加梅干菜包，后天又要吃香椿炒臭豆腐包……

国王的王宫里，有很多的厨师，他们整天都在绞尽脑汁给国王设计包子，有人把包子设计成三角形的，有人把包子设计成正方形；有人把包子染成巧克力色，有人把包子染成斑马条纹；有人把包子包成了一朵一朵的郁金香花朵，有人把包子包成了带尖顶的城堡。还有一个厨师，实在想不出新花样来，于是把包子包成了一坨一坨的大便形状，还染成了黄褐色，结果嘛，自然被国王呵斥道，居然给我吃大便，拖下去，打三十大板。

然后，没有人在的时候，国王偷偷地尝了一口“大便”包子，没办法，这个国王啊，他实在太爱吃包子了，吃完之后，国王自言自语地说：嗯，还不错，再放点儿芝麻和红糖就更好了。

国王这么爱吃包子，而且一吃就停不下来，所以他的脸像吹气一样鼓了起来，长得越来越像包子，所以，大家私下里都叫他“包子国王”。国王听说了，他觉得很高兴，因为，包子是世界上最好吃的食物，他是世界上最幸福的国王啦。

包子国王像一只包子

王后呢，特别爱美，特别怕胖。所以，她绝对不像国王那么贪吃，她非常非常挑食，每顿饭只吃一只煮得刚刚好的鸡蛋；煮鸡蛋是很简单啦，但是厨师们一点儿也不轻松，因为王后要求，必须是芦花母鸡当天下的蛋；必须是烧柴火用大铁锅煮沸的水；必须煮 5 分钟，多一分钟不行，少一分钟也不行；必须是 56 号小个子厨师煮的，因为只有他的手最灵巧；必须在温度不冷不热的时候端出来给王后吃，烫一点儿不行，冷一点儿也绝对不行。

所以，王后的宫殿里经常传出一阵声音，“这只鸡蛋煮的不行，太老了”，“这只鸡蛋太大了，拿走”。厨师们伤透了脑筋，背后里偷偷地说，王后其实已经吃腻了鸡蛋，可是她自己不知道，还觉得鸡蛋是最有营养、最适合自己的食物。

王后吃得这么少，所以越来越瘦，瘦得像一只鸡蛋，大家背后叫她“鸡蛋王后”。王后知道了，也觉得很开心，因为她喜欢鸡蛋嘛，而且，鸡蛋形状的脸，多好看啊，多精致啊！为了保持像鸡蛋一样尖尖的下巴颏，她吃的更少了。

鸡蛋王后像一个鸡蛋

就这样，王宫里的厨师们，越来越多，都快有100个了，可是，他们变得只会做包子和鸡蛋，其他什么菜都不会做了，连最普通的炒青菜都不会做，连最简单的蛋炒粉都不会，整个王宫的烟囱里每天都冒着浓烟，可是浓烟里只有两种味道，包子味和鸡蛋味。

国王和王后有个女儿，他们都非常疼爱这个女儿，国王一吃到好吃的包子，马上嘱咐厨师说，快去叫我的公主来吃饭，她绝对没吃过这么好吃的包子。王后每顿都让厨师煮两个鸡蛋，把最好的那个留给公主。

至于公主嘛，她觉得世界上最讨厌的一件事就是吃饭，她的吃饭应该叫做吃包子和吃鸡蛋，她一看见包子和鸡蛋就想吐，所以，她几乎吃不下去什么，于是变得越来越瘦。她都七岁了，可是还跟一个四岁的小女孩一样高，一点儿力气都没有，连爬楼梯都爬不动。而且小脸儿瘦得只剩下小小的一点点，像一个丸子，所以，王宫里的人叫她“丸子公主”。

总也长不大的小不点儿丸子公主

丸子公主七岁了，她觉得王宫里一点儿也不好玩，只有包子、鸡蛋，以及做包子和鸡蛋的厨师们，她很不开心，虽然她知道爸爸和妈妈很疼爱自己，可是又不愿意去见她们，每次爸爸妈妈让厨师们来叫她的时候，她就偷偷躲在衣柜里。厨师们知道她躲在衣柜里，也知道她不想去吃包子和鸡蛋，就把食物放在她的桌子上，回去对国王和王后说，公主很爱吃，吃完了她在玩呢。

其实，每次厨师们走了以后，公主都把包子和鸡蛋倒进厕所里。

厨师们在撒谎……可是，他们实在没办法说服公主吃包子和鸡蛋，也没办法说服国王和王后吃别的，所以，为了不被国王打板子，他们就每天说谎。

有一天，饿得无精打采的丸子公主，趴在窗台上，看着天上的白云，有几朵白云看起来像包子，有几朵白云看起来像鸡蛋，她觉得这个世界没意思极了，可怜的丸子公主，她虽然是一个公主，却觉得一点儿也不快乐……而且，瘦得快要病死了。

忽然，从窗口飘进来一股味道，很香，很甜，是那种让人很想一口吃掉的味道。丸子公主知道，这绝对不是包子的味道，也不是鸡蛋的味道。她顺着香味离开了自己的卧室，沿着香味一直走，走啊走啊，香味越来越浓，浓得让她最后忘记了自己的腿没有力气。最后她停在了王宫里一个偏远的房子跟前，一个她从来没到过的地方。

房子很简陋，黑乎乎的，一扇小窗户，一扇快要散架的门半开着，丸子公主推门进去，发现墙角的炉子上正烤着两个黑乎乎的东西，正是这两个东西散发出喷香的味道。她饿极了，很想吃很想吃，但是知道趁着主人不在拿别人的东西是不对的，于是就把鼻子凑在那上面闻着。闻啊闻啊，她从来也不知道，世界上还有这么香甜的东西。

过了一会儿，门开了，进来一个浑身上下黑乎乎的小孩，他的衣服和鞋子黑得像黑夜那么黑，脸也黑得像煤炭那么黑。他问公主，你是谁，为什么在我住的地方?

扫烟囱的小黑

公主吓坏了，她只从书上看过黑人的照片，她结结巴巴地说，我是丸子公主，我闻见这个香味就来了，你是黑人吗?

小男孩笑了，露出雪白雪白的牙齿，他脱下黑色的衣服，又洗了脸和手，这下子，他变成了一个正常的小孩子了。他说，我是王宫里的扫烟囱少年，他们叫我小黑，不过我可不是黑人。

公主手指着炉子上黑黑的东西说，小黑，这是什么，太香了！小黑说，这是烤红薯，我的午饭。公主不好意思地问，我可以吃一个吗？她知道问别人要吃的是不礼貌的。

小黑大方地说，吃吧，我们一人一个。虽然小黑吃一个红薯吃不饱，可是他是个慷慨大方的孩子，看着公主那么想吃的样子，所以，他还是让了一个给公主。

公主马上抓起红薯送到嘴边，被小黑一把抢了下来，“烫！而且，这个黑皮是苦的，不好吃，里面才好吃。”公主学着小黑的样子剥开红薯皮，慢慢吃着红薯，多么香甜的味道！公主觉得这是她吃过的最好吃的东西，比包子和鸡蛋好吃一百倍，不，一千倍，不，一万倍!!

看着公主吃得那么香，小黑很开心，又很可怜公主。小黑是一个孤儿，没有爸爸妈妈，只能自己照顾自己，没有东西吃的时候就要饿肚子，他知道饿肚子的滋味，他想，丸子公主真是饿坏了，他默默地把自己那一个红薯剥好了皮，送到了公主的手里，公主想也没想就给吃掉了，吃了个精光。要是有 100 个，公主也能吃掉。

后来，公主和小黑就成了好朋友，每天，公主都要走很长的路，到小黑住的小屋子里去玩，跟小黑一起吃午饭，有时候是烤馒头，有时候是烤土豆，有时候是烤红薯，有时候是烤玉米，总之，都是公主以前没吃过的，她觉得好吃极了。小黑每天在王宫里扫烟囱，才能住在这个小屋子里，至于食物嘛，他出去帮王宫外面的人干活，扫地啊，撒种子啊，擦桌子啊，人家就会给他一些食物，他拿回去烤在炉子上，跟公主一起分享。

有时候，食物不够吃，他就饿肚子了。他想跟公主说，你别来了，食物不够我们俩吃。可是看着公主瘦得像个丸子，他又不忍心了，毕竟自己比公主胖一点，年龄大一点。

有一次，小黑在河里抓了一条鱼，他把鱼洗干净，洒了点盐，用泥巴和树叶包起来，烤在炉子上。不一会儿，公主就顺着香味跑来了，她这回一口气把鱼吃光了，连个渣子都不剩。我的意思是，她连鱼刺都吃进去了！

小黑在钓鱼

小黑很饿，他看着公主说，怎么办呢，你吃饱了，我就挨饿，我吃饱了，你挨饿，怎么办呢？我们必须想个办法。公主很不好意思，她说："对不起，我不该吃光所有的食物，要是你能多抓几条鱼就好了。"小黑说，可是我没时间啊，我必须去扫烟囱，那是我的工作。

公主说，要不这样吧，我帮你去扫烟囱，你去抓鱼。

你行吗？小黑看着瘦小的公主说，你才四岁。公主说，我都七岁了，我能行，我会学习的。

于是公主穿上了小黑的工作服，一件黑乎乎的扫烟囱衣服，跟着小黑去扫烟囱。爬楼梯啊，钻烟囱啊，扫炉膛啊，她学会了很多本领，连小黑都佩服她。他说："你比我还灵活啊！"

就这样，公主每天去扫烟囱，小黑每天去抓鱼，捕鸟，挖野菜，或者帮王宫外的人干活，换取一些食物。有一次，还有一个好心的大妈给了他一碗蛋炒饭，他拿回家，公主吃得别提有多高兴了。他告诉公主说，"这是鸡蛋做的。"公主吃惊地说："鸡蛋原来还可以做的这么好吃啊！"

公主爱上了扫烟囱这份工作

后来，公主干脆晚上也不回她自己的宫殿了，她住在小黑的小屋子里，小黑把自己的床让给了她，自己睡在地上，他们每天都在讨论怎么扫烟囱，怎么抓鱼啊，怎么做出好吃的食物啊，觉得自己能干极了。

当然，厨子们先发现丸子公主失踪了，因为他们送去的包子和鸡蛋摆在桌子上都发臭了，也没有人倒掉。于是，他们打开衣柜，发现里面没有丸子公主，他们又钻到床下，也没有丸子公主，打开厕所的门，还是没有丸子公主的影踪。

糟糕，丸子公主莫名其妙地失踪了！

国王和王后知道丸子公主失踪了，非常着急。他们让所有的卫兵把王宫里里外外找了个遍，也没有找到；又把王宫外找了个遍，还是没找到；他们贴了很多寻找公主的寻人启事，自己急得连饭也吃不下去了。当然，包括包子和鸡蛋。

丸子公主也看见了寻人启事，小黑说："快回家吧，你的爸爸妈妈都急哭了，我听说，他们每天在王宫里哭呢！"

丸子公主说："我也很想念爸爸妈妈，可是，我不想看见他们。"

小黑好奇地问："为什么啊，我没有爸爸妈妈，要是有，我每天都想见他们，还想抱抱他们呢。"

公主说："因为我一看见包子和鸡蛋就想吐，可是爸爸的脸长得像包子，妈妈的脸长得像鸡蛋，我看见他们的脸就想吐。我不是讨厌爸爸妈妈想吐，我只是讨厌包子和鸡蛋，想吐，所以，我总是躲起来，宁愿不看见他们。"

原来是这样啊，小黑想，那我必须想个办法让丸子公主见见他的父母啊。

他想啊想，终于想到了一个好办法。

第二天，他去见国王和王后，说他知道公主在哪里，但是国王和王后必须答应他一个条件才能见到公主。国王和王后半信半疑，但是为了见到丸子公主，他们什么条件都可以答应，就是从此不再吃包子和鸡蛋都可以答应。

小黑找来两块布，让王后和国王把脸蒙起来，然后在眼睛的位置挖了两个洞，让他们可以看见。之后，小黑把他们带到了一个大烟囱前面，公主正在里面扫烟囱呢。

小黑叫公主出来，国王和王后一看，这个黑乎乎的小孩子怎么会是她们小巧可爱的公主呢，她穿着黑炭一样的衣服，脸蛋也黑乎乎的，比公主高，比公主壮。他们又失望又生气，这时候，小黑拿来一块毛巾，洗干净了公主脸上的煤灰。没错，这正是他们日思夜想的丸子公主啊！

国王和王后搂着丸子公主哭了起来，"我可爱的女儿啊，终于找到你了，爸爸妈妈急死了，你怎么跑到这里来了？"

公主听到国王和王后的声音，她知道这两个蒙着脸的人就是自己的爸爸妈妈，她扑进爸爸妈妈的怀里也哭了起来，"爸爸妈妈，我好想你们啊，已经想了好久好久了。"

失踪的丸子公主找到了，公主一家终于团聚了，小黑站在旁边看着，觉得很开心，他是有多能干啊，又会扫烟囱，又会抓鱼，还能想出好办法让丸子公主和爸爸妈妈拥抱在一起。

亲爱的小朋友们，你知道丸子公主一家后来怎么样了吗？

包子国王减肥成功

国王改掉了贪吃的坏习惯，他瘦了，不再像包子了，你看他现在像什么呢？王后改掉了挑食的毛病，她什么都吃，脸蛋渐渐圆润了起来。而丸子公主也明白了，要想长得高，长得壮，必须成为一个能干的人，她每天四处去王宫里帮助别人，她还自己做饭呢，所以，她越来越美丽，健康，和开心。

至于善良又聪明的小黑，他被国王和王后收养了，成为公主的哥哥，他终于不再是一个孤儿啦，但是他仍然那么勤劳，善良，国王王后都非常爱他。

他们幸福地生活在一起，再也不是光吃包子和鸡蛋啦，现在公主可以吃到各种各样的食物啦。

改掉了贪吃和偏食的坏习惯，生活其实很美好，对不对?

丸子公主知道答案，你呢?

等到可以比武招亲的时候

文/徐艳

5 岁的时候，我住在新疆一个地图上找不到的小县城——塔什店，最喜欢的东西是一只蓝色白花的碗，因为单独为我开的小锅饭和邻居端给我的好吃的总是在里面；最羡慕的人是我们邻居家的小巴郎(维族小男孩)，因为大人们总是说他头上的 3 个发旋儿代表聪明和福气；最盼望的事是过年发压岁钱和放鞭炮，还有，一心巴望着下雨，因为北京的大妈寄给我的小花伞是我们那个小县城里唯一的一件时尚品。

10岁的时候，我家所在的小县级市在地图上是一个小点，我最喜欢的东西是我家养的一只小土狗，因为它是唯一听我指挥的家庭成员；最喜欢的人是翁美玲，因为我们班的女生没有敢不说她聪明和漂亮的；最渴望的奇迹是突然发现我爸爸是一个深藏不露的武林高手，而我每天晚上都可以在他练功的时候偷学到绝世武功，还有，盼望两周一次的作文课，因为只有这时候，老师才会表扬我是一个有希望的孩子。

15岁的时候，我家搬到乌鲁木齐，最得意的事有很多，包括溜冰最先学会倒划，语文竞赛拿到奖杯；辩论赛得最佳辩手，我们班最帅的男生是我同桌；最崇拜的偶像是三毛，因为她不仅有流浪的勇气，而且有化腐朽为神奇的才情；最盼望的事是班里开元旦联欢会，可以做主持人；还可以在家里明目张胆地听小虎队的歌。

20岁的时候，我在西安上大学，最沮丧的事是我最终选择了理科，而且每天跟数字和示波器打交道，因为不想让一心想我成为工程师的爸爸失望；最难过的事是我没有像小时候以为的那样变成美女；最佩服的人是居里夫人，希望自己做一个她那样全心投入的女科学家；盼望毕业，盼望工作，盼望自己住在一间非常小资的公寓，盼望谈一场诗香墨浓的爱情，盼望以后的生活像是走在铺满鲜花的红地毯上。

25岁的时候，离开家，离开学校，离开单位，到上海的网站打工，每天在地铁里看上海的美女、灯箱牌和在车厢里拥吻的年轻男女；周末去广场喂鸽子，数经过的奥迪和奔驰，并幻想有一天拥有；想家的时候去黄昏的外滩，而且警告自己不在那以外的任何地方掉眼泪；辛勤工作，努力加班，希望可以早点攒够给母亲做手术的钱；最喜欢看的是吴士宏的传记《逆风飞扬》，每天都要对自己说，我要努力!! 我要成功!!

写下上面一段话的时候，我 28 岁，是深圳一个普通的打工者，名片上印着“软件工程师”，坐小巴上下班，计算每月的薪水支付银行的按揭和母亲的医疗费；偶尔会去逛街，泡吧，郊游，看电影；常常减肥，常常失败；为调户口的事焦头烂额；收藏漂亮的书，画，贝壳，廉价的首饰和乱七八糟的东西；羡慕拎着笔记本电脑上下班的白领；很高兴有同事可以讨论刚看的盗版电影，很庆幸可以偶尔买花给自己而且不会觉得太奢侈；喜欢在夕阳满天的时候下班；最佩服的人是我男朋友，因为他可以轻轻松松地把我弄得乱七八糟的程序整理好，盼望自己的编程水平一点一点提高，不再为一个简单的打包程序重装 35 遍系统。

最近放《射雕》的时候我没有看，我在家里为一个调不好的驱动程序发脾气，我的 66 岁的老爸在电话里跟我说，难道人人都能成为武林高手吗，我看你只要像穆念慈那样可以比武招亲我就放心了。

阿甘说，生活就像一盒巧克力，而我老爸说，生活就是一场江湖梦，你可以比武招亲了，可以保护自己了，可以闯荡江湖了，可以搭自己的草台班子自谋出路了，我就放心了。我自己也不用动不动看着名人传记来总结自己的失败之处了，我觉得这样很好。

童年的小花伞早已褪色，我的居里夫人传和三毛全集放在书柜最深处，任时光和蛀虫啃噬，而我，每天在上班的公车上看深南大道上馥郁的棕榈树和大叶榕，我知道满城的英雄树什么时候开，什么时候谢，我知道夏天的落日什么时候最薄，什么时候最厚。

虽然我不知道 30 岁的自己会是什么样，虽然我知道要做一个出色的软件工程师我还要在这条路上跋涉很远，但是我并不灰心，因为，武林高手从来就不是一蹴而就的，而我的理想，不过是可以比武招亲就好。

大学十年

文/林锐

写此文使我很为难，一是担心读者误以为我轻浮得现在就开始写自传，二是担心朋友们误以为我得了绝症而早早留下遗作。

不论是落俗套还是不落俗套地评价，我在大学十年里都是出类拔萃的好学生。并且一直以来我对朋友们和一些低年级的学生都有很大的正面影响。这十年是一个从幼稚到成熟的过程，交织着聪明与蠢笨、勤奋与懒散、狂热与怯懦、成功与失败。做对了的事可树立为榜样，做错了的事可挂作为警钟。我写下经历与感受，期望以此引导和勉励无数比我年轻的学生们。我资历尚浅，既没有哲学家的深邃，也没有诗人的风华，不足以堂皇地育人，只能讲一些故事以表心愿。

我出生在1973年的春节，属牛，是“牛头”。父母为我起了很好听的名字叫“林锐”。这暗示着上天对我别有用心，将降大任于我，可是这时候上帝去了一趟厕所。天堂与人间的时差如此之大，就在上帝大小便的几分钟内，我混混沌沌地度过了童年和少年，天才因此成为凡人。

我小时候生长在浙江黄岩的偏僻山区。父母都是中学教师，由于山区师资缺乏，父母经常要从一个山头调到另一个山头教学。我换读过的小学的数目比我的年龄还大，没有伙伴，也没有家的概念。我就像活在货郎担里的小鸡，缩成一团，在高兴或恐惧时至多“啾、啾”地叫几声。我在读小学与初中的八年里，既不聪明活泼，也不调皮捣蛋，确切地说像块木头，简直是我名字的反义词。在学习上我没有受过一次表扬，也没有任何值得留念的人或事。唉，无论我现在多么努力都已无法追回失去的八年金色年华，好心痛!

我草草地并且稀里糊涂地在13岁时从初中毕业，无处可去。这下我发慌了，开始渴望学习。我灰溜溜地离开山区，可怜巴巴地到一个比较好的乡下中学重读初三。我勤快得早晨4:30就起来读英语，脑袋似乎也被吓开窍了，“数理化”学得很好，并且生平第一次在物理考试中得了满分。当我“再一次”从初中毕业时，我以全校第一的成绩考入了黄岩中学读高中。

黄岩中学分农村班与城市班，我当然是农民阶级。“阶级区别与歧视”对我是相当有促进作用的。我连任了几年的卫生委员，星期六和星期天同学们习惯地把活留给我，我这小官当得有滋有味。物理学得极好，有一种直觉帮我快速准确地解题，常常是老师刚把题目写完我就报出答案来。上物理课时我没法讲废话，因为我一开口就是标准答案。

可惜我的文科成绩极差。那时期盛传“学好数理化，走遍天下都不怕”，我们年少不懂事，糟蹋了学文科的好时光。我写作文的最高目标就是不逃题，考试前我总是反复祈祷：我没干过坏事，保佑我作文不逃题吧！历史考试时填写“任课老师某年某月某日在我家乡英勇就义”，比谁的成绩更接近零分。更让我沮丧的是，这些行径都不是我发明的，我顶多是个跟屁虫而已，一点回忆的自豪感都没有。

我现在认为文科教育实质是素质教育，如果素质不高，男孩再聪明也难以成大器，当然也难以吸引好女孩。

高考时我语文得了54分（是班里的中上水平），总分只比重点线高十几分。我不敢报考好地方，只好选择内地。选来选去觉得西安与成都两个城市还不错，我拿把尺子在地图上一量，发现我家乡离西安的直线距离较短，于是就选了西安。老师们只听说过西安交通大学比较有名气，但谁也不了解。我以为在西安交通大学是学习开火车、开轮船的，尽管我也很渴望能开车开船，但考虑到自己的身体单薄，就忍痛割爱了。我觉得西安电子科技大学的名字很好听，符合我做科学家的梦想，于是就报考西安电子科技大学（以下简称西电）技术物理系。

上帝精神抖擞地从厕所回来，发现我已经上大学。也许他原先想把我安排在清华或者北大的，但事已至此，干脆也就撒手不管了。他这一偷懒反而是好事，我在读大学的十年中自由发展，成了卓尔不群的学生。

刚进西电，首先吸引我的是麻雀和馍。那麻雀滚圆滚圆的，简直是会飞的肉弹。它们不怕人，成堆聚集吵闹，常让我误以为是没有人管教的一群小鸡。那馍又白又大，既不放盐也不放糖，既不像馒头也不像包子。馍凉了后贼硬，据说有同学被楼上扔下的半块馍砸中脑袋，当场长出一个“肉包子”。最好笑的是人们把“馍夹肉”叫成“肉夹馍”，那东西实在好吃。

西电原是军校，作风严谨，校园并不华丽，生活有些单调。尽管我来自山清水秀的地方，可我的确喜欢西电的粗犷与憨厚。有一天我看到一个新生写得很肉麻的赞美西电的大字报，有一句是“我踏上了东去的列车”，我不禁笑掉牙。这一笑意味着“大个子欺负小个子”历史的结束，“小个子欺负大个子”新纪元的开始。

上大学的第一个学期刚好碰上美国打伊拉克（“沙漠风暴”行动）。那时全国都在谈电子战，我们全校都是研究电子的，而且以军事应用为主。在那种气氛里，同学们都有很强的使命感，并且被鼓动得信心十足。

一日，系主任视察早读，偏偏有同学迟到。系主任喝问：“你为什么迟到了？”

“因为我来迟了。”同学毫不含糊地回答，昂然入座。那时候的学生充满了理由。

我在班里年龄小个子也小，上课时就像猩猩堆里的猴子那么显眼。由于我们是物理系学生，第一学期的普通物理课程就显得非常重要。系副主任给我们上课，他长得像叶利钦，口若悬河，板书极快。像在高中上物理课那样，我常在“叶利钦”刚写完题目时就报出答案。开头几次，“叶利钦”满脸狐疑地扫视我们，好像是要抓住拔掉他自行车气门芯的那个捣蛋鬼。后来他在第一排发现了我，我俩乐得咧了嘴。课间休息时，“叶利钦”常坐在我旁边，趁他给同学们答疑时，我就用笔拨弄他硕大无比的手指，在他指甲上涂点什么。

在第一学年，我就像乱草丛中的野花那样脱颖而出，备受老师和同学们的关怀。就在我光荣到感觉屁股都能绽放光彩的时候，发现了令我胆战心惊的学习缺陷——不会做实验。一进实验室，我就束手无策，浑身发抖。我相信大一的学生们都有虚荣心，为了维护“最聪明”这个荣耀，我完全可以掩盖、躲避甚至偷偷地弥补实验能力的不足。

我做了一件了不起的事：为了对抗虚荣的引诱，我夸大其辞地把“缺陷”告诉每一个我认识的人，让我没有机会欺骗自己。

聪明的人并不见得都有智慧，他可能缺乏“真实”这种品质。虽然我是在硕士毕业的时候才立下誓言——“做真实、正直、优秀的科技人员”，但我在18岁的时候就已经做到了“真实”，我必定一生保持。

第一年暑假回家，得到一个惊喜：家里竟然有了电路实验室！

因为我常在信中鼓吹自己实验能力何等之差，“长此以往，下场将极为悲惨”。父母经不起这种“恐吓”，当英语教师的父亲将半年的工资连同“私有财产”全部捐出，每周到很远的商品交易市场购买电子元件以及器材，在家里建立了实验室。父亲很威严，我从小就怕他，但那个暑假我一点也不怕他。我们一起做实验，都从零学起，话不投机就用电烙铁“交流”，完全是同事关系。后来，我的兴趣转向了计算机，家里的实验室就由父亲独掌，继续发扬光大。现在父亲修理电器的水平在家乡远近闻名，学生们都忘了他是英语教师。

母亲是数学教师，年轻时略有姿色，智力远胜我父亲。当她与他在山头的学校里相遇时，他一顿热情洋溢的饭菜就把她缴械了。我小时候家里很贫穷，家就像一条飘荡的小船，父亲划桨，母亲掌舵。当我6岁上学时，母亲就说：“儿子啊，你将来只能靠笔吃饭而不能靠锄头吃饭。”小时候，母亲怕我变狡诈而不允许我学下棋。尽管我在大学里已经相当出色，母亲来信总不忘叮嘱“德智体全面发展”。她常用独特的方式检查我：

(1) 看我是否变胖。如果我胖了，表明我懒了。因为勤奋的人没有理由变胖。

(2) 看我说话是否还快。如果我说话慢条斯理，表明我变笨了。因为脑子灵活的人没有理由说话不快。

我读博士研究生时，母亲的眉头才舒开。她经常在师生中发表自由言论：“儿子的智力与性格完全是遗传我的，他爸毫无半点功劳。”

本科第三学期的主要课程是电路分析。电路题目常常很滑稽，当你满头大汗地解完方程式时，答案往往是零。我归纳了不少公式用于简化计算，所以照样能在老师画完电路图时报出答案。学习是如此的轻松以至于我有太多的课余时间。

在课余我常做两件有意思的事：

(1) 我为学习较差的十几名同学办了补习班，给他们讲课，改作业，出考题。我就像老母鸡那样看护着一群小鸡，使班长、学习委员等班干部形同虚设。我这样做既提高了自己的表达能力，又帮助了同学。这事不是老师叫我干的，是我自己的主意。

(2) 我经常在宿舍里焊接电子线路，技艺渐精。我曾花了两天时间，把磁带盒做成能发声、发光的精美礼物，乐颠颠地送给一个女孩子。可惜不久后我迷上了计算机，从此再也没亲手做过好玩的东西。

上大学以前我根本没见过计算机。在第四学期时我遇到了十年来最敬爱的老师周维真，从而对编程产生了强烈的兴趣。他教我们 Fortran 语言，Fortran 语言本身对我没有影响，影响我的是周老师高尚的师德以及他在教学和科研中的敬业精神。我从他那里学到的是怎样做人，怎样做事。

很多计算机系老师改作业时喜欢打“√”或打“×”了事。周老师不仅把作业里的错误都找出来，而且逐一评注“好在哪里”和“差在哪里”。为了不让周老师过于劳累，全系同学有一个约定：上课时不准吵闹，否则别来；作业必须清楚，否则别交；提的问题必须有质量，否则闭嘴。

Fortran 语言期末考试，我的卷面成绩是 97 分，有个女同学考了 99 分。我当时官为课代表，想不到被一个女生超过，甚为沮丧。可是报到系里的成绩单上，我的成绩是 99 分，那个女同学是 97 分。我以为周老师搞错了，跑去问他。周老师笑笑说："你平时的学习表现，该得满分。不能因为考试中的一个失误而打击你的积极性，所以给你加 2 分作为鼓励。而她一上机就束手无策，要让她知道考试成绩高并不表示已经学好了，扣她 2 分以示警告。你本来就是第一名。"这时又跑来一个"查"成绩的同学，他得了 59 分，哀求周老师让他及格。周老师说："你的试卷我看了好几遍，的的确确是 59 分。而你平时的学习表现也不会超过 59 分。这一分不能加，否则我会害你一生。"

在我这一级（90 级），周老师至少为技术物理系教出两名软件高手——我和马佩军。我和马佩军读到硕士时已在软件方面雄霸西电，计算机系学生毫无翻身之望。由于马佩军不好名利，风头让我一人独得。我离开西电数年后，余威尚在。可惜我和周老师相处不到一年，他便调到北京信息工程学院。然而师恩的厚薄不在于时间长短，好的老师会让人想念、感激一辈子。

在上大学的前三个学期，学习如同表演，有趣而且轻松。自从第四学期学习了计算机课程，我就有了新的追求，我多么渴望拥有一台计算机，可以天天编程。如果挨一个巴掌能换取一分钟上机时间的话，我愿意每天挨 1440 个巴掌。如果非得加上一个期限不可，我希望是一万年。

我本科的专业是半导体物理，一二年级由系里负责教学，三四年级由微电子所负责教学。在第四学期末，我央求系里把我推荐到微电子所参加科研，贾新章教授"收留"了我。我踏进微电子所的那一脚，让我从纯粹学习转向了科研，从"高分低能"转向了"低分高能"。

我终于有了一台 286 电脑，那个暑假我就睡在实验室里，时时刻刻守着它。深夜里我一个人冲着它发笑，一会儿盖上布，一会儿掀开布，一会儿摸摸它的"脸"，一会儿理理它的"辫子"。我很快地完成了任务：设计一个"立方运算"的模拟电路，并且学会了 C 语言。

西电有个好传统，每年冬季举办一次全校性的“星火杯”学生科技作品竞赛。每届都有六七百件作品展示，低年级的学生看后无不热血沸腾，跃跃欲试。我很希望能独立开发一套软件，参加本届“星火杯”竞赛。贾新章老师是研究集成电路可靠性的，见我如此热切，就让我开发“集成电路可靠性分析软件”。

我开始一边研究数值算法，一边设计软件。从炎热的八月份到发冷的十一月，几乎天天通宵编程，程序很快增长到一万多行。在离竞赛还剩一个月左右的时候，出现了大量的问题。不仅程序老是出错误，而且发现原先的算法并不有效。此时已经没人能够“救”我。贾老师不会编程，不知道问题究竟出在程序上还是出在算法上（实质上两者都有问题）。而那些懂软件开发的年青教师，实在看不明白我的上万行程序是如何组织的。他们只能悲伤地看着我挣扎。由于我经常逃课，好学生变成了坏学生。系里意见极大，贾老师十分为难。不少老师和同学劝我赶紧“改邪归正”，放弃项目，不值得因小失大。

当时我有个无法动摇的信念：如果放弃一次，那么碰到下一个挫折时我就会继续放弃；如果坚持而成功，那么碰到下一个挑战时我会激励自己再取成功。

在压力面前，我依然坚挺。每当略有进展时，心里就一阵狂喜，但很快又会碰到新的困难，有时一坐就是 20 个小时。每天在喜悦的巅峰与苦恼的深渊之间反复折腾。在竞赛前两天，我终于成功地完成了软件研发，结果获得软件与论文两个二等奖。这个荣誉本身不值得一提，并且我付出很重的代价——对物理专业失去兴趣而彻底抛弃了它。但那时我才 19 岁，在极限状态下，我磨炼了意志，使我日后充满激情。

在本科四年级，我认识了微电子所的郝跃老师。他是数学博士，是微电子所最有才华、最潇洒、最有领导风范的青年学者。我常去向他请教数学问题，他讲得意气风发，我听得如痴如醉。我俩一个月的“交流量”很多硕士花一年时间也得不到。有一天，郝老师说：“你做我的学生吧。”我就毫不迟疑地从贾老师门下“跳槽”到郝老师门下。郝老师后来是我的硕士导师，他高兴时喜欢说：“好，很好，非常好!”我看着他升教授，升博导，升副校长，师生两人分别在各自的阶层中声名显赫。

在三四年级，我的专业课程没有一门及格过。但由于微电子所的老师们已经认可了我，就把我的卷面成绩作为及格线，“水涨船高，水落船低”，我对同学们的帮助莫大于此！如果要我考研究生，我绝对考不上。系主任安毓英觉得我将来很有前途，于是不顾别人反对，一锤定音让我免试读硕士研究生。

读硕士研究生时，我的科研条件相当好。导师十分开明，任我自由发展。我最喜欢做的事是设计图形用户界面和开发数据可视化软件。图形软件的最大魅力是即便它毫无用处，你也可以自我欣赏。总有人担心“花很多精力、物力让界面那么漂亮，图形那么逼真是否值得？”这种问题不能强求别人与你一致。我当时赞美女孩子的最高境界就是把她和我的图形软件相提并论。

我喜欢设计用户界面是因为自己有相当好的美感。在读本科时我模仿过六七个流行软件的界面。那时期大家编程都用 Turbo C 2.0，我伪造了一个“Turbo C 2.6”。有个北大的博士生来实验室参观，看“Turbo C 2.6”后对我导师说：“郝老师，你们的工具比我们的先进多了。”

我常常向同学演示、卖弄自己开发的软件。觉得还不过瘾，就写了一篇名为“用户界面设计美学”的短文。凡是路过我实验室的同学都被我逮住，被迫听完我得意之极的朗读，茫然者与痛苦者居多。不久我的朗读便所向披靡，闻声者逃之夭夭。这篇文章我 6 年后照搬到博士学位论文中，可见当初写时的确有所“超前”。

我的研究工作基本上以集成电路的数值计算为主，数值计算产生的一堆数据常把我搞得晕头转向。我发现用图形来表征、解释数据可以让自己不再迷糊下去，那感觉就像刚睡醒时冲凉水一样。我硕士学位论文中的软件就是用图形来仿真集成电路生产过程中“缺陷”对成品率的影响。我并不是在看了学术论文后才开始研究可视化技术的，我是在做了工作后才发现那些好玩的技术叫做“可视化”。由于我肚子里头的确有货，在硕士一年级，我没有使用“剪刀”与“糨糊”（这是很多人写书的法宝），只花了三个月时间就写完第一本著作《微机科学可视化系统设计》。

我在读硕士期间的工作强度与本科时的相当，但工作方式有很大不同。我有了明确的目标：① 开发自主版权的软件产品；② 培养做领导的才能。这个目标可以通过团队工作，参加全国性大学生科技竞赛而实现。

我在西电成立了“可视创意软件小组”，马佩军、戴玉宏、马晓宇是我的主要技术伙伴，帮手很多。有几个漂亮的女生负责宣传（有一个长得像孟庭苇）。办公室里贴满了标语，如“创造性的事业要靠激情来推动”，“生于忧患，死于安乐”，“让春天消失”。还有大幅的“作战图”，倒计时牌。每个伙伴写了一张“军令状”放在机器上，我迄今还记录着那些纯真、活泼、充满激情的文字。那是多么艰苦而幸福的日子，夜里放震耳欲聋的音乐、咬尖辣椒提神，有伙伴累得蹲在厕所里睡着了。

在 1994 年和 1995 年的冬季，我们的软件作品分别获中国大学生应用科技发明大奖赛二等奖和全国大学生“挑战杯”学术科技作品竞赛二等奖。在西北地区，我们是“老大”。我成了西电学生的榜样，仰慕我的学生有一大批，我刚到浙大读博士时，收到一个西电计算机系学生的信，他说：“你走了，我待在西电没有意思，我准备考浙大的硕士生，你到哪里我就跟到哪里。”

在硕士毕业前，我在鉴定表上这样写道：“我热爱科技事业，如同热爱生命一样。近5年的科研工作带给我最充实的生活，也寄托着我美好的向往。可我同时也感到了痛苦，因为5年来我耳闻目睹科研中太多的弄虚作假。我发誓做一名真实、正直、优秀的科技人员，以正身自勉。”

我在西电度过了幸福的6年半，最让我牵肠挂肚的是“吃”、“友情”和“爱情”。

当我第一次吃红红的和青青的辣椒时，“感动”得满脸是泪，那滋味让我觉得前17年白活了。我在读硕士时已经能自力更生，我开发的软件不仅竞赛获奖挣了名气，而且还挣了钱（卖了20多份软件，平均每份挣500元）。写书得稿费7000元，那时我简直就是富翁。这些钱的小部分用来给女孩子买礼物，大部分用于和哥儿们吃香的喝辣的。

我相信自己已经尝遍了西安的小吃，并且发现了一个“秘密”：最好吃的东西都在地摊上，最香的东西一定是辣的，最辣的东西一定是香的。曾经沧海难为水，我在浙大的三年里很少再吃辣椒，因为怕它玷污我心目中的辣椒。

在我小时候，我爸很讨厌土豆（在困难时期他吃了太多的土豆），他竟然因此不让我吃土豆。我哪敢跟他论理，于是忍啊忍，一直忍到我上大学“远走高飞”。如果说辣椒是我新交的女朋友，那么土豆就是我天生的命。我在西电经常用电炉（从来都没被抓住过）做“以土豆为核心”的菜，天长日久，朋友们干脆叫我“土豆”。

我吃饱土豆和辣椒后不免深思而感叹，人要是认认真真地吃，真的花不了多少钱，那些贪官究竟是怎么吃掉巨款的？我将来怎么吃得掉自己挣来的钱？

我在读中学与本科时，满头白发，脑袋可以当白炽灯泡用。当我硕士毕业再照镜子时，吓了一跳，白头发不见了！我不知道究竟是哪种食物起的作用（估计是辣椒）。那些早生白发的小伙子们，你们就到西安上学吧。

马佩军是我在西电最早的朋友。刚入学时我们分到一个宿舍，他像国民党兵盘问良家妇女那样上下打量我，问："喜欢干啥？"

我怯生生地回答："打乒乓球。"

他再问："什么风格。"

我答："快球。"

他突然像阎锡山那样怪笑，拍拍我的肩膀说，"好！我喜欢，以后你就是我的朋友。我是陕西人，农民，会开拖拉机和卡车。这里是我的家，以后你有啥事，就对我吱一声。"

马佩军和我打乒乓球时口中念念有词："哼！你对我狠，我对你更狠；你对我好，我对你更好。"他好几次说要把世上最好吃的板栗送给我一袋，这一袋板栗我到现在都没拿到。马佩军夜里极能侃，吹他家乡的人跑得快，常把野兔追断气。有时他吹得太离谱，常令我们 6 个舍友群起而攻之。为了把我们一举歼灭，他白天到图书馆查"资料"，夜里再挑起事端。双方就像印度与巴基斯坦，常干两个秃子争一把梳子的事。

马佩军上大学前也没见过计算机，但他对计算机技术有极强的领悟力。我们第一次上机时，他把我拉到打印机旁边说："帮我防着管机房的，我要修理这台打印机。"还没等我反应过来，他就开始"肢解"打印机。我无比深刻地体会到：歹徒在作案时都不害怕，最提心吊胆的就是那个放风的。他在 5 分钟内修好了打印机，我佩服得五体投地，甘愿下次再跟他干"坏事"。

我们读本科和硕士时主要用 DOS 操作系统，那时期病毒泛滥。马佩军杀病毒不用软件，用手杀。看他杀病毒简直是一种享受：噼里啪啦地敲一阵子汇编命令，然后机器就好了。求救电话太多，他经常无怨无悔地带着那双铁手游荡于西电各个角落，却不知道编写个杀病毒软件来赚钱。

我一直认为马佩军是西电编程第一高手，他编程的时候根本不是人，是指针。之所以我的名气大，一是因为他不好名利，二是我把他的程序写上了我的名字（并且卖了不少钱）。

马佩军的女朋友是我介绍的，我一眼就看出她将嫁给他。后来俩人果真结婚了，只是他嫁给了她，现在他还有了一只“小马驹”。硕士毕业后，马佩军留在西电读博。前年我再见到他时，他说我害死他了，快乐得要宰了我。马佩军在西电已经待了十年，秉承了西电所有的优点与缺点——“很土但结实耐用”。我在西电时很土气，离开西电后变得“半土不洋”。马佩军简直就是西电人自己的“兵马俑”，每次看到他或者想起他时，我就明白自己的“根”还在西电。我喜欢陕西人源于马佩军。

宋任儒是我们的班长，也是班里最早的党员，满口仁义之道，比唐僧还让人受不了。在二年级时，我迷上一个比我大一岁有了男朋友的女同学，多日沮丧。他看在眼里痛在心里，跑去把那女同学教育了一通。苏联解体的时候他十分沉痛，在思想教育课上，他向我们作了深刻的检讨，好像是他没有管教好戈尔巴乔夫那小子。最后他为我们点燃了希望：在不久的将来，“苏联”将重新成为苏联，共产主义旗帜将继续在全世界飘扬。

在本科三四年级，他对跳舞十分入迷，连上厕所都滑翔而去。我那时常把自己关在实验室里搞科研，极少有空与他玩乐，等到本科毕业时，猛地发现他已经风度翩翩。

宋任儒在读本科时学习既不好也不差，我们从来没有合作研究过什么。

我喜欢他是因为他很有情趣，不落俗套，并且刚正不阿。也许，我俩本来就有相似的秉性，只是表现不同而已。

本科毕业时，他分到威海工作，走之前我为他饯行。可在硕士开学时，我的房门被人一脚踢开，他对我喊了一声“林子啊，我又回来了”。我就像祥林嫂见到了被狼叼走的孩子那样惊喜。

宋任儒读硕士时被发配到临潼771所，他在那里过上了乐不思蜀的日子。有一天，他带来两个看上去很文静的女孩子（一个读硕士，一个读本科）来串门。就在我洗水果的几分钟里，三个人已玩得乐翻了天，两个女孩满屋子追他，一会儿把他按到桌子上打，一会按到床上打。我惊诧至极而又羡慕至极，恨不得挨打的人是我。想不到上学竟然会有这等欢乐，看来我读硕士的日子白过了。

后来，那个大一点的女孩子嫁给了他。当他带她去见公婆时，公公长叹一声：“把儿子交给你，我就放心了。”而婆婆已乐得合不拢嘴，竟然无法叹气。

现在，宋任儒已从复旦大学获得博士学位，比我更早地成家立业。他和她既是夫妻，又像兄妹，还像伙伴。他叫她“聪聪”，她叫他“笨笨”。

“聪聪”问“笨笨”：“老公啊，人活着为了什么？”

“笨笨”答：“就是让咱们每天快快乐乐。”

我亲眼看到的幸福莫过于此。

我在大二时曾为系里学习最差的十几名同学办了补习班，谢伟在这个补习班里名列倒数前茅。在他睡懒觉时，我像催命鬼那样喊他捅他。他无比吃力地抬起沉重的眼皮，就像软弱无力的举重运动员，还没有挺起来就趴下了。

他开始呻吟：“这一次就饶了我吧，下一次我一定，一定会去的，求你了。”

我不肯。

“那么让我再睡 5 分钟，”他不死心。

我仍不同意。

“那么你就从 1 数到 10，要慢一点。”他讨价还价。

当我数到 9 时，他就接着数 9.1，9.2，9.3 ……

一开始他觉得我很好玩，后来他就离不开我了。并不是因为我学习好，而是那时候我天真并且充满活力。在三四年级我忙于科研时，他照顾我的生活，叫我“少爷”，既做管家又做兄长。我们不仅共用饭菜票，并且共用仅有的一个碗，总是他买饭菜和洗碗。

我们那一级的学生大多崇拜巨人公司的创始人史玉柱，我问谢伟：“我是不是和史玉柱一样能吃苦？”

他说：“如果考虑年龄因素，你已经比他更能吃苦。你将来一定能做大事业，我就把希望寄托于你了。”

在我们都还不成熟的时候，我成了他心中的灯塔，只要灯不灭，希望就在。现在他为了娶一个日本姑娘，披荆斩棘追到日本，有了新的希望。

二十几年来，我就为一个男人哭过，那时他本科毕业离校。

我读硕士研究生时，由于受我的影响，本系三四年级的学生蜂拥至微电子所参加科研。夜里看十二层高的科技大楼，灯火通明、热闹非凡的那一层就是微电子所。那时，我在微电子所学生中的地位仿佛伊拉克的萨达姆，手下兵将极多。

我写第一本书时，有好几个人帮我输入稿子，使我没时间慢腾腾地打草稿。我就像金庸写小说，有如神来之笔，想到哪里就写到哪里，写了一段他们马上输入一段，一气呵成。那本科技书写得很滑稽，同学们看得笑出眼泪，编辑看了拍案叫绝，只改了几个字就出版了。

那时候我的心情是如此之好，为一男同学乱蓬蓬的头发写了一篇散文，并送他一把梳子。又把一女同学的实验报告写成评书。我的文笔大概就是这样练出来的。

这一群学生中，戴玉宏、史江一和马晓华是我最好的伙伴（我们都属牛）。

戴玉宏其貌甚帅，眉中有一根白毛闪闪发光，因此号称“白眉鹰王”。“白眉鹰王”武功了得，是我软件产品的核心开发人员，我们合作最深最久。后来我开公司，他就从广州辞职到杭州为我助威，令我感动不已，可见读大学时期我们有多铁！戴玉宏有一次打饱嗝，整整打了两天两夜，我差点心疼死。

我尚未发迹之日曾与戴玉宏在校园里卖花，无人问津，就请电子工程系的鲁洁救助。鲁洁温柔貌美，她一言一笑犹如春风吹拂苏堤的杨柳，令人心里一荡再荡。顷刻间就有男生围观，有人看花，有人看“贵妃”，鲁洁一走，我和戴玉宏可怜得就像两根蜡烛。鲁洁读大学时调皮捣蛋，到四年级时还不太会编程。她的本科毕业设计是仿真“雷达跟踪飞行物”，程序基本上全是我编写的。我已记不起用了什么公式，只知道每次计算后都弹出一个对话框“报告长官，击中目标”。鲁洁毕业后到深圳的一家软件公司工作，几年一过，她成了行家。再与她交谈时，我只有听的份，像鸡啄米一样点头。

史江一和马晓华都是陕西人，和马佩军一样厚道热情。史江一性格稳重，属于“你办事我放心”的那类人。我对微电子专业一窍不通，全靠他帮我混过实验这一关。后来我开公司失败，陷入经济危机，就把希望工程的一个小孩托给了他。

马晓华是我最不放心的人。他常常为别人做事情，但热情过头就忘了自己的事情。有几个不道德的学生就利用他的这个缺点，经常使唤他，并且借他的钱不还。马晓华喜欢为那些人“卖命”并且挨训，他总是在受虐待够了的时候再跟我们嘀咕，我们实在气不过，只好对着他的屁股追加一顿拳脚，并给他一个绰号“受虐狂”。但愿他找个好老婆，我可以早日放心。

我们这一群小伙子同时喜欢上一个女孩子，她叫姜姗，是她班里的四大美人之一。我们不仅没有争风吃醋，而且心甘情愿地让她坐遍每个人的脖子。姜姗小姐 5 岁时她爸姜晓鸿成了我的同事，我们经常一起去钓鱼，亲得像一家人。姜姗喜欢大喊大叫，声音高过帕瓦罗蒂，我们教唆她喊她爸“姜球球”。

我常带姜姗到小吃摊去吃女孩子不敢吃的东西，并哄她：“世上最好吃的东西是鸡屁股。”

她无师自通地加上一句：“世上最好听的屁是鸡放的屁。”

我常想着将来生个儿子并把他培养成天才，但如果能有姜姗这样的女儿，不要儿子也罢。

在本科三年级我第一次参加“星火杯”竞赛并获得软件二等奖后，马上成为低年级学生眼中的明星。我义务当上了一年级学生的上机辅导员。一天晚上我巡视机房，一女生请求帮助。

我见屏幕上空白一片，根本没有一行程序，十分疑惑地问：“什么问题？”

“没有问题。”她把书往我手上一塞说：“这些作业你帮我做。”然后就自个子跟她的同学玩乐，把我撇在一边，似乎我辛辛苦苦地学习就是为了给她做作业。

我定神对她细看，发觉她简直就是射雕英雄传里的黄蓉再世，顿时心就“突突突”直跳。当天晚上我没睡着，接下几天的课不知所云。在选修课操作系统考试时，我给家里写了一封超短信：请快寄钱来，我谈恋爱了。我交了白卷直奔她去。

我的初恋只有两个月，却让我思念了 8 年。她离我而去时没有任何理由，而我却失魂落魄。在我本科毕业前的18个月里，白天我狂热工作强作笑容，夜深人静时心痛如刀割而无法抑制。没有人为我“疗伤”，我是硬挺过去的，这一段经历使我日后心理承受能力极强。后来我开公司的失败虽然对信心有所打击，但根本无痛可言。

我们分手后并未成为陌生人，就像两只刺猬，离得远了就有点留恋，离得近了，就刺着对方。认识她时我虽然已略显才气，但并不具备成熟男人的魅力，很多事情我并不知道怎么去把握。有时“喜欢”并不能成为“爱”，感情也许是永远研究不透的学问。

我读硕士研究生时有了一群生机勃勃的朋友，感情的伤痛被淹没了。朋友堆里夹着一位女生，她文雅而富有气质。平日里无拘无束，大伙戏称她是我的秘书。我的言行举止和穿着都经过她的调教，俩人出双入对，十分亲近，不知不觉有了感情。别人已经把我们当成恋人，我和她牵着小姜姗散步时，简直就像一家人。

可是我当时着迷于事业，认为自己不久将干一番惊天动地的事。鉴于史玉柱在创业时就离过婚，所以我认为感情是事业的累赘，两者不可得兼。

更糟糕的是，我和第一个朋友藕断丝连，偏偏她俩是同班同学。我知道脚踩两只船没有好下场，可我的的确确同时喜欢着两个人，并梦想她俩能合二为一。我情愿被人指责，也不愿掩饰真实的感觉。有时她俩一同走过，我站在路上丢了魂似地看着俩人的背影，任凭看热闹的人指指点点。

我和第二个朋友已经有了很深的感情，她毕业后我曾坐火车千里送鲜花给她，让她感动过。而我固执的性格和对初恋的思念终于让她心碎。尽管我们已经几年没见，我依然看得见她留在我心里的那颗眼泪。

我在西电六年半的学习和生活也许是一生中最珍贵的，叫我怎能不爱西电。

两年前我回西电，惊奇地发现校园里房前屋后长满了待收割的小麦！这所大学是从事电子科技的，种小麦干啥呀？

朱总理曾讲过："目前国家粮食充足，再来三年自然灾害也不怕。"现在国泰民安，似乎用不着"深挖洞，广积粮"吧。我素知西电提倡勤俭节约、自力更生，但与其种小麦还不如种蔬菜呢。

老同学告诉我，种小麦是为了应付"211"工程（为 21 世纪选拔 100 所重点大学）的检查团，因为"211"工程有较高的绿化指标。偏偏检查赶在冬天，那时的西北极难长草。西电本来就人多地少，地上一长草马上就会被谈恋爱的学生给折磨死。一到冬天，整个校园就光秃秃一片。小麦在年轻的时候还真和青草长得一个模样，用小麦绿化校园可谓千古绝笔，检查团的那些权贵人士早已五谷不分，岂知所见的"草坪"乃是麦田。

浙江大学依山而傍西湖，是个美丽而高贵的大学。1997 年春天，我就像干儿子那样挤进她的怀抱，并期望得到关爱。我到了向往已久的计算机辅助设计与图形学（CAD&CG）国家重点实验室读博士学位。导师是石教英教授，石老师虽然年过六旬，但精力充沛，红光满面，施拉普纳不及他半分精神。

我幸福地幻想着大干一番自己喜爱的专业，并计划在 35 岁左右成为实验室主任。开学的第一天，我兴冲冲地奔向实验室。进门不到 5 分钟，就因不懂规矩被看门的年轻女子训了几次。为了不再冒犯规矩，我就老老实实地抓起一份计算机报纸并且站着阅读，心想这下不得罪谁了吧！

突然一个气得脸色铁青的男人（机房管理员之一）对我断喝："你在干什么！你怎么可以不经允许就翻看别人的报纸！"似乎我是他一生中见到的最无

耻的人。

我就像一个情窦初开的少年飘飘然地去拥抱梦中情人，不料迎来两个耳光，此下场比猫和老鼠中的猫还惨。如果这两个年轻人有幸看到我这篇文章，应该好好悔过自新，她与他的工作态度打击过数十个学生的积极性。我本是因为向往 CAD&CG 实验室而来的，得到的却是极坏的第一印象。（我博士毕业后，这两人也离开了实验室，我替后来的学生们谢天谢地。）

CAD&CG 实验室在理论研究方面很有名气，但我的兴趣是开发实用的软件，“嫁错人”了。我颇费周折地考入 CAD&CG 实验室，却尚未热身就全力而退，决心自立门户。至今我都没有用实验室的计算机编过一行程序。

刚读博士时我穷困潦倒，只有一床，一盆，一壶，一碗。我那些穷朋友们像挤牙膏一样挤一些钱资助我。我买了一台计算机，在宿舍里开发软件产品“可视化软件开发工具 VA 4.0”。1997 年 8 月，我去北京参加首届中国大学生电脑大赛软件展示，路费也是借的。同学为我壮胆时说：“如果不能获奖，就回到实验室干活吧。”

我说一定会拿第一名，不然去干啥。

在软件展示时，我们发现很多好的作品是国家的科研项目，根本不是学生个人的作品，违背了竞赛的宗旨。如果允许这样做的话，学校可以运几条生产线过来。我写了一份抗议书，找了十几个人签名（很多人敢恨而不敢签）。但抗议能顶屁用，我参加过的科技竞赛、听过见过的科研鉴定多了，哪一次我没看到虚假？我写抗议书是因为眼里容不得沙子。如果我在北大读政治，恐怕早就遭殃了。

这次竞赛选出十个“软件明星”，只有我的软件和清华大学博士生的项目值得一看。他的项目水平很高，但那不是他个人的作品（评委甚至认识他的导师，知道项目的来龙去脉）。综合诸多因素，我的作品被评为第一，他的项目被评为第二。组委会来拍电视，可是找不到浙江大学的展板。因为浙江大学没有任何准备，我是一个人来的，我的作品夹在杭电的作品之中，没名没姓。我只好从塑料袋上剪下“浙江大学”四个字，贴在展板上撑撑门面。

自新中国成立以来，清华大学就一直在浙江大学头上“作威作福”，我好歹也争了一口气。可是颁奖时，组委会竟按地方顺序从北京念起，我沦落到第七，差点咽气。

我曾在上海的一辆公共汽车上与一位北京来的旅客聊天，此公极健谈。似乎他到上海旅游的目的就是为了发掘北京的优越性。见我挂着浙江大学的红色校徽，且对清华、北大并不神往，不禁十分迷惑，就问：“浙江大学在浦东还是浦西？我要去看看。”

北京已经是极度优越了，就请不要把什么鸡毛蒜皮的好东西都拿走。

1997年11月，在穷得快挨饿的时候，我获得了中国大学生跨世纪发展基金特等奖（全国共20名，奖金1万元），到人民大会堂领奖。给我们出钱的是一个靠资本运作发财的集团，在宴会前，该集团领导人和我们座谈，他什么不好吹偏偏吹自己是个高科技企业：“我们主要从事生物工程，几年前就掌握了克隆技术，英国的‘克隆羊’简直是小菜一碟。……我们在东北有个农场，新品种的小麦长得比人还高，麦粒跟葡萄一样大，你们不久都会喝到用这种小麦酿的啤酒。……我如果去美国炒个总统，那就跟玩似的。”

我们几个获奖的博士生吃饱喝足、拿了钱后，关起门来把那个老板臭骂一通，扬长而归。别以为给钱就能让我们说好话！

刚拿了“跨世纪发展基金”，又马上获得“浙江省青少年英才奖”，浙江大学也给我发奖学金。比起那些一个月只有300元工资的博士生们，我简直是“暴富”。还了朋友们给我的“救济款”后，仍然是个“富翁”。我老是觉得手头的钱是“抢劫”来的，心里不踏实。于是找浙江大学校团委“诉苦”，请校团委把我的“不义之财”捐给浙大的贫困学生。校团委的老师热情而坦诚，说愿意等我成为真正的富翁时再接受捐款，现在不能让我“杀鸡取卵”。但为了能让我表达心意，建议我资助“希望工程”的中学生，让我选了5个初一的学生，每个学生500元。我轻浮地以为自己真的帮助了5个中学生，直到1998年暑假我见到了其中的一个中学生，才发现自己做的好事只不过杯水车薪而已。我是到了自己贫困失意时才真正去帮助那些孩子的。

在1997年，我在学生时期的荣誉已登峰造极，觉得自己的翅膀已经硬了，不想再混下去。我总以为自己是第二个史玉柱，应该开个软件公司来振兴民族软件产业。我曾到东软集团（沈阳）参加“民族软件产业青年论坛”，大不咧咧地作了一次演讲（现在发现演讲的内容没有一项是可以操作的）。杭州有一个记者来采访我，我谈了一天的理想，记者还是没听明白，干脆自己写新闻报道，并且含蓄地做了一个广告：万事俱备，只待投资。

由于我能说会道，频频上电视，引来近10个投资者。我选择了一位年龄比我大一倍、非常精明的商人作合伙人，成立了“杭州临境软件开发有限公司”。彼时，我可谓光芒四射，名片上印着“以振兴民族软件产业为己任，做真实、正直、优秀的科技人员”。浙江大学有关部门想开除我，被我“晓之以理、动之以情”安抚住。

我当时想开发一套名为Soft3D的图形系统，此系统下至开发工具，上至应用软件，无所不包。公司名字起为“临境”有两个含义：一是表示身临其境，这是我对图形技术的追求；二是表示快到了与SGI公司称兄道弟的境界，这是我对事业的追求。“临境”这个名字我在读本科时就已经想好了，1997

年底公司成立的那一天，我有一种“媳妇熬成婆”的悲壮感觉。

我从实验室挖来一位聪明绝顶的硕士生做技术伙伴。他叫周昆，年龄很小（1978 年出生），研究能力极强。如果按照浙江大学计算机系博士生毕业的论文要求，他入学读硕士的那一天就可以博士毕业。周昆的头明显比我的大，估计其脑容量至少是我 1.5 倍。我曾经以师兄的身份为他洗过一双袜子，他因此觉得我是个好人。我俩一拍即合，常常为 Soft3D 的设计方案自我倾倒。一想到 Microsoft 公司的二维 Windows 系统即将被 Soft3D 打击得狼狈不堪时，我们就乐不可支，冲劲十足。

我已经把“振兴民族软件产业”列入日程，并且提前担忧将来钱挣得太多用不完该怎么办。1998 年 5 月份，我们做了一套既不是科研又不全像商品的软件。软件产品宣传了几个月，并没有出现订单如潮、应接不暇的局面（事实上压根就没有反应）。我意识到没有找对市场，但仍觉得产品中的一些技术很有价值，将它改装成其它软件也许能开创“东方不亮西方亮”的新局面。

于是我向只有一面之缘尚在北大方正工作的周鸿祎求助。他是真正的软件高手，当我小心翼翼地展示约 10 万行 C++代码的软件时，他竟在十几分钟内就指出多处重大的设计错误，使我目瞪口呆地意识到整个软件系统的价值为零。那种心痛啊，就像眼睁睁看着孩子被狼吃掉一样。

到 1998 年 10 月，我用光了 30 万元资金。周鸿祎再一次从北京飞到杭州，三下五除二替我把只活了一年的公司关闭掉。他放心不下，觉得我“恶病需用猛药治”，于是意犹未尽地把我捉到北大方正插在他管辖的部门，让我学习怎样做事情。

北京寒冷的冬天可以营造一种凄凉的气氛，冲去一切可以自我原谅的借口。我并不是太爱虚荣的人，知道这次失败是我的毛病积累到一定水准忍不住喷发出来的结果。我绝不能以年纪尚轻不太懂市场与管理为理由轻率地敷衍过去。

从北大方正“劳改”了两个月回来，我心服口服地承认失败了。我把察觉到的数十个毛病列出来，日后一个一个克服掉。现在我能比较清醒地分析我和投资方所犯的主要错误，以祭我那幼年夭折的软件公司。

我的主要错误：

(1) 年轻气盛，在不具备条件的情况下，想一下子做成石破天惊的事。我的设计方案技术难度很大（有一些是热门的研究课题），只有 30 万元资金的小公司根本没有财力与技术力量去做这种事。

(2) 我以技术为中心而没有以市场为中心去做产品，以为自己喜欢的软件别人也一定喜欢。我涉足的是在国内尚不成气候的市场，我无法估计这市场有多大，人们到底要什么。伙伴们跟着我瞎忙活一整年，结果做出一个洋洋洒洒没人要的软件。

(3) 我做到了“真实、正直”，但并没有达到优秀的程度。我曾得到很多炫目的荣誉，但学生时代的荣誉只是一种鼓励，并不是对我才能和事业的确认。正因为我不够优秀，学识浅薄，加上没有更高水平的人指点我，才会把事情搞砸了。

投资方的主要错误：

(1) 投资方是个精明的商人，他把我的设计方案交给美国的一个软件公司分析，结论是否定的。但他觉得我这个人很有利用价值，希望可以做成功其它事情，即使 Soft3D 软件做不成功，只要挣到钱就行。这种心态使得正确的可行性分析变得毫无价值。

(2) 由于我不懂商业，又像所有单纯的学生那样容易相信别人。他让我写下了不公正的合同，我竟然向他借钱买下本来就属于我的 30%技术股份。他名为投资方，实质上双方各出了一半的资金（他出 51%，我出 49%）。他在明知 Soft3D 软件不能成功的情况下，却为了占我的便宜而丧失了应有的精明，最终导致双方都损失。

关闭公司时，他搬走了所有东西。我明明投入了技术，又亏了 15 万元，却一无所得。几个月后当我意识到不公平而找他协商时，他说："只能怨你自己愚蠢，读到博士，连张合同都看不懂。"此事充分地显示了我的无知与愚蠢。自己的奋斗没有必要后悔太多，学到的远比失去的多，我相信下一次会做得更好。

公司关闭后，我就面壁反省，补习基础，准备为几年之后"东山再起"养精蓄锐。

1999 年 1 月，有一个民营企业家 G 先生向我请教一个问题："我给一个年轻人投资了 100 万元，建立一家从事环保信息应用开发的软件公司。他曾许诺一年内创利润上千万元，可是才过去 5 个月，他就把 100 万元用完了，什么也没挣到。我实在不明白是怎么回事，请你帮我分析分析。"

这位 G 先生年龄有我的 2.5 倍，曾在西北当过几十年的技术兵，性格豪爽。他投资的那个年轻人叫 Y（以下称 Y 经理），自称有英国的管理学文凭，能对公司的市场、技术、管理一把抓。G 先生喜欢说"钱我没问题"，于是想也不想就投了 100 万元，并且给 Y 经理 40%的股份。

G 先生请 Y 经理到家里座谈。我那时突然狡猾起来，自称是 G 先生的远房亲戚，在浙大读半导体物理，特羡慕那些做软件的同龄人，渴望听听 Y 经理的高见。Y 经理果然信口开河，滔滔不绝，连绵不断，如黄河泛滥，一发而不可收。我激动地想去参观他的公司和产品，并表示要抛弃物理专业，立马转向软件专业。

Y 经理得意而笑："对于 IT 行业你就不懂了，我们经营的是一种理念而不是产品，这是国外最先进的思想。你可以来参观我的公司，但你看不到具体的东西，只能用心去领会。”

这屁话比曹元朗的诗还臭（《围城》）。我搞软件只有 8 年功夫，说我不懂 IT 行业并不过分。可我读了 10 年大学都没听到过如此“先进”的思想。如果这是英国管理学教育的成果，我认为自己已经发现了这个曾经是“日不落帝国”衰败的真正原因，有必要找英国首相切磋一番。

我对 G 先生说：“Y 经理根本不懂技术，为人极其浮夸。应马上关闭公司，以绝后患。那 100 万元你也亏得起，就买个教训吧。”

G 先生说：“钱我没问题，那 100 万元就算我在澳门赌博输掉了。”

1999 年 5 月，G 先生又来找我请教另一个问题。

他说：“小林啊，你上次说得很有道理，我接受了教训。”

我说：“那是好事，不论年龄大小，知错就改总是好孩子嘛。”

他叹了一口气：“最近几个月，Y 经理又花了我 100 万元。”

我当时差点给噎死，气势汹汹地训 G 先生：“我早跟你讲过，Y 经理不是好东西，叫你关闭公司你不听，你老说钱没问题，亏你 200 万元活该。”

老先生像犯了错误的小孩子：“Y 经理每一次向我要钱时，都拍拍胸脯保证下个月就有利润，所以我一而再、再而三地掏钱给他，希望能救活软件公司。现在该怎么办？”

一个有 20 名职员的软件公司，程序员只有三四个，连“十羊九牧”都不如。200 万元的财务报表中，有 100 多万元用于吃喝玩乐和行贿。这种公司完全无药可救。台湾作家李敖曾说过：“当你没法扶一个人上马时，也许应该拉他下马。”从 5 月份到 8 月份，我行侠仗义，替 G 先生清理软件公司，根除 Y 经理这些败类。

可是难哪，因为 G 先生投资的公司根本不把 G 先生放在眼里，又岂能让我插手。就在我想方设法卡住Y经理的脖子时，Y经理总能从G先生那里挖出钱。G先生就像被吸血鬼附身，却仍存幻想："如果吸血鬼能治好我的病，就让它再吸些血吧。"

Y经理又和一个来自深圳的骗子H想了主意，教唆G先生再投资100万元新建一个"指纹"公司，说利润将比开发环保信息更加可观（估计要用亿来度量）。就在他们准备签合同之际，我偶尔路过，发现异常，便强行阻止。

G先生是个好人，但太顽固。好几次我气极想撒手不管，但又不忍心好人被坏人欺负。我曾请求G先生："我求您别再说钱没有问题，您的私人财产会被人骗光。请让我把这漏洞堵住吧，好让我安心地回学校做完博士学位论文。"

到8月份，我和G先生的两个儿子，伙同"黑社会"的朋友，强行把那个软件公司搬回G先生的工厂中，辞退所有员工。现在那个软件公司被别人接管，仍然半死不活，好在每月亏损不过几万元，G先生承受得起，我就不再去碰G先生的伤疤。

我以前从未玩过与人钩心斗角的游戏，此三个月的经历让我疲惫不堪。那个软件公司的员工曾透露，Y经理的英国文凭大约是在上海或杭州某个大专培训班里混来的。方鸿渐买美国克莱顿大学博士文凭尚知羞耻（《围城》），而Y经理却趾高气扬。害得我平白无故为英国教育界担心，回想起英国鬼子曾打劫过中国，倍感耻辱。

G先生是正人君子，不妨小人，实在不是现代的商人。我和他成了忘年交。G先生第一次见到我时问我工资几何，我答曰："300元，够买几本书。"G先生甚为着急："这样的条件怎么能生活？你就搬到我家来住吧，我家条件好，你可以安心地学习，将来可为国家多作贡献。"后来他几次相邀，我就看在国家的份上住入他家，一直住到博士毕业。自从读中学以来，我第一次享受食来张口，不用洗衣服的奢侈。唯一的麻烦是我得向很多朋友解释："我不是被别人养起来了，是为了国家的利益，不得已才这么做的。G 先生是男的不是女的，并且没有待出嫁的女儿。"

我在读博士学位的三年半里，经历有点奇特。我遗憾的是"真才实学"没有长进多少，并且没有了在西电那样的纯真友情。略为欣慰的是我做了几件有意义的事情。

我很想讲一讲自己参加希望工程的经历与感受。

1998 年暑假，浙江省云和县梅源中学的老师们带着希望班几名优秀学生来到浙江大学，其中有受我资助的何晓丽同学。我才知道初中学生一个学期的学杂费就要 600 元。何晓丽哭诉下学期不能再上学，其他的学生处境相似。我以前资助的 2000 元是 5 个人 3 年平均分派的，根本不起作用。

那时候，公司倒闭使我债务累累，并且自信心遭受十年来最大的打击。我在入不敷出、心事重重的情况下，没有推卸义务，而是"变本加厉"的去尽这个义务。我在西电的好朋友史江一替我"接管"了一个中学生。有一个小姐追求我，我乘机给她一个活生生的"见面礼"。1999 年 7 月份，我把饭卡送给了一个大学生，自己成了无产阶级。从 1997 年 11 月起到我博士毕业期间，我直接或间接地为 7 个贫困学生捐助了约 1 万元。我有了几点感受：

(1) 对人的帮助莫过于给予希望。

(2) 人在任何时候都能够帮助比自己更困难的人，哪怕自己处于困境。

(3) 帮助是要负责任的，一定要设法做成有意义的结果。不负责任的帮助就是"施舍"。"施舍"缺乏诚意，不配称为"帮助"。

不少人曾对我说："你是做大事的人，不要在小事上浪费精力，更不要为了别人而害了自己。”

很多人总以为自己将来是伟大人物而不愿做小事，从而到死也没做成什么有价值的事。也有很多人希望自己成功后再去帮助别人，无论他最终成功还是失败，一辈子也没有帮助过人。还有很多人略有权势或略有名气后，便觉得自己吃喝玩乐、放屁、上厕所都是重要的事，在他们最能够帮助人的时候却以“太忙”“没空”为理由不去做好事。

我也在忙碌、在奋斗，也渴望成为伟大人物，但我希望让有意义的小事充实一生。

我还要讲另一件我常干的小事。

很多受过高等教育的人保留了随地扔垃圾的“风俗习惯”，这恶习就像脚气那样虽然不置人于死地，但能遗臭万年。即便像浙江大学这等典雅的地方，你都经常可以看见草坪、校门口的废纸、果皮和塑料袋等，垃圾就如同天使脸上的一坨狗屎那样鲜艳，人们竟然无动于衷。我记不清自己多少次当众、当道捡垃圾，可是几年来我都没有在大学里发现第二个做这种事的人。

我很想对所有的教授、博士、硕士、学士们讲句话：“救人并不只是医生干的事，保护环境也不只是清洁工干的事。只要你多花几秒钟，弯几次腰，就能让环境更加清洁，让心灵更加清洁。我们不必个个道貌岸然，但至少应该做到‘读书明理’。”

那些正在追我和将要追我的小姐们，你多捡一次垃圾就多一分希望，你丢一次垃圾就不再有希望。

我这样喋喋不休地讲“希望工程”和“捡垃圾”，并不是在沽名钓誉，也不是在布道，只是希望我这些“金玉良言”能触动更多的自以为自己是高素质的人们。

在浙大的三年半里，我没有对感情“播种”，所以也没有收获，但有一次“艳遇”。

在关闭公司的那天晚上，人去楼空，我像严监生断气前那样盯着尚未熄灭的灯。这时某大学的一位四年级女生来找我。一年前她曾作为实习记者采访过我，谈得很投机。我知道她是聪明好学的学生，曾大言不惭地教导过她几次。我开公司的一年里几乎没与她来往过，想不到当我成了光杆司令时她还能“兔死狐悲”地来看望我，着实让我感动。

我不无自嘲地对她说：“你不用安慰我了，这次失败我还能挺得住。”

她说：“我不是来安慰你的。我一直盼望你的公司倒闭，等了整整一年。在你去北京之前，我有话跟你说。”

我心下一凉，搞不清什么地方得罪她了，让她如此记恨我。大概是我得意之日教导她时言语过重，伤了她的自尊心。好在我是知错就改的人，当下惭愧地向她道歉。

她不理会我，说：“你开公司时光环重重，我根本无法靠近你。即便那时我成了你的好朋友，你也不会把我放在眼里。我暗恋你一年了，一直都没跟你讲。我早知道你会失败的，失败时你就剩下一个人，你才会知道我是真心爱你的，而不是冲着其它来的。你是个优秀的理科学生，我是个优秀的文科学生，门当户对，珠联璧合。请你不要觉得女的追男的很荒唐，我是认真的，请你给我一次机会。”

我虽然评不上情场高手，好歹也在爱河里游过泳，呛过水。想不到仓促之下，被一女子说得脸红耳赤，无法掩盖窘相。

我一直认为男人应该勤劳一辈子，好让柔弱的女子舒舒服服地在大树下乘凉。而学习、工作出色的女子只能做朋友，不能做夫人。

她从小习诗弄文，读大学时蜚声校园。我见到她第一面时就把她归类为事业上的朋友，所以才会正儿八经地与她交谈并教导她。我在西电的两个女朋友就属于读书不太好但比较有魅力的女生，我从来也没有指导过她们学习。如果我喜欢一个女孩子并希望她成为我的女朋友，我早就去追求她了，岂能轮到她追我。

她见我彷徨不安，便滔滔不绝地列举爱我的“证据”。我开公司一年来发生的事她了如指掌，就像在我的房间里放了窃听器，在我的朋友中安插了间谍。她甚至趁着实习机会跑到团中央去查阅我的老底，有些“光辉记录”我过去的伙伴都未必知道。她思念我时，写了很多诗，留了很多泪……

我早知道有些人不编程序、不做实验就能写出论文，难道男女之间不接触也能滋生感情?

第一回合我就被她挑翻在地，我莫名其妙地成了“负心郎”，无地自容地把她送走。我以为这是文科女生的风格，就当做一个趣事不放在心上。

我从北大方正“劳改”回来不久后，她提着一篮鲜花来找我，并对我说了她的梦想：在寒冷的冬天，大地铺满积雪，四野人鸟绝迹。我孤独求败地深居在冷冰冰的小木屋里。在一个狂风呼啸的黄昏，她一手拎着亲手做的饭菜（我想应该有土豆和辣椒），一手拎着一捆木柴，敲开了那扇紧闭的门和心房。终于木屋四壁生辉……

我曾对第一个朋友最好的赞美是：“黄蓉很像你。”

我曾对第二个朋友最深情的话是：“将来咱们老了，我回黄岩当物理老师，你当语文老师。”

相比之下，我的确不及她浪漫。此后她再找过我几次，当我意识到她动真格的时候，她已不能自拔。爱情是很怪的东西，并不是两个好人在一起就能碰出火花。与其让她长痛，还不如让她狠痛一次。

我对她说："我们真的不能在一起。"

她问为什么?

我说："不为什么，我没有心跳的感觉。"

她说十年之后再找我。

我知道她会奋发图强，因为她会一直想着"为什么"，期望让自己有个满意的答案。 这条路 8 年前我已经走过了。后来她读硕士时我曾再见过她，她在文学上已经有了长足的进步。

她说将会送给我她的第一本著作，书中开头的几个故事是关于我和她。

我说看了她的书后一定会写一篇读后感给她。

她仍然提醒我不要忘记十年后的相约。

我在浙大有一个值得怀念的人，她是管宿舍楼的大妈。在 1999 年 1 月至 5 月，我在博士生宿舍静心修炼内功，大妈就像我的"护法"。晚上九点钟时，她就会烧些东西给我吃。我和大妈非亲非故，同学们都不明白大妈为什么待我好。我想那是因为我没把自己当成"博士"来看，而是当成"人"来看。

5 月份后，我看在国家的份上搬到一个千万富翁家里去住，大妈也调到"熊猫馆"当掌门人。我一般隔几个月去看望大妈一次，中秋节我就和她在一起。朋友们知道我和大妈有这层关系，就纷纷托大妈物色女朋友。

大妈果然称职，她就像特务那样审视大楼里的女生。可大妈毕竟是大妈，她采用的"标准"是几十年前的版本，无法与现今的兼容。她盯住了不该盯的，却漏掉了不该漏的，至今都未"推销"成功一个。

这件事让我又明白了关于软件的一个道理：光有完善的数据库还不够，还应该提供很好的搜索引擎。

我相信生活、科学、艺术中的很多道理是相通的，于是就不嫌人笑，写下了十年来的故事，交最后一次作业。

大学十年给我留下了很多美好的回忆，现在可以打上漂亮的句号了。尽管我即将告别大学，但我会终生学习。也许我成不了天才，但还有机会成为天才的爸爸。

我想大声呼喊出那种可以用双手把握未来的自豪。

我要对年轻的朋友们说两句肺腑之言：

一、主动去创造环境，否则你无法设计人生。

二、生活和工作要充满激情，否则你无法体会到淋漓尽致的欢乐与痛苦。

如果我碰到上帝，只会对他说一句话："你看厕所去吧。"

谨以此文献给喜爱台球的朋友，献给逝去的青春

台球厅不眠夜

文/何自清

1

铁将军把门，这家名叫"时光"的台球厅显然正要从我们的记忆中消失！铁门上积满泥渍，是雨水造访不力留下的印记，像淘气小孩的花脸。门

上刷着“转让”的白漆字，留着手机号码。醒目的大字，昭示着台球厅的命运。

我用力把铁门向里挤，错开一条缝隙。目之所及是一片狼藉。扔在地上的球杆、啤酒瓶、玻璃碴，还有躺在地上的台球。最近的一个球依稀可辨，是 9，也可能是 6，但从颜色上判断我认定是花 9。

杜老板凑上来，挤开我眯着眼向里看。“打架了，嘿嘿。”杜老板说。

这推理过于武断，我当然不赞成。我努力想从这一地的狼藉中找出蛛丝马迹，但徒劳无功。

我脑海里浮现出台球厅老板的模样，一个中年男人，不爱说话。喜欢坐在门口抽烟，结账时总给我们优惠少算一盘。

“时光一去不复返……”我脑海里突然响起一首歌的声音。“137029xxxxx”，我试着拨门上留的转让号码，但奇怪的是提示“您拨的号码已关机”！

“又倒掉一家。”杜老板感慨道。

这话不准确，严谨地说最后一家也终于倒掉了。从前我们常去的那 3 家台球厅，终于无一例外地倒掉了。

时光飞逝万物流转。6 年中我们去过的台球厅，终于在时光的长河中一去不返，只留下些许唏嘘。

我的故事因此开始，也许根本不是故事，只是些浮光掠影的片段。也可能连片段都算不上，只是些浮浅的感慨。

村上春树说写文章必须找到出口和入口。入口在这里，至于结束在哪里，我不得而知。

但我必须开始，为带给我们欢乐和美好的台球厅致敬，为逝去的年华追忆。

2

6 年前，我 24，杜老板 25，老白 26，很美好的年龄。

那时候还不知有丁俊晖，国内较牛的是傅家俊，国际上亨得利是老大。

下午时分，我和杜老板在老白公司楼下的台球厅里鏖战，杀得难解难分，顺便等老白开完会。

杜老板吸一口本地的老牌汽水“冰峰”，眼睛不时偷瞄那边几个和一群男人打台球的美女，她们有说有笑，让杜老板大发感慨。

“好白菜都让猪啃了。”杜老板不无妒意。

“嘿嘿，”我笑，一杆清盘。终于领先两盘，拉开差距，赢得了胜利。

“再来，再来。”杜老板有些烦躁。可能是输球使然，也可能是受那边红男绿女诱惑荷尔蒙蠢动的结果。

老白悄然出现，拿着球杆也加入战局。可他水平实在次，一杆将白球挑起，那球直向杜老板胸口飞去。杜老板眼明手快一把接住，身体向后倾做夸张状：“靠，老白，我们不过杀富济贫蹭你顿饭而已，不至于被你谋杀吧?”

“哈哈，吃饭吃饭!”老白扔掉球杆，优雅地打着响指招呼服务生结账。和我们浪迹江湖不同，老白家里略有背景，刚毕业就有了稳定的正式工作，两年后升成了某大型国营工厂驻西安办的办公室主任，整日应酬不断。

老白在钟楼饭店宴请我们。杜老板毫不吝啬地点菜，照他原话“又不是不能报”——暴强的逻辑。我说杜老板少点点儿，吃不完浪费了。杜老板说没事他打包带走晚上当夜宵。

“靠。”我笑，老白也笑。

几杯啤酒下肚，老白又开始讲述那个送他围巾的女孩，每次见他，他都会讲给我听。老白说他还是常常想起她，感觉特纯。老白在北京出过几天差，把这“特”学得字正腔圆。“是吗?”说起女孩子，杜老板马上来了兴致：“讲讲。”

“经人介绍的，一幼儿园老师，特纯洁。介绍人在楼下特意叫了一声，那姑娘从楼上探出头来，特美。”

“后来我们见面了，实在想不到的是——”老白故作停顿。

“是什么啊?”杜老板急不可耐。

“我们送对方的礼物竟然都是一条围巾。”老白说，“你们说这是不是缘分。”

“身无彩凤双飞翼，心有灵犀一点通。”我说。

“真酸，江言。”杜老板说，“其实真的理由是——”杜老板故弄玄虚。

“是什么啊?”

“靠，这都不知道——围巾便宜呗！哈哈”。杜老板大笑。

“别理他，”我问老白，“你为何不选她?”我指那送围巾的女孩。

“唉，没办法啊。”老白像是有难言之隐，“不说了，不说了，喝酒。”

“这还用问，”杜老板插话：“咱老白玉树临风，风流吊当(倜傥)，女孩多的是。”

我们都不言语，杜老板话不停歇：“真是饱汉不知饿汉饥，要不，你把她发给我吧，保她以后荣华富贵，嘿嘿……”

“杜老板你找死。”我说，“老白，上!”

杜老板被我俩制住，胳膊扭在背后，老白朝上一抬，他就杀猪般嚎叫。

3

其实大多数时候孤独多于欢笑。

我穿过空荡荡的大学校园去蓝色海洋网吧，几乎每个周末如是。

网吧专为学生而开，生意不错，一进门便见一颗颗人头攒动。

我走进网吧，前台扎着马尾巴的小姑娘很熟练地招呼我。

“押金 10 元，25 号机。”

我经常光顾，连她都认得我了。我不无好感地冲她微笑。她是附近大学的学生，周末来此打工。她有着一双大眼睛，相对她其它平淡无奇的部分来说，这一点尤为动人。

我穿过整齐得像春天的田垄的网吧隔挡，踱步到 25 号机前坐下，点燃一支烟，打开微机。旁边戴眼镜的男生慌忙将打开的界面最小化，身手相对敏捷，我还是看到了暧昧的画面。

我打开邮件，显示有两封未读。点开后大失所望，一封是某洗发产品的头屑解决方案，另一封是该网站收费邮箱的推销函。

我将其快速删除，怔怔地看了会儿空荡荡的未读邮件夹，心里空空如也。“交流这种事是相互的，没有回应，岂不是自言自语?”一次，一个女孩在我面前侃侃而谈，说着说着突然戛然而至。

“怎么了?”我疑惑地看着她。

“你为什么不说话?”她反问我。

“听你说呀。”

“交流是相互的。你不说话，我怎知你的想法，是喜欢听还是早已不厌其烦? 若是后者我岂非大傻瓜一个?”

的确如此。我击键如飞打开来件给每个人回复，回完八封信已是很长时间。

最后一封是她来的，是一张祝福的贺卡，画面很美，我点开看了良久才关掉。

她就是老白所说的那个送围巾的女孩。老白介绍她来找我，我和她相识近半年，只见过一面，为时 10 分钟。她在另一座城市，相隔两小时的路程。

一面之缘总归不甚清晰，我记不清她的面庞，只有隐约的好感。

我和她在网上通信四次，互发过三次贺卡，通过两次电话。彼此以朋友相称，说的都是些无甚内容的相互祝福之类的话。

我还记得第一次见面的情景。

送围巾的女孩和她同伴来报社找我，我一眼就认出了她就是老白所说的心有灵犀的女孩。明眸皓齿的秀丽女孩，言谈举止大方得体。第一次约会，她和老白不约而同送对方一条围巾，呵呵。

老白在电话里要我帮一女孩在我们报社谋个编辑或记者的工作，原来是这女孩喜欢上老白了，想辞掉幼儿园的正式工作来西安找老白。老白说这女孩平时喜欢写写文章，文笔还不错。

我和那女孩在办公室谈了不到十分钟。我给她出了主意，我先给她在报纸上发几篇文章，这样进报社就有资本了。我告诉她文章不必写，我帮她写几篇。她笑说谢谢。

她起身告辞，我送她到报社楼下，看着她上了 24 路车。在旁边小卖部买了包烟，这才折回。

4

怅然若失。

空空如也。

若要描述我现在的心情，我理所当然地想起这些。

失落感。

常常有这种失落感，莫名其妙的失落感，就像是感到饥饿却又无食欲的无可奈何之感。每当这时候，总要找点事干。看书自然不行，睡觉也无法入眠，只好去网吧玩游戏，借此将其转移。然而这种做法就像肚痛时胡乱吃些止痛药，终究无法彻底治愈。

何时有此心情，为何有此心境？我一概懒得回答。若硬要回答，结果会像课堂上老师突然提问开小差的同学，势必张口结舌，答非所问。

一到思考问题，我的头便隐隐作痛。经验告诉我，人生许多问题，永远也弄不明白。若非要搞清楚，往往是自讨苦吃。

……

关于台球厅的文章我只开了这样一个头。实在无法写下去。尽管每次都是思潮奔涌，可对着电脑真正下笔时，再写不出一个字来。

而且写出来的文字，和台球厅没有一点关系。

杜老板说：“靠，这也算写台球！台球一个字都没提！”

我笑笑。

杜老板说：“要我写，男女主人公在台球厅里认识，谈情说爱，甚至——在台球桌上亲热，嘿嘿。”杜老板一脸坏笑。上学时杜老板带我去郊县文化宫看录像，有一部情色片里，男女主角竟然在台球桌上做爱，看来杜老板记忆犹新，只不过说的稍文雅些。

不过，台球厅几乎是男人的天堂。漂亮女孩在台球厅里倒是有，但她们几乎都是被男生或男人带来的。杜老板想在台球厅里认识美女的念头终究没有生存土壤。更别说亲热，嘿嘿。

在台球厅里，我和杜老板一边展开较量，一边交流心得。

我说：“我见过送老白围巾的女孩了。”

“啊，长的怎样？”杜老板来了兴致。

“还真不错。”我说。

“啥时候带来咱一起打台球，让她给我介绍一个。”

“好啊。”我说。

“你撬老白的马子，小心老白跟你急。”杜老板话锋一转。

“我俩只是认识而已，没有深交，老白有什么急的。”我笑。

“嘿嘿，”杜老板说，“朋友如手足，女人如衣服，江言你可不要对不起老白。”

“有这么严重?”我疑惑不解。

“当然。”杜老板一脸凝重。

“不会吧。”我说。

5

可人儿的出现有点意外。

第二周，我再去蓝色海洋，意外地没有见着前台的大眼睛姑娘。走到 25 号机前发现可人儿已占据其位。

可人儿穿着蓝色长裙，线条甚是流畅，齐耳短发。正在线上和人聊得不亦乐乎。

我在 26 号机旁坐下，然后看了她的侧影 5 秒钟。她目不斜视。

“你好啊，”我说，“好像在哪见过?”

“是吗?”她看了我一眼，语调比她容貌老成。

“学生?”我说。

“什么事?”她头也不侧。

“能不能换下座位?”

她终于侧过头来看着我。

“是这样的，25 号机几乎是我的专用机，上面有我储存的游戏进度。”

“没问题。”她起身和我交换。

“谢谢。”我愉快地坐下。

打开收件箱，却意外地发现竟没有一个人给我回信。

罢了，罢了。想必已到了人人嫌之的地步。我盯着空荡荡的电脑屏幕发了几秒钟呆。然后侧过头去看她击键如飞。

她的网名叫可人儿，一个人对付五个竟然应答如流。

“可人儿对大灰狼说：‘滚回黑森林去吧，癞蛤蟆想吃天鹅肉!’”

“可人儿对卖血上网说：‘你真那么可怜，我把零花钱给你十分之一吧。’”

“可人儿对落魄文人说：‘文学只可用来把玩，用来谋生只怕蠢之又蠢。’”

“可人儿对白马王子说：‘多想和你一起在满天星光的夜晚骑着白马去看月亮’”

“可人儿对思想者说：‘死并非生的对立面，而作为生的一部分永存’”

“才女啊，”我说。

“承蒙夸奖。”她回答，手不停歇，眼不离开。

“中文系?”

“哲学系。”

……

一问一答的谈话方式实在乏味，让问话一方缺少激情，并徒然增加自作多情的心理负担。于是我不再言语，载入储存游戏——轰、轰，重炮所到之处，樯橹灰飞烟灭。

这期间她几次侧过脸来欲言又止，我假装不知。

“再见啊。”最后她起身离开，出乎意料地和我告别。

“再见。”我愉快地回应。

6

“似曾相识之感。

天蓝色长裙，齐耳短发……

愈来愈浓烈的似曾相识之感，无缘由的无比亲切。

一段街道、一栋房舍、一张面庞……脑海里好像永远藏着底片。实实在在没去过的地方、没见过的人，却总是在一刹那间生出相似感来。要说缘由却勉为其难。是一个影子、或者一种幻想，实实在在难以说清。每当此时，我的头便隐隐作痛。”

我终于再写下如此文字，虽然和台球厅依旧没有丝毫关系。

再去蓝色海洋时，又见着了可人儿。她在 26 号机上依旧击键如飞。

我在 25 号机上坐下。

“你好。”我和她打招呼。

“你好。”她看我一眼。

再无言语。

今天没有兴致玩我的抢滩登陆战游戏。打开联众游戏打了几把台球，竟然被一个低级别的家伙连灭了六把，第七把我才扳回一局。正欲享受胜利的加分喜悦，他却强行退出，让我很恼火。

索性关掉游戏，怔怔地不知干什么才好。和我的自找没趣相反，她聊天聊得很是愉快，从电脑底部开着的 qq 聊天窗口看，她至少和四个人聊天，那些人很会讨她的欢心，从她嘴角不时露出的笑意就可看出。

我饶有兴趣地观察了几分钟。索性打开 qq，在寻找一栏中键入她的 qq 号，她的昵称是可人儿，她的 qq 号在她的电脑右侧 qq 栏顶部有显示，所以我轻而易举地和她取得联络。

qq 显示必须输入留言说明，我输入："近在眼前"。她马上通过了我的 qq 好友请求。

"你好。"我发出第一个文字。

"你好。"她飞快地回复。

"古有诸葛亮舌战群儒，今有可人儿力聊群雄。"

"呵呵。"她回过来个顽皮吐舌头的表情。

"怎么称呼?"

"可人儿。"

"我说真名。"

"×××。"

"好名字。"

"你呢?"

"江言。"

“好文气。”

“呵呵。”

……

她聊天的速度极快，没等我打出下一句话，她已回复别人好几句，只听见 qq 提示音不停响起。其实聊天是件无趣的事，依旧是一问一答，我也想不出别的问题，便稍作停顿，去吧台要了两瓶饮料。一瓶可乐给我，一瓶绿茶给她。

她从 qq 上说：“谢谢。”

我回复：“错了，其实我应该谢你，有美女做伴的下午，让我感到了人生的温暖。呵呵。”

我半是调侃，半是认真地敲出这句回复。

“呵呵。”她依旧是这般精炼的回复。简练的话语没有含义，你无法洞察她的态度，是接受还是反感？

气氛突然尴尬。我无法再次发问。就在此时，电话响了，是单位领导打来的，要我立即去一个新闻发布会现场。

我和她告别之前，慢悠悠地打出一行文字：

“小测试，给这个手机号码 1370029xxxx 发个短信，你的生活将会有甜蜜及美好上演。”我留的是我的手机。

“呵呵。”她依旧飞快地发过来这个回复。

“呵呵，再见。”我也憨厚地如此回复。

7

我再去过几次蓝色海洋，没有见着她。我的 qq 里没有她的留言。手机里没有一个陌生的短信。

“小测试，给这个手机号码 1370029xxxx 发个短信，你的生活将会有甜蜜及美好上演。”我想起我的这句话，不觉哑然失笑。

彼时我和杜老板坐在古都酒店大堂一侧的咖啡间里，聆听美妙的钢琴声。钢琴手是个年轻的女子，一头乌黑的秀发，十分飘逸。

“咋样?”杜老板问我，“音乐学院的学生呢!”

“不错，”我说：“琴色俱全。”我明白杜老板为啥舍得花 98 元来这四星级酒店喝两杯咖啡了。

“嘿嘿，刚认识不久。”杜老板很是自豪。

我说不出曲目的琴声，在学校大礼堂听过，不同的是中途杜老板拉我退场，但这个学生的演奏却让杜老板如醉如痴，就算想退场也没机会。

“到哪一步了?”我笑问。

“该办得都办了。”杜老板很诡秘。

“吹吧。”我在想杜老板如何在短时间里登堂入室。

我们在咖啡间坐听那女孩弹了两首曲子。那女孩子演奏完毕，被另一个女子换了下来，她过来坐到我们桌上。

“江言，”杜老板介绍，“报社名记。”

“xx，音乐家，我女朋友。”杜老板自豪地介绍。

“你好，”女孩大方地和我握手，“你是他最好的朋友，早听他说过你。”

“你好，弹得很好，有艺术家的气质。”我恰到好处地恭维她。

她笑笑。

“那自然，音乐学院的高才生，真正搞艺术的，到这酒店表演是屈尊来进行生活实践呢。”杜老板也不失时机地恭维。

“听他说，”那女孩笑，“他这人就会说好话。”

“冤枉，我这人平生唯一的缺点就是只会说真话，哈哈！”杜老板油嘴滑舌。

……

看出来弹钢琴的女孩大方健谈，全然没有搞艺术女生的清高和孤傲。她给我留下了很好的印象。但我们三人的聊天没进行多长时间。因为她还要赶到另一家酒店演奏。我和杜老板打车把她送到，这次杜老板没舍得再进去花费喝咖啡。我俩就近寻得一家台球厅消磨等人的时光。想必是她的缘故，杜老板看来心情愉悦，青春焕发，出杆孔武有力。“砰砰”，台球应声落袋。

8

“台球厅是这样的一处所在，能让你不知不觉忘记时间的流逝，还能带来身体的放松和精神的愉悦。我喜欢这样的运动。

瞄准、击杆，落袋、走位——台球厅的乐趣基本如此。”

这是我能写下的真正和台球有关的唯一文字，先前的那些感慨只能说是前奏，好比比赛前的热身。

关于感慨我可以天马行空般地冥想，但这台球厅以及台球是实实在在的现实物体，面对这具体到乏味的物体，我却陷入词穷的尴尬境地。“身体的放松和精神的愉悦”这话太过虚渺，几乎就是废话，呵呵。

就像好龙的叶公，喜欢龙，但遇到真龙却落荒而逃。我虽不至于如此，但却实在无法对台球及台球厅做过多的赞美。

只是喜欢，莫名其妙的喜欢。拿老白的话，其实根本没有理由，好比抽烟上瘾一样，打台球上瘾了。杜老板说的更绝:“你喜欢一个女孩，你能具体说出喜欢她哪一点吗，感觉。”杜老板说，“感觉你懂吗?”

呵呵。

我迷上台球是高二时，班上有个同学家境殷实，他父亲是县城富豪之一。我成天跟他后面混，学会了逃课、吸烟、喝酒和打台球。

高二、高三的大部分时间都混在小县城体育场的露天台球场上，我们俨然成了那儿的常客，我的台球技艺因此突飞猛进。但成绩却反比例下滑，第一年高考差了 100 分。第二年我奋起直追，有惊无险拿到省城电子科大的录取通知书。第二年他进了家里的工厂，不幸的是在车间视察现场示范时，他的手指被机器吞噬，掉了右手无名指。后去京城某大医院接活，但医生告诫不能剧烈活动。

从此再也没有机会和他一起打台球，因为打台球对手指来说算是剧烈的运动。上学后只有假期才能偶尔见到他，因为时间和空间的关系，我们成了遥远的朋友。我常常想起和他打台球的岁月，作为我的台球启蒙老师，他的水平远在我之上，他是我见过的非专业选手中，唯一能打出漂亮的弧线球，还能经常把目标球打进洞的人。

我和杜老板一直认为弧线球是最难的击球技术。让我们着迷的是周星驰的那部《龙的传人》，周星驰助跑、高高跃起，持杆用力击下，处于死角的白球划了一个惊人的弧线，来到黑 8 旁边，轻轻地将它碰进去。这一幕看得我们心花怒放。这是真实的击球过程，片尾花絮中，替身出场，是一老外台球高手，遗憾的是不知其名，他轻而易举地打出了这一完美的弧线球。

杜老板一直在说有机会和我那能打出弧线球的高中朋友切磋切磋。有年暑假杜老板专程和我回了趟小县城,但遗憾的是我那朋友临时出差去了外地。

但打台球的朋友几乎遍地都是。因为差不多的男生都喜欢打台球。我认识的老白、杜老板莫不如此。杜老板是我同班同学，真名叫杜斌，因为假期常在校园里摆摊卖旧书和盗版碟片而得名。杜老板台球技艺不差，和我不相上下。老白高我们一届，是校台球协会的外联部长。他也只能外联，因为他的台球水平实在不敢恭维，打黑 8 杜老板让他三球他常常是输多赢少。我们一直质疑他是如何混进台球协会的。但技艺差不影响台球协会的日益壮大，这和老白的外联公关才干分不开。台球协会举办了首届校园台球大赛，老白拉来了校外台球厅的赞助，奖品丰厚，还请了校党委书记出席，搞得有模有样。那届比赛，我夺得第九，杜老板第十二。我高他三个名次，对此杜老板一直耿耿于怀。

9

嫩芽新生于焦土之上。

事情总是这样，在了无希望之时突然传来新音。

我几乎把她忘记的时候，可人儿打来电话。

她刚一开口我就听出了她的声音。

“知道我是谁吗?”她第一句如此说道。

“当然。”我愉快地说道。

她静静地站在马路对面，笑盈盈地看我走来。她穿白色长裙，短发披肩，甚是清丽。

我和她并肩在街边前行，她的美不时引得路人侧目。从秦都酒店一直走到南门，期间说了好些话。最后在她提议下，我们打车去了青龙寺看樱花。

今年的樱花开得比往年早些，好美的花，粉色的、白色的，引得蝴蝶穿插其间，还有蜜蜂辛勤耕耘。她像欢乐的公主，在花间流连，只可惜没有准备相机，记下这动人时刻。

是个愉快的下午。那个下午，我对她有了大致的了解。她是西大的毕业生，毕业后到南方一家有名的电器公司行政部工作。最近因故辞了工作到回到西安投奔她姐姐，她姐姐是一家旅行社的导游。

她在南方就职的那家电器公司很有名气，市中心的路牌广告上长年有他们的广告，很顺眼的女孩，甜甜地在微笑。

“这么好的工作，为何辞职?”我忍不住发问。

她笑笑，不予回答。

我请她在一家门厅整洁的饭店吃完晚饭，送她回家。她姐姐租住在一个城中村里。这样的城中村有很多，房价便宜，是学生及我等这般无房的上班族聚集之地。

但这杂乱的环境和她的清丽格格不入。菜市场、小商贩、垃圾台，光着背溜达的男人，实在大煞风景。

我和她在村口告别。她走了几步却返回来。

“给你，留作纪念。”她留一张，把另一张青龙寺的门票递给我。

我将门票小心翼翼地夹在钱包里。目送她穿过乱哄哄的村中街道，直到消失不见。这才慢吞吞地折回。

10

终于，轮到别人说那句话了："好白菜都让猪啃了，哈哈。"

我给杜老板指出他现在可能正在遭受台球厅里所有单身男子的嫉妒和恶毒攻击，杜老板哈哈大笑。

"你们笑什么?"杜老板带来的弹钢琴的女孩问。

"没什么。"我笑。

"说我坏话吧。"

"没。"

"江言，你那个可人儿，叫来吧，让我认识认识。"我笑，看来以后有事不能给杜老板说了。可人儿的秘密他想必一字不漏地告诉了弹钢琴的女孩。

"就是，江言，给你那可人儿打电话。"

经不起怂恿，我给可人儿打电话。距离上次见面才隔了两天。电话里我说："和朋友们一块玩玩台球吧!"她爽快地答应了。

她来了。我下楼去接她上来。她和我并排走进来，许多人看我们，准确地说是看她。的确，她是个容易让人眼前一亮的女孩，尤其在这阳盛阴衰的台球厅里。

我介绍她给杜老板认识。

“真漂亮。”弹钢琴的女孩赞叹道。

她笑盈盈地和他俩打招呼。

两个女孩都不是台球好手，可人儿略好些，但也基本上属于初学。她俩把台球戳得满台子乱跑。我和杜老板悉心地教她们基本手法、出杆的技巧。还好她俩天资聪颖，最后基本上都有所收获。洞口附近的球基本上都能打进去，也不至于频繁空杆、滑杆。场面渐渐趋于好看。

更重要的是她们的兴趣慢慢被提起来了，看来我和杜老板算是好老师。

时光台球厅里人渐渐满了起来，红男绿女，很是热闹。今天是个特殊的日子：2003欧洲公开赛，台球皇帝亨得利将和火箭奥沙利文一战。台球厅门口早已贴出告示。今晚来此打台球的人还可参加抽奖。前三名各得一张价值100元的会员卡，其余10名各奖饮料一瓶。

接近凌晨时分，台球厅各个角落里的壁挂电视都已打开。画面上是赛前的报道、关于各个选手的详细介绍。

看我们没有走的意思，可人儿说要不她先回了。我说我送你。她说你们看比赛，不用送。我想起那杂乱的城中村，坚持要送她。

她随我下得楼来，走到门口时她突然改变了主意。

“要不，我陪你一块看吧(她指比赛)。”她说。

“好啊!”我自然很高兴。

上楼梯时我握住她的手，她没有拒绝。我和她手拉手出现在台球厅里，很多人看我们，杜老板“嘿嘿”地笑出声来。

台球皇帝亨得利与火箭奥沙利文之战。

亨得利是个伟大的台球手，具有台球皇帝美誉。而奥沙利文也不弱。我赌亨得利，赌他能打出第九个满分杆，他上一个满分杆是两年前的马耳他大奖赛，已经过去两年了，该打出一个满分杆了！杜老板看好奥沙利文。谁输了谁付账。可人儿和弹钢琴的女孩不知谁是亨得利，谁是奥沙利文。我和杜老板给她俩耐心讲解。于是，可人儿支持我，弹钢琴的女孩支持杜老板，2：2，耶!

比赛进行中。让人沮丧的是亨得利表现令人失望，不但没能打出满分杆，甚至连冠军也拱手让给了奥沙利文。相反奥沙利文表现出色，他在这场比赛中打出了三杆最高分，142、140 和 139，以 9：6 的比分漂亮地击败了亨得利。

亨得利竟然输了，杜老板欢呼雀跃，我有些失望。我送可人儿回家，一路上情绪低落。告别时可人儿说：“你这人对事倒蛮认真的。”她说：“我不知这是褒或贬。”但她最后一句补充道：“我喜欢。”

呵呵。

11

第三天，我和可人儿睡了。

当天我陪可人儿去了郊县，可人儿曾在这里她的亲戚家生活过一段时间，看来是故地重游，我们在郊区的小河畔流连许久。回来时已是晚间，她突然来了兴致，说去看看我住的地方。后来下起雨来，雨是伤感的迷药。她的乐观、大方全部坍塌，只剩下小女子的惹人爱怜。我的进攻她只做了象征性的挣扎，于是我和她睡了。

雨彻夜未停，我和她相拥而眠。她身体散发出清香，绝不是香水之类，而是真正出自肌肤里。

“香味，好奇怪啊。”

“以前常用花瓣洗浴来，可能是花香沁入身体了。”

“还以为是传闻的呢!”

她穿好衣服和衣躺下，将被子给我盖好，侧过身来看着我。

“失望了吧?”

“什么?”

“我不是第一次。”

“没有。”

“男人都这样，嘴上不承认，心里却很在乎。”

“真的没有。”

“骗人。”

雨一直不肯停歇，我和她静静地聆听雨声。哗哗、噼啪……总是不规律的声音，一声和一声不同。

这期间她男朋友给她打来电话。几乎是5分钟一次。

“当当当当当当当……”

“不接?”我看着她。

“我不想对他撒谎。”她摇摇头。

“当当当当当当当……”

她索性关掉手机。

“我是个坏女人，是吧?”她看着天花板，幽幽而言。

“怎么会呢?”

“有男朋友，却……”

“是我引诱你。”

“也不完全是。”

“那就怪雨吧。”

“为什么?”

“雨是伤感的迷药呀，70%的女孩都在雨天以身相许。”

“谬论。”

“有科学根据。研究表明，雨天女孩子感情最敏感，心理防线最为脆弱。”

“胡说，非洲极少下雨，那女孩子就不失身了?”

“此只适于亚洲，其他洲也没人研究过。”

“胡说八道!”她笑出声来。

12

“春有百花，秋望月，夏有凉风，冬听雪。心中若无烦恼事，便是人生好时节。愿你晨有清逸，梦随心动，心随梦求——祝五一快乐”。

我喜欢送围巾的女孩的短信，每次都别具一格，超凡脱尘，充满诗意。看来我骨子里是个诗意的人，呵呵。

我在存储的短信中找出一条相对优美点的给她回过去。附带邀请她有机会来西安玩。

她很快回过来，说五一刚好要和朋友去外地玩，路过西安，有时间的话会来看看我。

“太好了，欢迎欢迎!”我迅速回过去。

“呵呵。”她如此回复道。

整个五一七天假我都在期待她的到来。这期间老白做东发起了一次聚会。杜老板带了弹钢琴的女孩，我带了可人儿。

老白当然也不会空来，带来了一个我认识的女孩，不是送围巾的女孩。带来的这个女孩，是老白上大学的初恋情人，和我也认识，她和另两个女孩一起认我做哥，我请她们吃大份的美登高(冰激凌)算是礼物。叫我哥的这个女孩长相像猫一样甚是妩媚，老白和她相处不到两年，毕业一年后突然分手，原因不详，没想到多日不见竟然死灰复燃。

“呵呵，见哥还不行礼。”我打趣道。她拿起老白的烟，抽出一支递给我。“敬只烟，点上，”杜老板说，“嘿嘿。”叫我哥的女孩乖巧地给我俩依次点上烟。

我们分别做了介绍。三个女孩一见如故，凑在一块闲聊。

气氛融洽，大家相谈甚欢。酒足饭饱时杜老板建议我们去山中住两天，大家都表示赞同，唯独我在推辞。我说山中没信号，我有个高中同学这几天要来。

“鬼才相信，”杜老板说，“多半江言背着我们还有个梦中情人要来。”

“别胡说，”我笑嘻嘻地搂过可人儿，“我日思夜想的梦中情人在这哩。”

“去，我是有男朋友的人，别和我扯关系，”可人儿甩掉我的胳膊，“我可没这福分。”她刚才也同意去山中的提议，大概我的拒绝伤了她的面子。

我讪讪地将手挪回，自讨了没趣。

弹钢琴的女孩说：“你俩咋了？”

其余众人疑惑不解地看我们。

“没咋。”我说。

杜老板冲可人儿说：“江言就这德行，你不理他他整天跟你后面转，你一对他好，他反而犯贱。”

“犯贱!”杜老板强调说。

“你大爷！杜老板。”我说。

好好的聚会，莫名其妙地不欢而散，原因大概在我。

我说我错了还不行嘛。结果无人应声。

第二天可人儿随她姐的旅行团去了九寨沟，她在短信中如此写道："你这小人，约会可否顺利，美人可有来?"落款九寨沟。

我飞快回复："当然，有劳挂念。"我不知道我为何对她突然如此态度。

"去死!"她飞快回过来。

13

我不知道世界变化何以如此之快。

老白嘴里念念不忘的是送围巾的女孩，却要和叫我哥的女孩订婚了。我和可人儿一亲芳泽，却对她态度恶劣。

还是这聚会上听到老白透露的他们要订婚的消息，时间定在十一。我打电话质问老白，你不是和送围巾的女孩吗！电话那头老白说一言难尽，随即补充道："我和她没有缘分，真的。"

"没有缘分，"好轻巧的理由。我想了想没再说什么。

我和送围巾的女孩在餐厅里，她是假期的最后一天路过西安的。我给她接风，她不点菜，我就给她点了一桌子菜。算是给老白赎罪。老白说过他和她是多么默契，最后突然说要娶别人，尽管他要娶的也是我的熟人。

我和她举杯相碰。她优雅地举杯和箸，话语不多，偶尔插上一两句，更多的时候是听我述说，时而抿嘴浅笑，时而点头示意。她这种大方的仪态使得事情朝着无法掌控的方向发展。在她面前，我变成了一个想要强烈表现的孩子，最终，我终于忍不住把老白要订婚的事说了出来，尽管她没有提到过老白一个字。

“老白要订婚了。”我说。

“哦，”她语调很平静，至少我没看出有什么惊讶。

“好啊，恭喜。”她说，“和谁啊？”

“我一妹。”我说，我开始滔滔不绝地讲述，把事情的来龙去脉做了绘声绘色的描述。我讲老白如何追那女孩，那女孩又如何认我为哥，后来又如何和老白分开，最近不知为何死灰复燃。

“呵呵，”她一直在倾听，突然问上一句，“那女孩怎样?”

我说：“和你两个风格，她是妩媚可爱型的，你是美丽大方型的。”

她笑笑。

“还不错，是我三个干妹中最漂亮的。”我继续说道。

“是吗。”她突然岔开话题：“说说你吧，你不会没有女朋友吧?”

“毕业回家了。再没联系。”我想起了大学时和我呆过半年的女孩，她先一年毕业回老家了，来了一封长信，描写了她毕业后的这段日子，像是游记。最后一句写道：“若有来生，定做你心仪的女子，长相厮守。”我把信叠成纸飞机飞到宿舍楼下的学生餐厅屋顶上，一场大雨将其冲刷得无影无踪。

“呵呵，伤心了吧。”

“不至于。”我说。

……

那顿饭吃了很长时间。我们从餐厅出来，穿过熙熙攘攘的大街，沿着护城河漫步。

河边绿树成荫，河水潺潺流淌，有三三两两的人在垂钓。恋人成群，有的牵手徐行，有的旁若无人地拥抱接吻。

我俩并肩前行。凉风从面颊掠过，无比惬意。

说过很多话，唯一印象深刻的是她说她其实很早就听说过我。我表示惊讶，她解释说其实她有个朋友两年前在我们报社待过一段时间。她说了这个女孩的名字，我还记得。她说她朋友对我评价很好。我想起了那个女孩，很清秀的女孩子，后来离开了。

她说其实完全陌生的两个人，只要罗列各自的朋友圈很容易找到相熟的人。

“那是，当时怎么没让她把你介绍给我，”我说，“相见恨晚啊！”

她笑笑，对我这半真半假的调侃不置可否。

最后说到台球，没想到她也喜欢打台球。我立刻来了兴致，邀请她和我去玩。她婉拒了，她说有点晚了，明天还要上班，她该回家了。

我送她到长途汽车站，替她买票，看她上车。她从车窗里伸出手来和我说再见。

我看着车远离视线，唯一遗憾的是没能和她打一把台球，但令我欣慰的是她说下次一定和我打。

令人期待的重逢。

14

和可人儿旅游归来的第一次约会，她整整迟到了 30 分钟。

我靠在鼓楼广场的栏杆上百无聊赖。她终于出现在我面前，手里举着两只糖葫芦，递给我一只。再无一丝歉疚的表示。

“去哪?”她问

“打台球。”我说。

“没劲。”

“上网?”

“无聊。”

“看电影。”

“不去。”

“那干什么啊?”

她看了看我片刻，突然来了兴致。“帮你挑件衣服，”她说:“看你穿的，不像个年轻人。”

不像年轻人?我做纳闷状，低头瞅瞅我的T恤，不觉有何不妥。但还是听从了她的建议。

我跟着她在东大街的服装店进进出出，东挑挑，西捡捡，她俨然一老手。

最终成交在一专卖店里，店里人不多，放着萨克斯磁带，曲子有些耳熟。学生模样的店员上前介绍，她摆手谢绝了。

她看中了一件红色 T 恤，样式还不错，她让店员取下要我去换衣间穿上，我穿来在镜子前照来照去，

“很好啊，简直就是为先生您设计的。”学生模样的店员在一旁用很职业的语调赞叹道，

“是不错。”她围着我转了一圈。

“还可以吧。”她很得意地征求我的意见。

“嗯，样式不错，就是红色太鲜艳了。”我说：“换件黑色的吧!”

因为颜色问题我俩意见不一，她说黑色太老成，我说红色太刺眼。总之她有些不快，转到别的柜台不理我了。

“黑色的吧。”我对店员说。总不能因为她不喜欢黑色就强人所难吧。我换了黑色 T 恤穿在身上站在镜前照了照，觉得蛮好。提了旧衣服走出店来，她在门口等着我。

“老气横秋!”

“真没品位!”

她用了八个字对我的新衣服表示不满。

“生气了?”我笑嘻嘻地看着她。

“谁生气了，你又不是我男朋友，穿什么与我有什么关系!”她显然有些恼怒。

她不再说话，低着头走，我隔她四五步的距离，不紧不慢地跟在她后面。大概走了三站路程，她站住了，回过头看我。

“老跟着我干吗?”她说。

“怕你走丢了啊。”我笑。

“上网去吧。”她好像不生气了。

“好啊。”我很痛快地答应。

她对网吧这种地方轻车熟路，击键如飞。将屏幕斜过去给别人发伊妹儿，忙得不亦乐乎。

我改了刘禹锡的《竹枝词》给她发过去。

“美眉 5 号机，

哥哥 4 号机。

日思美眉不得见，

同在互联网。”

她乐得一笑，给回复了两个字：“无聊”外带一个鬼脸的符号。

我浏览了一会新闻，倍感无聊，便凑过去看她写什么。

“不准看!”她将屏幕再侧过去些。

“男朋友吧?”我笑笑，“搞得这么神秘。”

“你管。”她语气甚是蛮横。

我不再说话，登录联众游戏，四处查看有没有熟人。

“怎么，吃醋了?”她侧过头来逗我。

“别，千万别这么想，令我吃醋的人恐怕还没出世呢。”我终于逮住这个机会损她一回。

“哼!”她不再理我。

找了一阵儿未发现熟人，便“闪进”象棋游戏室寻人厮杀，均被对方以级别太低或网速太慢为由拒之门外，便独自坐在椅子上等有人自投罗网，半晌一个叫“一丝不挂”网速比我还慢的家伙前来叫阵。

“一丝不挂”棋艺不是很高，我攻势凌厉，眼看他大势已去，只等拱手认降。

他突然进车杀七星卒，我挥象飞掉。

“将!”耳机里“网络女郎”轻启朱唇。

啊，我一不留神已成底炮闷攻绝杀，大好河山毁于一旦。

“这……”我提议悔棋，对方不允。

“嘻嘻嘻，聪明反被聪明误啊。”她显然已侧头看我许久了，幸灾乐祸地一脸坏笑。

15

送围巾的女孩电话始终关机。

她和我在长途车站分别后再无联系。我打她的电话却始终关机。

刚好见到老白，我问他有无她的联系方式。老白很是惊讶，我不善撒谎，只好如实交代。老白竟然不高兴，嫌我背着他偷偷和她来往。

“你不是有女朋友了嘛?”我讪讪地辩解。

“就算我有新的了，那也是我喜欢的女孩，你怎能背着我干这事!”老白越说越激动，平时的稳重不翼而飞。

“就是，朋友之妻不可欺。”杜老板不失时机地凑热闹。

“去去去，”我呵斥完杜老板转向老白，“你不喜欢了，我怎么就不能交往了。”

“天底下这么多女孩，你偏要和我抢？你敢和我抢，我就不认你朋友了!”老白竟然说出这等话来。

“不会吧，老白。”我软了下来，“我没和你抢。”

“就是，江言不是那种重色轻友的人。”杜老板赶忙上来圆场，“是吧，江言？”

“那是。”我说，“老白你也太小气了，你以前暗恋我女朋友，我都不生气，何况我俩只是见过一面，啥都没有。”

“老白。”

“哈哈。”老白这才高兴起来。堂堂的一个国营工厂驻西安办事处主任竟然有这么脆弱的一面，我始料不及。

我对杜老板私下说：“你看老白这点出息。”

“嘿嘿，”杜老板说，“你那可人儿挺好的，你还折腾啥!”看来杜老板对我也颇有微词。

老白举起杯来和我们相碰，前嫌尽释：“江言，你真的不明白，她是我的一个梦。”

……

三天后送围巾的女孩发来短信，原来她那晚在长途车上掉了手机，刚刚买了新机，恢复了号码。

“好的，已存。”我原本想说电话打不通我多担心她之类。但想想老白的恼怒，最终把这话删掉，只简单地这样回道。

“她是我的一个梦”，老白的这句，我似懂非懂。但是我不能扰他的清梦，原因很简单，我们不但是好朋友，还是好兄弟。

16

但愿人人皆有梦。

老白的梦是那送围巾的女孩。

杜老板的梦是成为真正的老板。

弹钢琴的女孩的梦是成为名牌中学有正式编制的音乐老师。

可人儿的梦是在海蓝云顶(市内高档社区)拥有自己的房子。她说她要亲自设计装修方案，在阳台上养几盆君子兰。每天浇花，写文章，看蓝天白云，过诗意生活。

唯独我没有梦。

和可人儿终于不再争吵，在为数不多的见面里难得没有分歧。我终于能听听她的心扉。

可人儿告诉我她为什么不在南方的大公司工作了，因为不堪上司的骚扰。上司是公司的股东之一，他给可人儿存折、现金，甚至送小轿车、还有房子，条件是可人儿做几年他的情人，可人儿都拒绝了。但是这诱惑过于强烈，可人儿担心有一天会迷失，所以索性辞职了。

“我傻吗?”她问我。

“当然不傻，你可以和男朋友一起奋斗呀。”这奋斗二字从我嘴里说出来明显底气不足。

提到男朋友，她半晌才说：“我和他之间，感动多于爱情。”

我不知如何安慰她。

“他是我大学同学，追了我七年，我第一次给了他。”她说，“他工作一般，家里也没有背景，不过对我真的很好。”

“有我对你好吗?”我笑。

“你?”她说，“你连他的十分之一都没有!”她认真地挤对我。

“不会吧。”我笑。

她说：“说出来你不信，有很多人追我，其中有许多有钱人，有车有房。

但不知怎么没感觉。”

“呵呵。那是你要求太高，要求有房有车有钱还要貌比潘安。”我笑着说。

她不理会我的语气。继续说道：“其实我对金钱不是太在意，只想找一个人，他喜欢我，我也喜欢他。不必有太多钱，有没有车都无所谓，只要能买套房子，有自己的家就行了。”

“呵呵，要求的确不过分。如果我能买得起房子，我真准备追你了。”我笑。

“就你，有再多钱我也不会跟你。嘿嘿。”

“哦，那太可惜了。”我做失望状。

“不过我想了解下你的经济状况。”她说。

“恐怕你会失望的。”

“没事，说说吧。”

“毕业四年，打工族，月薪 2000，无三金及福利。现存款刚过万。家境一般。”我笑说。

她好像在认真地听，好像还在心算。

半晌才惋惜地说:“按你现在的收入水平,不吃不喝要30年才能买个100平米的小房子。”

她说:“你们真够穷的。”她说的你们，想必是指我和杜老板。

我说:“这你不用操心，反正我又没计划挣房子娶你!”她感叹的语调触痛了我敏感的内心，我不觉恼怒，语气变得生硬。

“谁稀罕你娶我!”我的语气激怒了她。

我不甘示弱:“我讨厌你这种势利的女孩，我无法抑制自己。”

气氛突然冷却。她气得说不出话来。也好像是在组织措辞，好给我致命的反击。

过了片刻，她突然抓起包站起身来，很平静地说:“好，我倒想看看哪个不势利的女孩愿意和你租民房!”

我原以为她会说出多么恶毒的话来，却没料到是这样克制的一句。

说完，她走了出去。

人都朝这张望。我喊来服务员买单，出门去她早已不见踪影。

17

可人儿就此在我视线中消失。我和她不过萍水相逢，算不上有故事。就算有，也是有缘无分，将在此戛然而止。

其实在那之后我还见过她两次。

第一次我请她吃饭算是道歉。第二次她托我办考研证明。见面都有些矜持，彼此都有些陌生。

她不提男朋友的事，我亦不问。余下大部分时间是沉默或左右言它。短短几句问答她言语生硬，损得我半晌说不出话来。

“考研呐?”

“你管!”

“好孩子，很上进啊。”

“都像你，不思进取!”

“有女朋友吗?”她突然问我。

“没有。”

“整个儿冷血动物，谁会跟你!”。

“等着你呢。”我笑吟吟半真半假地说道。

“做梦。”她斩钉截铁地说道。

气氛由此冷却。这次别过，此后再无相见。

有一次，我看见她 qq 在线，忍不住和她打声招呼。

“可好?”

“还好。”她惜字如金。

“能否一见?”我写道，

“相见不如怀念!”她回复道。是一首流行歌的名字，名字不错，但歌词一般。

“相见不如怀念”，听起来很有哲理。

看来已经少了友好的氛围，我懒得再说话。

我其实不喜欢在网上聊天，你怎知空虚的屏幕背后是愉快抑或敷衍的表情?无论现实或者网络，我一直小心翼翼地存在，不愿给别人增添烦恼。

三个月没上 qq，再登录时显示密码错误。我按照提示欲找回，步骤无比麻烦，只好作罢。

只剩下手机号码，我在蓝色海洋玩游戏时突然想起她，拨她的手机，提示“您拨的号码是空号”，再后来我也丢了手机，换了新号。她就算想给我电话也无从打起了。

她再无音讯。

18

我还记得和送围巾的女孩的约定，再见面时和我打打台球。

她来赴这约定是在一年以后。这期间我们依然偶尔发发短信。依旧是些淡淡的问候和祝福。她说欢迎去她那做客，但最终还是她再次来到我所在的城市，她被她们幼儿园派来参加省上幼教系统的一个培训。晚间和我共进晚餐后，来到时光台球厅，完成一年前的约定。

她依旧光彩照人。老白说“她是我的一个梦”。这个老白交往的女孩中唯一连手都没有拉过的女孩，老白为她竟然要和我断绝多年的朋友交情，呵呵。

不得不承认她的台球水平，远远高于可人儿和弹钢琴的女孩。单从握杆、瞄准的动作，一点都不慌乱，有条不紊。

“不错，不错。”我由衷地赞叹。

“呵呵，”她说，“以前常和朋友们打呢。”

我控制着局势，每赢一盘，便让她一盘，这让球我做得很隐蔽，要么在关键时候失误，要么击球时把球走到利于她进攻的位置。

旗鼓相当的场面比孤独求败好。我终于能够做到照顾他人的感受，我突然想起了可人儿，竟然有些内疚。

我们打了 10 把，5∶5 平。坐在一边的茶几旁休息。想必太投入，她额上已沁出细汗，她从包里取出餐巾纸擦拭，并抽出一张递给我。我接过擦擦面颊，闻见淡淡的香味。

我招呼服务生端来饮料，拧开盖子插上吸管递给她。

“谢谢。”她轻轻地抿一口说。

我只是笑吟吟地看着她。

“看什么啊?”她笑。

“没什么。”其实我正在努力记住这台球厅，这美丽的她，这温馨的时刻。

第二天中午她的培训结束，她乘长途车回了。接到她的短信时我正在一个新闻发布会后的午宴上给领导敬酒，我终于没能忍住给她发短信，很简短的四个字：“相见恨晚”。她立即回过来：“呵呵”。我不知道她能否明了，因为我都不知道自己想表达什么。

我没再给她回复，只是端起酒杯。

“幸会幸会!”我和人频频举杯相碰。

19

“好白菜都让猪啃了”。杜老板很喜欢我对他说这句，虽然被人所骂，但意味着有漂亮女朋友遭人嫉妒这一虚荣心得到满足。

但是他连这一虚荣心都要失去了。原因在于弹钢琴的女孩跟了一款爷，至于有多款我不知道，但那厮开着部二十多万的别克却是事实。

弹钢琴的女孩给杜老板摊牌，和可人儿抱怨我太穷伤了我自尊一般，杜老板的自尊心大受打击，他表现得很是冲动。

“不就是嫌我没钱嘛，我总有一天会出人头地!”

有些人在遭受重创的时候才能显示出惊人的爆发力。杜老板显然是这样的人。他再次出现在我面前时已不再抱怨，而是要我和他合作弄家公司。

“你凑 x 万，给你 40%的股份。”他说出的这个钱数把我吓了一跳。

“我到哪去弄这么多钱?”我说，“何况我对做生意没兴趣，我马上要升新闻部主任了。”

“我不管，你必须跟我干，只有这样才有前途!”杜老板咄咄逼人。

“我当记者好好的，为什么要跟你干。”我说。

“你别无选择!”杜老板无比蛮横。

“杜老板，你别以为在学校卖过几天磁带就觉得下海好玩，那是拿钱玩呢!”

……

我和杜老板就我是否愿意入伙一事展开激烈争论。杜老板看上我这个合作伙伴了，但我对他的经商才能保持怀疑，对下海的风险持强烈质疑，这使得争论最终变成了人身攻击。

我批评杜老板老是自以为是，杜老板则说我很虚伪。

“虚伪?”这个词使我感到巨大的侮辱，我说：“杜老板你说说我怎么虚伪了!”

“别的不说，说说你那可人儿，和人家上床了，发现不是处女就对人不理不睬，这还不虚伪!”杜老板翻我旧账。

“你胡说，”我说，“你懂啥!”

“还有那老白的马子(他指送围巾的女孩)，你明明喜欢人家，却老是担心人家心里还有老白！假装说啥碍于老白的面子，你若心里不犯病，早追了!”他乘胜追击。

“你，”我气极，竟然说不出话来!

20

当面说我虚伪的人杜老板是第一个，也是最后一个。但背后说我虚伪的人不知有多少?

多年来我戴着面具忐忑不安地窥视世界，力求与这世界和谐，不料却遭到了身边朋友的如此评价，这让我极度不安。

也许人永远无法清楚地看清自己，只有从别人的眼光中才能较为真实地认识自我!

我最终还是成为杜老板的合作伙伴。在杜老板的软磨硬泡之下，我辞职了，并从亲戚朋友处凑够了入伙资金。

我之所以下决心跟杜老板干，最根本的原因在于杜老板给我算了道算术题。这题可人儿当初也给我算过。只不过可人儿算时我勃然大怒，自尊心严重受损，杜老板算时我幡然醒悟，醍醐灌顶。

这道题是这样的："你月薪 2000，买一套 100 平米总价 60 余万的房子需要多少年?" 答案很简单——不吃不喝几乎需要 30 年！这个答案可人儿算过。

我们的装饰公司终于面世。杜老板任总经理，负责业务，我是副总经理，负责策划文案。除我俩之外公司还有一个胖女孩，负责接听电话，接受咨询。还有两个业务员整天派出去发宣传单。

公司买了一辆旧北京吉普，杜老板载着我亲自跑业务。刚开业的小公司，没有名气和口碑，没有上门客户，一切全靠我们自己。很多时候我和杜老板整日奔波在城市与农村的结合部，这地方有我们小公司的喘息之地。

被无数人白眼，遭太多的冷遇。那辆廉价买来的破车也常常坏在路上给我们难堪。经常的情形是，杜老板在前面边扶着方向盘推，我在车尾埋头全力推。

唯一的温暖来自台球。在路边或者街巷里常常看到台球厅，有的只是露天的几张台球桌而已，有的破旧不堪甚至桌布都泛白。但都是我们温暖的家园!

举杆，瞄准，用力击球，哗啦，白球猛力冲进花球堆中，花球四散跑开，运气好常有球落袋。

“好球!”唯有在台球桌上我们会找出久违的自信和温暖。

21

这温暖的台球! 想必全世界只有我一人这么怪异地描绘她。

我忙里偷闲在网上查了下关于台球的概述，不胜唏嘘。

“台球是一种用球杆在台上击球、依靠计算得分确定比赛胜负的室内娱乐体育项目。台球也叫桌球。

台球源于英国，它是一项在国际上广泛流行的高雅室内体育运动。

大约在 14 世纪，据说由伦敦一家名叫 Billsyard 的当铺老板为消遣娱乐而发明的，台球的英文名称即源于此。至 18 世纪末，台球作为一种游戏在英国民间很是盛行。19 世纪初，世界上第一个公共台球室在伦敦开设。最早的台球，桌面上只有两个白球，之后法国人觉得缺少挑战性，就增添了一个红球并改进打法。再往后英国人又将其发展成为在今天十分流行的落袋台球。

现在的台球已发展成多种多样：有俄式落袋台球、英式落袋台球、开仑台球、美式落袋台球和斯诺克台球，其中斯诺克最为普遍，而且被官方认可，已成为一项比赛项目。

台球于 100 年前传入我国，现在各大娱乐场所似乎都少不了它。”

关于台球的介绍中规中矩，近乎白描的文字哪有丝毫温暖可言！我怔怔地靠在网吧的宽大背椅上，发了会儿呆。

原本只是娱乐的场所、娱乐的工具，冷冰冰的台球厅，冷冰冰的球杆，冷冰冰的台球，哪来温暖可言？看来只有我在享受这无以言说的温暖：熟悉的击球场景、悦耳的球体撞击声、特有的台球厅的味道、还有亲切的某人的影子……

但，已无暇儿女情长。可人儿杳无音讯，送围巾的女孩说和我在 qq 上聊聊天，我一次没和她聊过。白天忙累一天，晚上倒头便睡。很多时间过去，唯有看到她的节日祝福短信，我才知今昔是何年。

不知天上宫阙，今昔是何年？我欲乘风归去，又恐琼楼玉宇，高处不胜寒……

好美的词句！

22

故事接近尾声。

村上春树说写文章有入口必定有出口，出口在何方，我不得而知。但我必须结尾，在此作一总结。

数年后，我们的装修公司步入正轨，公司人数翻了数番。我俩已不需要整日奔波招揽业务，单是上门客户都应接不暇，盈利还行。我和杜老板买了海蓝云顶二期的房子，这是可人儿梦想住进来的地方。我闲时拿望远镜观察小区入口处进出的人流，遗憾的是从没有见着她。杜老板住我顶上，喜欢从窗口探出头来向下喊我。杜老板的坐骑早从破吉普换成了新桑三，再换成奥迪 A6。

其实挣钱多少还在其次，和当初我们的少不更事、优柔寡断、患得患失不同，如今我们充满自信，这一点很难得。杜老板说，现在就算把他扔在沙漠里，他也能闯出一片新天地。这话有点绝对，沙漠里没有水和食物，他必将被饿死或者渴死。

但是，自信的人生无比重要，必将不会失去或错过，不会有遗憾。我以为。

我终于不再虚伪，对杜老板和老白承认可人儿和送围巾的女孩是我的遗憾，淡淡的遗憾。

我、老白、杜老板相继成婚。老白还是娶了上学时叫我哥的那个妩媚女生。杜老板娶了个大学老师。我的她刚从美院毕业，她笑起来的样子很迷人，纯洁得像秋天的露珠，那一瞬间我喜欢上了她。

可人儿我再也没有见过，她好像从这个世界彻底消失了，再无影踪。送围巾的女孩，嫁给了一个公务员，据说生活幸福。我和她算是不深不浅的朋友，我们再也没见过面。逢年过节发发短信祝愿。有时她先发，有时我先发。

这些妻都知道，有杜老板这样的朋友，我几乎无秘密可言。她偶尔上网看看我写的小说，女主人公的事她一一盘问，我如实交代，她明白小说必定有诸多虚构成分，所以不介意。她唯一生气的是看见我的聊天记录，因为我和一个女网友发过“抱抱”的 qq 表情，被她视作红杏出墙的罪证。她立即打电话给我所有的朋友，致使全世界人都来电谴责我。但这还不解气，我耐心解释这是网上无聊玩呢，她还是不依不饶。最后我写下“决不在网上和陌生女孩聊天!”的保证，她才破涕为笑。

我依了她，删掉这个无辜女网友的 qq 号码，从此遵守诺言，再也不和女网友用貌似“暧昧”的话语聊天。

老白生活惬意。他先前就职的国营工厂效益不佳，撤销了西安办事处。他后来去了非洲，任某品牌家电非洲某国的市场总监，经常飞来飞去。对非洲看来不太喜欢，他说非洲唯一好的就是男人可以妻妾成群(他想必指非洲土著)，嘿嘿。因为时差的关系，他常在我们午夜酣梦之时发来短信。最近最经典的一个是:“有心的无力，有力的无钱，有钱的无情，有情的无缘，有缘的无份，有份的正闹离婚——当代人情感面面观。”

我正准备把这短信连夜给杜老板转过去，却不料杜老板先转给我了，外带评论“真他妈的经典!”老白这短信切中了杜老板的脉象，难怪他夜发感慨。

他真正地红杏出墙，被老婆发现，正在闹离婚。他整日里琢磨如何把公司里他 60%的股份给我多转些，或者把公司的盈利做小些，但无法得逞。遗憾的是她老婆的嫡亲大哥是本市小有名气的律师，关于我们公司的盈利状况甚至杜老板在多个银行的户头，他了如指掌，他把详细清单摔在杜老板办公桌上时，杜老板顿时哑口无言，颓然靠在老板椅上，垂头丧气，像斗败的公鸡。

23

最后再说一次台球。

包括这叫时光的最后一家，从前我们爱去的台球厅无一例外的全部倒掉了。

但这不妨碍新台球厅的诞生。装修豪华的台球厅间或在这个城市的某个角落里冒出。最豪华的那个叫顶爵，据说国内最有名气的丁俊晖来过。杜老板办有至尊金卡，年费 5000 元，享受贵宾服务。

我是在顶爵台球厅等杜老板时看到这则消息的。五一黄金周前的一天，报纸广告无比丰满，竟然破天荒出了 142 版，报纸最外四页换成了铜版纸，是某家房地产商的四个版广告，气势非凡。内页有 8 个版是当日某大型电器超市的节日促销广告。其他版面几乎全是广告，有限的新闻几无看头。唯一是这则关于台球的新闻，使我眼前一亮。新闻标题是“皇帝老矣，仍堪完美!”大意是继 8 年前打出第八个满分杆后，8 年后的今天“台球皇帝”亨得利再次打出斯诺克国际巡回赛上个人的又一个满分杆。报纸用了感叹的口气说这是台球史上时间跨度最长的个人满分杆!

我仔细看完了这则新闻，眼泪几欲夺眶而出。

6 年前我和杜老板在时光台球厅里期待亨得利打出这一迟来的世界台球大赛上的满分。直到 6 年后他才带给我这惊喜。6 年时间，我们已不再年轻，时光台球厅已经消失，青春已然成追忆。

这个晚上我和杜老板又重温了台球厅的不眠夜。偌大的台球厅只有我们两人有这兴趣。杜老板第二天要去开庭审理离婚案，不知财产如何分割，心烦意乱，自然全无睡意。而我这时突然来了灵感，构思起这 6 年前就想写的关于台球厅的文章。

“文章有入口必有出口。”终于找到了出口！亨得利再度打出满分杆，这迟来的渴望，无比圆满的出口！

我和杜老板各怀心事，但这不妨碍打台球诸多动作的进行，倒钩、走位、背杆，种种高难度动作一气呵成。这台球厅的不眠夜，显然只属于我们。

吧台上的收银员打起了瞌睡。但我无比兴奋，和杜老板展开厮杀。“乒乒！”寂静的夜里台球撞击的声音格外响亮。我俩技艺相当，依旧拉不开差距，你追我赶，乐此不疲，迎接另一个晨曦的到来。

(2009 年 6 月，西安)

紫薇血

文/郭飞耀

1

Maggie 一声尖叫，我的心揪了起来。

近些日子，报社接连发生闹心的事，上上下下焦头烂额。先是一个黑人叠报工患艾滋病死了，死者的父亲硬说是报纸的油墨熏死的，闹腾了几天，给了些抚恤金才算了事。接着又是办公室被撬，四台电脑连同插着的方正排版软件丢失，报纸差点停刊。

这一声尖叫，还真让人心跳得七上八下。

黄灿灿的两颗子弹滚落在 Maggie 的办公桌上。清晨的阳光斜打在冷冰冰的弹壳上，反射出一股杀气。Maggie 的脸上布满了惊恐。子弹是从一个邮寄来的盒子里掉出的，还附着一封信，只写了四个字：当心小命!

Maggie 和我都是《南非侨报》的记者，一个办公室，桌对桌，面对面。

Maggie 年龄不大，刚刚二十出头，却是已经工作三年的老记者了，而我仅仅来了三个月。Maggie 是英文名字，本姓苏，金山大学本科三年级学生，国际关系专业。在国外上大学全凭自学，老师授课很有限，Maggie 便干起了兼职，干得很认真，也很出色。

海外的华文报社规模都很小，主要靠几位编辑在网上拷贝新闻，再加一两位编译翻点本地新闻，为数不多的几篇自采新闻就指望我们两人了。

记得上班第一天，总编辑把我引荐给 Maggie，说了几句多向老记者学习的套话，我便算上岗了。

尽管大学学了 4 年的中文，但隔行如隔山，面对怎么采访、怎么写稿这些需要一定专业技能的问题，还是一头雾水。Maggie 看出来我像坐着的心虚样，声音很轻地说："其实做记者并不难，就像讲故事，事情说清楚了就可以了。"这句话，一下子让我轻松了不少，有种温暖感。我投去了感激的目光。眼前是一位很有东方古典美的女孩，身材匀称，皮肤白皙，双眉微蹙，纤细的秀发纹丝不乱地垂在肩后，衣着朴素，但典雅得体。

她笑了笑，脸上泛起一丝难以觉察的红晕，指着桌上的电话说："每天都会有读者向我们提供新闻线索；一些侨团组织也会邀请我们采访；还有，总编也会给我们指派一些专题采访。这些工作，足够咱俩忙了，所以你不用担心没东西写。我听说你是学中文的，用不了几天，你就会干得很好。"

"那我还需要注意什么呢？在你面前我可还是个小学生呢。"我尽量表现出一副谦逊的样子。这些年来，和我交往的人，多数是些文化水平不高的生意人，因此，对舞文弄墨的文人，一直心存敬畏。

Maggie从抽屉里拿出装订好的几张纸，递给我。上面罗列了很多内容，前半部分是一些新闻规范和采写技巧；后半部分是有针对性的注意事项，其中一条是“不介入侨团纠纷和黑恶势力”。

“这些内容你先看看，我写得不全，等我想起来了再告诉你。”Maggie说话的声音很轻柔，眼神有些羞怯。看来她为我的到来，专门做过准备。一份感动油然而生。

在 Maggie 的帮助下，我很快适应并喜欢上了这份工作。和 Maggie 一起外出采访也成了我最幸福的事情。

2

我清楚这两颗子弹的由来，是上周 Maggie 的一篇报道引起的。几天前有个威胁电话打到办公室了，恰好是我接的。对方叫嚣着让我们登报更正。

事情源自上周末的一起血案。两个华人黑帮为争夺地盘而谈判，在酒桌上谈崩了，早有准备的一方拔刀而出，致一死两重伤。

这篇文章本来没有什么，类似的新闻我们报道过多次了，避重就轻，从不深挖。这次，问题就出在 Maggie 的稿子中，出现了一句目击者的话，“一位姓杨的大喊，给我往死里捅”。而姓杨的恰好是黑帮的老大。

显然，我们不可能登报更正，否则会卷入得更深。这个问题还真有点棘手。

对这件事，我一直有两个疑问。首先，Maggie 是一名有 3 年从业经验的老记者了，应该清楚这样写的后果，还为什么要自找麻烦呢？其次，当天 Maggie 有足够的时间在上午完成稿件，却偏偏拖着，直到总编因参加一个重要活动离去，才上交稿件呢？

Maggie 忧郁不安的神情告诉我，这里边一定有什么隐情。

我不愿过多地打听和探究。三个月的接触，我已经发现 Maggie 是一个将自己封锁得很严实、不愿被别人闯入的女孩，可我又实在不忍心看着她束手无策的样子。在我心里，Maggie 俨然就是一位柔弱善良的天使，不应该受到任何伤害。

暗自里，我利用金盆洗手前的黑道关系，平息了这起风波。我没有告诉任何人这是我从中斡旋的结果，因为，我不愿让报社这些玩笔杆子的同事，尤其是 Maggie，知道我的过去。

8 年前，刚刚跨出大学校门、踌躇满志的我，怀揣着梦想飞到了南非。那时的南非，刚刚脱离白人统治，和中国建交也仅仅三四年的时间。黑人领袖曼德拉，正领导着 4000 万饱受种族压迫的黑人兄弟，战天斗地。无限商机吸引了大批华人涌入南非，我便是那一批的淘金者。双脚踩在陌生的土地上，豪情万丈地憧憬着自己的未来。

由于白人的愚民统治和国际社会的长期封锁，南非社会商品匮乏。我和许多华人一样，向黑人贩卖从大陆过来的电子表、鞋袜服装等，攫取了第一桶金。

正是因为毫不费力的一夜暴富，让我的虚荣空前膨胀。我开始出入赌场，我喜欢那种被捧为贵宾、一掷千金的感觉，喜欢服务员投送过来的羡慕眼神。我完全沉浸在赌桌前高高垒起的筹码的诱惑中，沉浸在老虎机霓光闪烁声乐激扬的刺激中。我承认这是我一生当中自我感觉最好的一段时间。然而，和许多开豪车进赌场的华人一样，我被虚荣高高地抛向天空，又重重地落到地上。

这次惨痛的教训并没有让我惊醒，赌场已经扭曲了我的心态。我选择了更快速便捷的发财之路。与几位和我一样输得精光的赌友一起，从事了“开字花”这个行当。“开字花”其实就是地下赌博，是政府严厉打击的非法职业，玩法有点像赌场的轮盘，利润高，风险大。开着改装的防弹车，每天像老鼠一样神出鬼没地穿梭在约翰内斯堡的十几个黑人区。蒙在鼓里的黑人兄弟成群结队地给我们捧场。直至有一天，发觉上当的黑人兄弟愤怒地将我们的汽车掀了个底朝天，拿着铁锹木棒追得我们抱头鼠窜。

第二个职业，是我最不愿向别人提及的。在一个福建人开的按摩院，我整整干了一年零四个月的副经理，用别人的话说，就是鸡头。在这里，我真切地目睹了一场场良家女子被逼无奈走上不归路的悲剧；在这里，也演绎过我在南非的第一份真爱，也让我懂得了肉体的肮脏并不等于灵魂的卑贱。游戏的场所本不该有真爱，但我破坏了这个规则，因此我离开了。

走私鲍鱼，是我金盆洗手前从事的最后一个非法职业。南非盛产鲍鱼，但不允许捕捞交易，更不准出境，违者必受重刑。但是近百倍的利润率驱使我铤而走险，我成了鲍帮的一名马仔。2008 年 6 月，我被白人邻居告发了。在去往德班港口的山路上，上演了一场好莱坞式的惊悚大戏。载有 500 公斤干鲍的奔驰货车被追得走投无路。我们弃车而逃，穿越大片的灌木丛，枝条将衣服撕成碎片，浑身伤痕累累。直到枪声远去，方侥幸逃脱。我再次成了穷光蛋。

3

无数个深夜，我在噩梦中惊醒，冷汗淋漓。这种提着脑袋的职业注定无法干下去了。

之后先后选择了几个公司坐班的工作，但野惯了的我，皆因无法习惯那种平淡与束缚而告终。选择记者这个行当，正是出于这个职业相对自由一些，仍然可以东奔西窜。拿出已经被压在箱底多年的国内名牌大学中文专业的学历证书，我很快实现了自己的人生蜕变。我喜欢上了记者这个职业，不仅因为自己的文字被千万人传阅的成就感，更因为 Maggie 像一个忧郁的天使，天天围绕在身边，让人心生爱怜。

Maggie 已经两天没来上班了。加上周末，四天时间，她消失在我面前。自从子弹事件后，我对 Maggie 的牵挂多了起来，感觉也发生了微妙的变化，除了一种单身男子对美女的那种暗暗的倾慕外,还多了一种长兄般的责任感。

总编说，Maggie 有事请假了。Maggie 不在，我自然无心工作，好在这几天采访任务并不多。但是坐在办公桌前写稿，精力怎么也集中不起来。这些天来，我已经习惯了从办公桌对面传来的习习清香，习惯了她脸上淡淡的忧伤和莞尔一笑时的羞怯。脑海里不断有她的影子闪过。这个谜一样的女孩到底又遇到了什么事情呢?

第二天上午，Maggie 早早地来到了办公室，正在帮我收拾凌乱的桌面。Maggie 是个喜欢洁净的女孩，这点和我恰恰相反，因此，办公室的保洁工作理所当然地落在了她身上。好几次，我假惺惺地做了自我批评。Maggie 总是轻轻地抿嘴一笑说:“我擦你的桌子，可是为了我好，要不然，你那桌上的灰尘都飞我这边了。”

看到了 Maggie，我的心情瞬间晴朗了。我假装自然地说，这两天你不在，老板天天揪着我不放，可把我老汉累惨了，回头请客，就上次那海鲜店，烤鱼、鱿鱼圈、基围虾，外加一打生蚝。我猜想，Maggie 肯定会和往常一样，鼻子一蹙，回击一番。没想到，Maggie 轻轻地抬起头，痛快地应允了，不过补充了个条件，下午陪她去比陀（比利陀利亚，南非行政首都）采访，顺变看看紫薇花。

南非是个美丽的国度。许多人踏上这片土地之后，面对着蓝天碧草，呼吸着清新空气，都会惊叹，这完全不是想象中那个充满饥荒、战乱、疾病的非洲。紫薇树是南非很有特色的树木，在比陀的大街小巷几乎种植的都是这种树，每年九十月份，是紫薇花盛开的季节，整个比陀都笼罩在一片紫色的海洋当中，绚丽夺目。这个季节正是赏花的季节。

我爽快地答应了。

4

坐在总统府附近的广场上，整个城市淹没在紫色的花海中。Maggie 没有说太多的话，只是仰望着头顶的花丛，思绪似乎停滞。我没话找话地来几句幽默，企图打破有点沉寂的氛围。Maggie 礼貌性地浅笑着，笑得有点勉强。

“你是不是特别想知道，那篇稿子我为什么会那么写？” Maggie 突然问我。

“嗯……这个嘛，其实你那样写也没有什么错，那句话也是采访中目击证人说的呀。”我轻描淡写地回答，试图掩饰对这个疑问的好奇。

Maggie 欲言又止地停顿了片刻，才低声地说：“是我继父让我这么做的，我没有办法，对不起，给你添麻烦了，我知道这件事是你帮我摆平的，真的很感谢。” Maggie 的脸上浮出了无奈和苦楚。

继父？我一直不知晓，Maggie 的家庭居然是残缺的。看来，她脸上的忧郁多少与这有些关系。

在南非的华人圈里，有个不成文的“三不”规定：不打听别人的家庭情况和住址；不打听别人的职业和收入；不打听别人身边的女人是不是他的老婆。前两条是出于南非糟糕的治安，后一条就有点特别了，因为在南非的华人圈里，这种临时组合的互助式家庭十分普遍，一块同居的男女往往在国内都有妻儿老小，来了这边后，耐不住那份寂寞，便组合在了一起。所以，尽管我们在同一个办公室已经相处了很长的时间，但她的家庭，我并不知晓。

“我还有个弟弟，12 岁了，很可爱的。” Maggie 补充说。

“美女的弟弟当然可爱啦，你妈妈一定很疼你们姐俩。”我试图通过这样的回答更深入地了解些她的家庭情况。对我而言，她一直像个谜。

Maggie 开始沉默了，眼睛盯着紫薇花沉思。

“你为什么作记者呢？” Maggie 看出了我面对一个沉默无语、满脸伤感的女孩的那种不知所措，主动打破了沉寂。

“你看我这个二二的劲，做生意没那个头脑，光让黑人大妈坑了又骗；坐办公室嘛，屁股上长着钉子，八小时面对老板的苦瓜脸，根本就没那毅力。干咱这行当，东奔西跑，混吃混喝，写点文字，骗骗读者，也就图个自由。”我尽力用轻松的语气缓和气氛。

“你呀，身上还真有股混混劲，好像没见你有什么不开心的事。” Maggie 笑着说。

“一人吃饱，全家不饿，有什么事能让我老郭愁眉苦脸呢。你别看咱们总编整天吆喝着我干这干那，嘿，改天爷我一不高兴，拍屁股走人，到《南非时报》当个社长啥的。只是怕没你这天仙妹妹当搭档，缺了灵感写不出稿子来。”我这人最擅长不着边际地胡吹海侃，接着又反问：“你为什么也要兼职干这苦差事呢，风吹日晒的，多让人心疼。像你这样的小姑娘，就该坐在金山大学的课堂里，边听课，边憧憬未来，遇到个白马王子，再搞点花前月下的浪漫玩玩。就算热爱这个行当吧，也等毕业了，像凤凰台的吴小莉直接到人民大会堂采访个主席呀总理的。”

“嘿嘿……”Maggie 捂着嘴笑笑，接着道：“我可不像你，光棍一条无牵无挂，我不打工，怎么交学费，早让赶出校门了，还有弟弟怎么办。”她的脸上有些黯淡。

我没有料到，这么一位纯情的像紫薇花般的少女，本应该像同龄人一样无忧无虑、天真烂漫地享受生活，居然背着这么一个大大的生活包袱。

5

国庆节马上就到了。围绕突出反映伟大祖国 60 年建设成就这一主旋律，总编辑布置了很多专题采访。一部分是围绕大使馆的一些资料收集和采访，一部分是采访当地华人华侨，从他们的感言身受，来体现祖国的日益强盛。我和 Maggie 整天忙着一起外出采访，相处的机会就更多了。但是，Maggie 却再没有提起她的家事，讨论的问题仅仅集中在“伟大祖国”这个领域。

“依我看，一个国家的强大，不是搞点阅兵仪式，弄点过嘴瘾的抗日影视剧，写点自我吹捧提气的文章就能让国际社会低眉顺眼，认你当爷。要我说就得动真格，法国不是牛吗，直接和他狗日的断交；印度现在不是又在叫嚣吗，把那压箱底早就长毛了的导弹，扔几个过去，看他还咧咧不；还有达赖，年初还嚷着要来南非演讲，我就等胡总书记一声令下，一双臭球鞋飞过去，看这老和尚还敢不敢造次。”

“哈哈哈哈……”

Maggie从来没有这么爽朗地大笑过，在我的印象中，即便笑，也是浅浅的、淡淡的，暗含着一丝让人难以觉察的凄美。其实，我这样大大咧咧、有点愤青劲的说话方式多少带着点刻意的痕迹，就是为了营造一个轻松的气氛，能让她开心一些。

Maggie 捂着还没有合拢的嘴说：“看来你真是个血气方刚的小愤青，有时间还是学学国际关系学吧。政治经济学总懂吧，你知道中国的外汇储备都是怎么来的吗？不就是对外贸易吗，动不动吹胡子瞪眼，摩拳擦掌的，今天断交，明天打仗，谁还和你做生意呢。你知道现在全世界有多少海外华人吗？整整一亿多，遍布在世界的各个角落。就拿南非来说吧，30多万华人，他们都是附着在中国与南非这条经贸链条上的，一旦断了，这些华人将面临严重的生计问题，你我可都得失业呀，傻瓜。”

就这样，我们讨论了很多严肃的、需要理性思考的问题，南非的种族问题、治安问题，以及中南的经济发展走向，甚至包括祖玛的三个老婆。我诧异于她对国际政经问题的敏锐，这与她的性别和年龄并不相符。这些年来，在我身边的美女无数，从国内的大学女友到南非的历任相好，几乎都是钟情于大商场，留恋于美容院，肤浅的让人无法忍受。而 Maggie 有一种多数美女不具备的聪颖和深刻。

6

这些天，我快乐极了，整天和 Maggie 驱车外出采访，在车上、在路上，有说不完的话。我感觉我们的关系又近了一步。Maggie 的心情也似乎明亮起来。但是，这样的好心情并没有持续多久，麻烦就来了。总编回国参加在上海举行的全球华文传媒大会，会后又要到北京参加国庆 60 周年观礼，将报社的事务委托给了副总编辑刘健。刘健苦恋了 Maggie 三年，毫无结果。我和 Maggie 出双入对的亲密劲，打翻了刘健发酵了三年的醋坛。

刘健接二连三地训我，训得狗血喷头，说我的稿子“一股裹脚布的骚臭味”。我看着他发青扭曲的脸，恨不得一老拳挥上去，但是，攥紧的拳头还是松开了，我实在不愿意失去这份工作，更不舍得离开 Maggie。

下班，经过楼下的印刷厂，黑人印刷工 Frank 正在指着小米的裤裆哈哈大笑。我明白，Frank 又在取笑小米了。小米是印厂唯一的华人员工，生性懦弱，经常遭到 Frank 欺辱。Frank 是印度裔黑人，仗着自己是唯一能玩得转报社那台 70 年代产的老爷印刷机的工人，一向狡诈张狂。一次上厕所，Frank 指着小米的老二坏笑着大喊“Little，Chinese Little”。从此，Frank 便经常以此取笑小米。

满肚子的邪火腾地窜了上来，我指着 Frank 的鼻梁大骂一声“黑鬼”，接

着便扑上前去。小米情急之下，一把将我拉住，及时制止了这场黄黑人种的大战。

麻烦惹大了。Frank 策动印厂其他黑工，一起罢工，到当地劳工部门告报社种族歧视。报纸停印了一天，临时主持工作的刘健和我接受了劳工部门反反复复的传唤和调查。

这件事成了刘健借题发挥的最好借口。我要被炒鱿鱼了。我已经做好了卷铺盖走人的准备，尽管我并不情愿。

我在小肥羊火锅店订了一桌席，请报社几位志同道合的编辑吃饭，当然包括 Maggie，算是告别仪式吧。席间，我说了很多话，也喝了很多酒。我伏在编辑小汪的肩头痛哭不已。这是我在南非的第一次落泪竟然声泪俱下，酣畅淋漓。即便当年大学毕业时，与女友分手也没这么失态过。操着河南话的小汪后来描述，我时而低泣，时而大哭，还嚷嚷着要砍了黑鬼 Frank 的头。

我明白，我是为这八年的虚度而悲泣。八年来，我只回国一次。清楚记得 4 年前，也是我从一夜暴富回归到一贫如洗的时段，本抱着一颗受伤的心，打道回府，从头再来。但是，回国后，我从所有的亲朋好友对我的眼光中读出了他们发自内心的羡慕。在农村的老家，那几天就像办喜事，左邻右舍接踵而来，母亲欢喜得合不拢嘴。一个八辈子都没出过什么人物的山沟沟，居然出了这么大个留洋人物，在他们心中我就是这个小村庄的骄傲。还有小孩追在屁股后问我，什么什么话洋文怎么说。我是一肚子的无奈还要强挤出衣锦还乡的笑颜，我不愿让母亲失望。我匆匆离开老家赶赴省城西安，和同学相聚，得到的依然是无尽的仰慕。虚荣心让本想一吐为快的辛酸话又咽了回去。我如同逃离般再次飞往南非。我暗下决心，不管将来混得好也罢赖也罢，我将会永远留在这个国度。

几年来，我一直在思索，留洋，真的那么令人神往吗?

7

事情有了转机。

Maggie 找了总编好几次，从工作的角度，说了一大筐我的好话。我终于留下来了。当然报社对我的处理决定还留了个尾巴：留用察看三个月。

不管怎么说，我要好好感谢 Maggie。在杉腾找了个很有名的西餐厅。经验告诉我，一个环境幽雅的西餐厅，点一支蜡烛，抿几口红酒，听着轻音乐，用刀叉优雅地切割着盘中的美食，是最容易让女孩子萌生倾诉欲望的。

Maggie 挑了个临窗能看到外边紫薇花的桌子坐下。

“要不是师父这次出手，弟子恐怕永远见不到您老人家了。”我用惯用的语言表达了谢意。

Maggie 的目光从窗外的紫薇花上移了回来，轻笑着说：“这次咱俩算扯平了，不欠你的情了呦。”

“你怎么知道上次是我帮你的呢？”

“能瞒得了我吗？这件事只有你知道，报社并没有出面处理。再说，那几天，你接电话很反常的。”

“女孩太聪明了可不好，男朋友会有压力的。”

“我不会找男朋友的，我只有弟弟就够了。”

真是个让人琢磨不透的女孩，我心里想，这个年龄的女孩子哪个不是春心萌动。

“像你这样的美女，不嫁人，真可谓资源浪费呀！这是对整个人类的不负责任。”

……

“你知道‘狼叔’吗？”Maggie 突然话锋一转。

我暗自吃惊。狼叔，姓朗，有名的黑社会，广东人，常年混迹于赌场，靠为赌客放高利贷谋生，手下有一批喽啰，专门诱贷逼债。南非许多华人被狼叔害的倾家荡产。我当年豪赌的时候，曾与狼叔有过来往。我心想坏了，是不是我当年的底细泄漏了。我可不愿让我的形象在 Maggie 心里有任何污点。

我回答："狼叔是华人圈里的狠角儿，听说吃人不吐骨头，在赌场放高利贷害了不少人，再详细的就不清楚了。要不，我帮你问问赖姐，赌场里的人物，她如数家珍。"

赖姐是我们报社的厨师，重庆人。可别小看这个人物，当年可是红透了整个约堡。赖姐最早闯荡南非时，靠餐馆起家。她人勤手巧，精通川菜，又正当少妇年华，风韵当头，有股重庆女子的豪气，所操持的"姐妹餐馆"很快就变出了几个分店。赖姐的轨迹和我有点相像，也是在财源广进的时候，染上了赌瘾。赖姐赌得更大，一晚上动辄几十万的输赢，久赌必输，很快便日渐衰微，后来又借高利贷企图翻本，但越陷越深，直至变卖产业。曾经红极一时的"姐妹餐厅"便从此在约堡销声匿迹。

说赖姐是个人物，在我看来有两个原因：一是她深谙南非华人圈里复杂的人际关系，白道黑道的头脸人物，没有她不认识的，甚至连小喽啰，她也说得一清二楚；二是她的气度。其实，靠她多年在南非闯荡的关系，完全可以东山再起，她也具备一个生意人的精明，而她偏偏为了戒赌，来我们报社当了个伙夫，工资也少得可怜。我常打趣说，你可是隐匿于江湖的女侠呀，她便豪爽地大笑。

赖姐是狼叔的直接受害者，应该对他很了解。从赖姐那里我想一定能打听出一些信息。

8

我迂回地问赖姐："我有个朋友经常和我提起狼叔，可又不再细说下去，你说缘由在哪儿？"

"很简单嘛，一定是她或她的家人是个赌徒，落入了狼叔高利贷的圈套，这个龟儿子，还在害人！"赖姐抡起正在炒菜的大勺，敲得锅沿"砰砰"响。

赖姐的回答让我茅塞顿开。是呀，我完全可以想到，怎么没有想到呢？可能是琢磨得太多，有些信息混乱，反而绕开了最简单的答案。我为我的愚钝找了个借口。

继父，一定是她的继父。我联想了 Maggie 曾经的片言只语，得出结论，一定是她的继父赌败了家，Maggie 和她的弟弟变成了赌博的间接受害者。

脑海中立刻浮现出当年输红了眼、丧失理智、不能自拔的一个个赌徒的嘴脸。张某，陕西人，中资企业职工，贪污 50 多万公款豪赌，被大使馆警务处遣送回国；邱某，山东人，在赌场昏天黑地地战斗了三天三夜，输得精光后开车回家，一个轮子掉了竟浑然不知，继续开了四五公里坠入悬崖，双腿截肢；唐某，东北人，背着父亲变卖了家人苦心经营的价值百万的店面，仍然资不抵债，老父忍受不了追债者上门骚扰，登报断绝父子关系；杨某，山西人，为还赌债，绑架富豪女儿，锒铛入狱……这样的例子举不胜举。

我心中生出一种强烈的担忧，甚至恐惧，为 Maggie，也为她疼爱的弟弟。

几天后，约堡领事馆邀请 Maggie 采访咸阳市和南非马佳宾市结成友好城市的签约仪式，本来没我的事，但我察觉，近几日 Maggie 脸色很差，时不时发呆，神情恍惚，便找了个借口一道去了。

我开着车。Maggie 慵懒地靠在座位上，一副心事重重的样子。

“其实，你有什么事，可以说出来，不要憋着，也许我能帮你。”我以兄长般的口吻说。

“哦……也没什么。再说……” Maggie 欲言又止。

“是不是你的继父赌输了钱？染上赌瘾的人就没有理智了。”我直入主题。

Maggie 扭过头，诧异地看着我。她没有想到我会猜得出来。

“已经三年了。”她低着头，轻咬着嘴唇，“本来不想让任何人知道。”

“你妈妈一定也很难过。”

“妈妈不会难过了。”

“事情不能总憋在心里，说出来，总会有办法解决的。”

“等以后告诉你吧。” Maggie 轻轻地说，脸颊微微抽搐。她努力地克制住了情绪。

车上寂寞无声。

片刻后，望着窗外的 Maggie 突然说：“紫薇花就要谢了。”

“嗯，是要谢了。”我从凌乱的思绪中回过神来，敷衍地回答。

“你喜欢紫薇花吗？”

“谈不上喜欢，其实对所有的花，我都没有太多的兴趣，一个大老粗，可不像你们小女生，花前月下的讲究个情调。再说，我特别不喜欢紫薇花开的这个季节。”

“为什么呢？”

“每年紫薇花一开，就到了南非治安最糟糕的季节了。”

Maggie 眉头轻轻一蹙，想反驳似乎又觉得我的话不无道理。

我讲起了几天前我们小区门口发生的劫案。受害者是我的邻居。我和几位朋友合租 15 号。她家住 17 号，女主人是位黑人模特，老公是意大利人。

晚上 10 点多，突然一声尖叫传来。House 里的人纷纷跑了出来。小区业主委员会的主任是个印度裔老头，穿着个裤头，拎了把枪就直奔出来了。劫匪早已不见踪影。黑模花容失色、声泪俱下地讲述了大概经过：就在入小区大门驻车的片刻，两把枪顶在头顶，宝马 X5 便被抢走了，整个过程仅仅不到 20 秒钟。

Maggie 仔细地听着，眼孔射出愤怒。从平时的接触中我知晓，Maggie 对南非糟糕的治安有一种刻骨铭心的仇恨。

南非是个美丽得让人窒息的国度，也是个充满罪恶的国度。尤其在约堡，犯罪活动最为猖獗。相对富裕、喜欢现金交易的华人成了劫匪的首选目标。每年圣诞节前的两三个月，是抢劫的高峰期，和中国春节前的高发案率相似。

9

Maggie 又有好几天没来了，总编说请假了。我发了几十条短信，都没有回音。

自从了解了 Maggie 的一些遭遇后，我对她的牵挂便越来越多。我也说不清楚，我对她到底怀着怎么样的一种情感，同事？兄长？或是潜藏在心里的爱慕？脑子里不断地蹦出 Maggie 正在遭受某种折磨的痛苦模样。

我实在无法忍受这种带点臆想的精神折磨。我找到总编说：Maggie 是不是遇到什么麻烦了，我们应该想想办法。总编愣了片刻，若有所思地回答：想什么办法，不知道她的地址，手机又关机。我明白，总编和我一样着急，但束手无策。

七天后，Maggie 出现了，这七天胜似七年。

“你知道，这几天，所有的同事多为你担心吗？”我用略带责备的口吻说。

“让大家费心了。”回答很低沉，声音带着干涩。

总编带着一肚子火气，快步进了记者办公室，愣了片刻，又轻轻掩门离去。他显然发觉了 Maggie 的异样，把火憋回去了。

Maggie 脸色苍白，毫无光泽，眼眶红肿，神情哀怨。

我后悔刚才气冲冲的言语。

连续数日，办公室的气氛很凝重。多数时间，Maggie 都在发呆。我俩言语很少，即便为了工作。心里七上八下，我真想问个究竟，但她不说，我不敢多问。在这个时候，逼迫她说出真相，也许本身就是一种伤害。

很快就临近圣诞节长假了。年底的答谢、应酬接二连三，报社上下一片忙碌。用总编的话说，“忙得连裤子都提不住了”。

节前，报社全体华人员工在凯撒赌场里的“富丽华”中餐厅里吃了 09

年的最后一顿团圆饭。饭后就是长达半个月的假期，大家早就盼着这一天。

架不住我们这些喽啰兵的猛灌，总编第一个喝高。爱搞笑的小汪，鼓动着总编唱东北老家的二人转。还有人把餐布系了个头巾，戴总编头上。总编那股劲也上来了，扭着肥腚，扯开嗓子的“咿呀嗨”，引来许多老外围观。气氛甚是热闹。

其实，总编这些年也不容易。1999 年，从大陆来的华人逐渐多了起来。而当地的报纸，只有一份台湾人办的《华人新闻报》，满版尽是“我国”、“总统”的刺眼字儿，好像台湾真独立了似的。总编是个有倔劲的人，咽不下这口气，撺掇了几位爱国华商当股东，拉了几个半吊子文人，就开张闹腾起来了。这举动确实为大陆人提了一口气。但是，办份报纸哪是那么容易的事，采编、印刷、发行、广告、公关，哪个关节都少不了。开弓没有回头箭，总编不服输。就这样报社几度濒临关门，又几度起死回生，踉踉跄跄地走了 11 年。据从头跟着总编干的老赵统计，这 11 年，为了这份报纸，总编丢了三个老婆，戴了两顶绿帽，死也死过七八回了。前两个老婆耐不住清贫跑了，第三位给总编扔下顶绿帽子也跑了，现任的老婆是个年龄比总编小 9 岁的泰国女子，比前几位算是好点，至少没跑，但总编的绿帽子却天天戴着，再也摘不下来。再说，搞新闻，哪能不得罪人，即便是正面宣传，这一方报道多了，另一方就不高兴。侨界关系就这么复杂。报社惹过的麻烦，那真是数不过来，要说死过七八次也不过分。

编辑小魏也喝倒了。“小魏一喝多，必定要老婆”，这是我们在办公室逗闷子时，经常取笑他的一句词儿。小魏 36 岁了，健全男人，至今未婚，急得像热锅上的蚂蚁。一喝多，就张嘴和总编要老婆，说都是跟了你，穷光蛋一个，连 12 号（约堡的一个华人妓院）的鸡都瞧不起我。总编就嘿嘿苦笑。

这还真是个问题。在报社，齐刷刷的全是光棍。报社效益差，员工工资低，加上海外华人本身就男多女少，他们就成剩男了。眼看着一年又一年，员工着急，总编更心急，但状况依然如此。

我不时地看着在另一个桌上的 Maggie。整个饭局不管多么喧嚣热烈，她始终保持着那份安静。

饭局结束前，我接到了一条 Maggie 的短信：陪我去个地方好吗？

10

这是位于约堡 town 附近的一个公墓。我来过不少次，都是参加葬礼。墓地很大，墓碑密密麻麻。据说最早一位到达南非的华人就葬在这里，是作为一个英国人的佣人随行来的，最终魂落他乡，安息于此。

墓地绿树成荫，枝杈上卧着成片的蓝鹤，宁静中透出一股凝重。Maggie 从车里取出一束花，小心地捧着，静静地走向一块墓碑前。

“妈妈，女儿来看您来了。过几天就是圣诞节和新年了，您一定很寂寞。我给您带了紫薇花，是咱家那棵树上的。小恒已经快成小伙子了，很听话，天天跟我学中文，您放心吧，我会把他安排好的……”Maggie 清扫着碑石上的树叶，把紫薇花轻轻地放下，一边轻柔地给母亲倾诉着。

母女俩一定有很多悄悄话要说，我默默地走开了。

……

在墓碑旁的石凳上，Maggie 静静地坐着，刘海被风吹得有些散乱，眼神透出悲伤。

我走过去，坐下，轻轻握住 Maggie 的手。

“别难过，一切都会过去的。”

“妈妈太寂寞了。”

“以后，我们多来看看她。”

“每次我都说好多好多的话给她，她却从来也不回答。”

Maggie 的声音沙哑了，垂下了头低泣。

我不知道怎么安慰才好，抚了抚她的肩。

Maggie 抽泣地更厉害了。

“妈妈是被黑人杀死的。那是我刚刚考上大学的那一年，妈妈为了给我多筹点学费，天天泡在店里边。那天中午，她临时雇了几个黑人运货，没想到却被他们害死了……”

Maggie 讲述完后已经泣不成声了，一头扑在我的怀里大哭起来。阵阵抽搐从娇弱的身躯传来。

我万万没有想到三年前华文报纸上大篇幅报道的那起凶杀案的死者竟然是 Maggie 的母亲。丧心病狂的歹徒将 Maggie 的母亲打昏后，又用一根电脑线死死地勒住脖子，直到身首异处时，才匆匆将尸体装入一个货袋里，扔到了垃圾桶里，随后，又大摇大摆地抬着保险柜离去。当时南非的三家华文报纸连篇累牍地报道这个案件。案发商城——中非商厦的其他商户更是群情激愤，有人还给南非总统、警察署长联名致信，希望当局严惩凶手。尽管监控录像清楚地记录了整个作案过程，凶手面目也很清晰，但是由于南非警察的无能，这个案子至今还是个无头案。

墓地空旷宁静，偶尔有两声虫鸣从草地上传来。Maggie 静静地倚在我的怀里。她太需要一场倾诉来释放长期埋在心里的压抑和悲伤。

她在低泣中，断断续续讲述了不幸的家事。她本有一个幸福的家庭，父亲是一个江苏小有名气的企业家，母亲是一名老师。四年前，她和所有的少女一样，阳光烂漫地享受着青春的快乐。然而，父亲的出轨让这个家庭很快便支离破碎。伤心欲绝的母亲带着离婚时得到的一笔补偿金来到了遥远的南非。那时，Maggie 刚刚高中毕业，弟弟小恒还不到 7 岁。为了在南非立足，母亲嫁给了现在的继父，之后便在中非商厦早出晚归地打拼。

“在妈妈出事前，她已经渐渐走出了被父亲抛弃的阴影，她把所有的爱和心血都倾注在我们两个孩子身上。妈妈是个细心善良的人。

“那天，妈妈看到我的金山大学录取通知书后，高兴得都哭了，晚上，还做了很多很多的菜，为我祝贺。”

“妈妈特别喜欢紫薇花，我们来南非的时候，正是紫薇花开的季节，妈妈专门带着我和弟弟跑到比陀赏花。妈妈说，当时嫁给继父，就是因为继父家的院子里有棵紫薇树。”

我静静地聆听，期望能给 Maggie 一丝慰藉。

“起初，继父还是好的，和妈妈一起做生意，也赚了不少钱。一家人其乐融融。妈妈也不再去想那个抛弃了我们的父亲。妈妈死后，继父就变了。整天和不三不四的人交往，后来就染上了赌瘾。”

Maggie 说不下去了，又开始低泣。抽搐的双肩让我的心跟着战栗。

我轻搂了一下 Maggie。Maggie 把头埋在我的怀里。

这个下午，我的心情像头顶的乌云一样，阴沉翻卷。

“要下雨了，咱们回去吧。”

我点了点头，准备起身。

“过几天你能和我一起去趟开普敦和花园大道吗？” Maggie 问。

“当然可以。”这个时候，Maggie 让我做什么我都会毫不犹豫地答应。

黑客反击战

文/文冠果

“在未来的时代里，只有黑客能改变这个世界的所有秩序，无论是经济秩序，还是军事秩序。”

——德国《快捷报》

我在这个圈子里小有名气，人们称我为天王。

这本来是一个独一无二的称呼，但后来这个圈子的影响越来越大，人也越来越多，一些高手也被称为天王，不过他们的天王后面总要带名字，比如说，天王肥猫。他是我唯一看得起的少数几个圈内人之一。但圈内人只称他为天王肥猫，或者肥猫，从没有简称为天王，因为圈内人都知道，也都公认为，真正的天王只有一个，那就是我。

在这个圈子中，我是个傲慢的侠客。从小我看着金庸古龙的书长大，在我小时候的梦里，除了面目不清的女人身体外，就是古树栈道，落英缤纷，铁马金戈。而我，仗剑走天涯，笑傲江湖。我时常想象我在寂静的荒山，忽明忽暗的磷光，仰望无穷星空，梦想自己是万能的圣者。

我当然没办法成为武功盖世的高手，我拼命地锻炼身体，但除了在体育课上拿 90 分外，还是没能飞檐走壁。于是我把我的梦想寄托在网络。

忘记说了，这个圈子里的人，被称为网络入侵者，简称黑客。英文是 HACKER 或者 CRACKER。当然，真正的黑客只说自己是 HACKER，他们看不起那些到处破坏攻击的 CRACKER。这是个奇妙的世界，在这个世界里，你可以随心所欲，从另一个角度来说，人能成为万能的主宰。你想象不到 0 和 1 组成的世界是如此奇妙。我也想象不到，所以，当 5 年前我第一次接触网络时，我就知道我失去了自己——我将从此迷失在现实和虚幻之间，寻找梦想中的国度。

每一个沉迷网络的人都是在寻找自己的精神家园，他们的愿望，他们的忧伤，他们的欢乐，只有在网络中才能找到，也只有在网络中才有充实。他们把网络看成自己的伴侣，他们想象冷冰冰的机器后面是如火的热情，可以把人完全吞噬的热情。

我也曾经如此投入过。当有一天我从昏睡中醒来，看见女友含着泪水的眼睛，一步步退后，打开门，然后轻轻地关上。在门即将闭上的一刹那，我分明看见了一颗晶莹的泪珠，滑过空气，滑过网络与现实的夹缝，清脆地落在房门口尘积的地板上。

然后门关上了，我再也看不到现实，再也听不到车来车往人来人去，再也闻不到女人悠悠甜甜的体香。我努力地从床上坐起，越过闪烁的屏幕和嗡嗡的蜂鸣，走到卫生间的镜子前，我看见了一个面目狰狞眼眶浮肿头发凌乱的怪物，奇怪的是，我似乎看到了怪物的头上闪烁着绚丽的光环。

那天晚上，第一次有人称我为天王。

我不知道肥猫是个什么样的人，他似乎比我还神秘。我第一次遇到他是在一所大学的系统里，我花了几分钟进入了主机，找到了几个后门，很轻易地获得了管理员的权限。那时我还只是大三的学生，我只是把网络作为消遣的手段，我从来不认为网络能让我得到性爱的高潮。我在系统里闲逛，体验着偷偷摸摸的快感，就像第一次在女朋友的家里，手忙脚乱地脱下她的衣服一样。我没有对系统做任何修改，我严格地遵守黑客第一准则：不对入侵的系统做任何破坏，除非万不得已。我顺手看了几封信，没有发现刺激的东西，正想走时，我发现了一个志同道合的人。很明显，这是一个刚入门的菜鸟。他可能是这个系统的一个普通用户，这让他有很多便利去验证刚学到的知识。他在密码文件里翻看，试图找到没有被 shadow 的密码。我注视着他的动作，考虑要不要和他打招呼。毕竟，能找到一个可以讨论问题的人不容易。而现实中，我遵守着黑客第二准则：不对任何人谈论自己是黑客，和所破解的系统。

我显然是小看了他，他很快注意到有人在记录他的动作，于是立刻掉线走了。我查了一下他的 IP，发现被隐藏了。我笑了笑，点燃一根烟。

第二次，我知道了他叫肥猫，其他我没有问。黑客的准则三：不要询问其他黑客私人问题。肥猫也只知道我叫不长叶子的树。这个名字只被叫了一年，在我大学毕业后的某一天，在谈了三年的女朋友离开的那个晚上，我被称为天王。

我知道肥猫不服气，虽然他基本上是向我学的，但他的水平，说实在话，不在我之下。也许是我的孤独，让我有一种凌驾众人之上的超越感。圈子里的人都知道，我并不经常上网，但只要一上，无论多严密的系统我都能长驱直入。我知道肥猫也可以，但也许是他太频繁的侵入，使得他失去了尊重。

我的被人尊重源于我对网络的超越，而我对网络的超越源于那一颗晶莹的眼泪。在网络与爱情失去平衡时，我选择了两者都逃避。

我知道，逃避不是永远的，但我没想到这么快，我就被卷入了一场战争。是的，战争，属于黑客的战争。

我走进办公室，一切都和往常一样，同事们坐在属于自己的小隔间里，面对着计算机紧张地忙碌。大学毕业后我就来到了深圳这家大型的 IT 企业工作，我之所以选择一个大型的公司，是因为大公司可以轻松地打发时间。我没有想过发财创业，我的热情已经奉献给了其他的爱好。我也构想过将来，和女朋友吃饭睡觉上网是唯一的内容。现在这个内容发生了一点点变化。

我坐在属于自己的小隔间。3 平方米，只少不多。有时我很惊讶一个人怎么能一整天坐在这么一个狭小的空间。我通常是从早上 8 点到晚上 9 点。计算一下就知道这个 3 平方米的空间消耗了人生命中的百分之六十。如果把睡觉的时间和床的空间加上，就可以得出一个令我吃惊的数据。人一生百分之九十五以上的时间局限在五平方米的空间。

幸好人的思想是自由的。有一个无限的空间让我们去想象。

我打开机子，一阵熟悉的嗡嗡声，还有熟悉的 WIN98 欢迎界面。我不喜欢把开机画面改变，从多年前我从 DOS3.3 第一次转到 WIN3.1，我就爱上了这个“窗口”。WIN2000 早就出来了，但我没有装。里面的漏洞太多，从我的眼光看，简直是千疮百孔。当然，另一个原因是，我的机子是公司统一购买的戴尔机，操作系统是预装的。这和两年前微软大规模查处盗版有关。我所处的大型 IT 公司，是很好的检查目标，原因很简单，公司有钱赔。

WIN98 消失，出来一个小小的绿色窗口。这是我自己编的一个小软件，用来记录我所在网络的异常情况。公司有自己的局域网，对员工的上网做了严格的限制，很多站点都不能去，尤其是免费邮箱。从保护商业机密的角度，无可厚非。虽然这对我来说不算任何障碍，但我并没有改变它。我不想在公司引人注意。公司也有不少网络高手。网络管理员小茜就是一个。我很欣赏她，作为一个非科班出身的女孩子来说，这水平很不错了。据说她去年刚毕业来公司的时候，被主任打发去做文员，完全是凭借自己的努力成为网管。

虽然我没有改变局域网的设置，但我终究还是装了一个自己写的特洛依木马，通过服务器的后门检测网络。我这么做没什么目的，只是本性使然。虽然公司研究开发的项目是国内领先的技术，有不少公司窥视，但我并非认为真会有什么网络间谍。那只是小说电影里的情节罢了。

我看了看绿色的窗口，立刻注意到一个不寻常的情况。报告显示，昨天服务器有人作为超级用户登录了，而据我所知超级用户只有两个，就是主任和小茜。小茜昨天已经出差了，主任几乎从来不登录服务器，他每天的会太多了。

会是谁呢？我想查一下，但有点犹豫。这不是我的分内事。停了片刻，我还是想看一下。查阅的结果让我吸了一口冷气。

公司向国家申报的863课题的机密资料，也就是目前国内的第三代移动通讯的一种密码算法的资料，被人下载过，而要命的是，下载的地址是公司外部。我稍微一看就知道，可以不用去查IP了，这绝对是个天王级人物，也不知道中转过多少次才登录，查也没用。

我有点兴奋。这在圈内绝对是大事件，如此近在咫尺！

我当然没想到，这看起来只是公司的商业机密被窃取的事情，到最后由于政府与政府之间的摩擦，变的完全不受控制。

我不知道该不该对主任说。很明显，我没有证据说服主任，就算能说服主任，恐怕我在这家公司也干不长久了。公司对商业机密的事情很敏感，每一个员工进公司的第一天，被灌输的就是保密。计算机的光驱和软驱都卸了。不准看的不看，不该问的不问，不该说的不说，不该传的不传。就算是一个部门，不同项目组间也严禁传阅资料。我并不是密码算法组的人，如果我说密码算法的资料被窃取了，那么今后我在领导的眼里恐怕就成了一块心病了。犹豫了很久，我决定先找小茜。

打通小茜的手机时，她正在北京。我简单地说了一下。当然不会说自己监控网络，只是说自己作为普通用户登录后觉得服务器里的文件好像有点凌乱。小茜没很在意，说明天回来后看一下。这种反应在我的意料中。我决定今晚监控一下。我知道与密码算法配套的还有一个说明文件，看起来并没有下载过。

今晚等着你，我自言自语说。

晚上我很早就回到宿舍。我一个人住一室一厅，和所有单身汉的家一样，衣服裤子袜子满地都是。宽大的双人床一年多没有睡过两个人了。没有什么家具，除了桌子和电脑。还有乱七八糟的光碟，大部分是各种工具，当然还有黄片。这是每一个单身的电脑用户所必备的。没有什么游戏碟。很奇怪，我对游戏不感兴趣。我只喜欢在网络里游荡，从一个城市到另一个城市，一个人，没有影子。是的，网络中没有影子。留下影子的不能称为黑客。

我拨号上网。公司的内部服务器只对内部局域网开放端口 21 和 23，也就是 TELENT 和 FTP 功能，有专门的对外的服务器，内外服务器之间由专门的网关相连。我先输入公司的网址，进入外部服务器，然后通过 TCP/IP 的漏洞进入内部局域网。其实公司的防火墙做得非常出色，如果我不是公司员工，要突破估计也要几个小时。只是，怎么说呢，家贼难防。

家贼难防？我忽然心里一动。对了，除了公司内部人员，有谁可以轻易地进入系统？又有谁知道公司有这么一份资料？我立刻想到了一个人。刘民。在我的印象中，计算机水平能达到黑客级的，也只有他了。更巧的是，他上个月辞职了，去了一家同行业的美资公司。那家公司和我所在的公司是竞争对手。

我守候着，这时 ICQ 的图标闪动起来。是肥猫。

忙啥呢?

瞎忙。

绿色兵团没跟你联系?

没有。

他们叫我帮忙，黑他美国佬一把。

为什么?

还不是飞机的事。

我记起来了，前几天美国的飞机在中国的领海上空，把一架中国飞机撞毁了，自己也降落在海南。现在网络上群情激昂。政府的态度也还算坚决。

我笑了笑。当然肥猫看不到，我从来不用微笑符。我就是我，网络孤独的侠者。

好好干，把老美修理一下。

没问题，不过这狗日的美国网站还真有点不好对付。我们正准备五一来一次大行动。红客联盟和飞鹰都参加。

我吃了一惊，如果这样的话，可真是黑客世界的大联手。

肥猫说了几句话就下线了。这么多年的交往了，他知道我喜欢独来独往。而我陷入了沉思。我知道我是想用网络逃避，一年了，我不知道自己是对是错，因为从来没有和人深入地交谈，我的宿舍好像已经很久没有人来过了。我似乎闻到了一个人的躯体腐烂发霉的味道。它回荡在房间，侵入到我的毛孔，透过机器的外壳渗透到我的心灵家园。

也许，我该改变一点。

沉思中，机子突然发出尖锐的鸣叫。有人进入公司内部服务器了。

我的血液开始沸腾起来。每一个要上战场的将军，他的眼里只有敌人的鲜血。他渴望听到敌人垂死的呻吟，还有扭曲的痛苦。

我对屏幕残酷地笑了。他走不了。我已经在服务器上加了下载限制，文件的速度只能是几百字节，我会有很多的时间追踪敌人的藏身之处。

我用嗅探器开始搜索。看得出来，对手完全没有防备，在等待文件下载的过程中，他悠闲地在服务器中漫步，熟练地打开一个又一个文件。我越发坚信，他是，或者曾经是一个内部人员。

快成功了，还有十秒钟，我就能知道这个太岁头上动土的家伙躲在哪里了。我轻松地靠着椅子，吹了一声口哨。

我没想到事情变化得这么快，那一瞬间我根本没有反应。作为一个天王，这是无比耻辱的事。我可笑的建立了多年的自信在几秒内完全崩溃。

因为，这个时候，我的屏幕蓝光一闪，音箱里发出一声长长的叹息，或者说，放了一个很舒服的屁，之后便完全沉静了。

我呆若木鸡。

我走进办公室的时候整个脑袋都是无数个旋转的黑洞。昨天晚上彻夜未眠，为了把我的系统恢复过来。当然我可以重新格式化，重装系统。但一个真正的黑客永远不会这样做。这意味着什么？耻辱！就像一个鲜红的十字挂在胸前，虽然除了自己没人能看见。真正可悲的是，我不会像很多人那样给自己找逃脱的借口。所以我彻夜分析检查。CMOS 没有被摧毁，硬盘的数据基本上都在，看来攻击我的病毒并不是恶意的破坏，但无论如何我就是无法重启。我狠狠咒骂着那个该死的同行，咬牙切齿地敲打着键盘。在凌晨六点多钟，终于在系统启动文件中发现了一个奇怪的不应该存在的文件路径。打开这个文件浏览后，我哭笑不得。

一个恶作剧而已。这个程序的作用是让我的系统在 24 小时内不能启动。24 小时后，该程序自动删除，系统就会恢复正常。

我咒骂着走进办公室，我昏昏沉沉的脑袋立刻感受到了不寻常的气氛。当一个人走进工作了三年的办公室，哪怕是地上多了一只蚂蚁你都会感觉到有所不同。当然这不是蚂蚁的问题。每一个同事的脸色都很不正常，可以说是面如死灰。大部分人对着计算机发呆。

我知道我错了。我错怪了昨晚的黑客同行。因为整个公司的系统全部被攻击了。每一台计算机，只要和服务器一连接，就会立刻被感染恶作剧病毒。

很明显，不是昨晚的黑客所为。如果是他的话，他只会对我的机子攻击。而现在，没有目标全盘进攻，这种病毒只能是预先放置在服务器中，在某个特定的时刻发作。黑客没有办法在连接服务器的同时就启动程序，如果那样的话，他自己的系统也会被影响。

一声巨响，门被撞开了，主任冲了进来。在我为公司工作的三年里，我从来没有见过他跑这么快，也没有见过他的脸色这么惨白。主任不过三十多，也是做技术出身，因此在他的领导下，我们其乐融融——做技术出身的领导，一般是没有办法严格起来的，当然管理上就有点混乱。

立刻就有同事上前请示怎么办。有人说要重装系统。我刚想出声反对，主任气喘吁吁，但是态度坚决地说，我已经通知了公司领导，而且叫小茜赶回来，她现在已经在飞机上，大家等等。

就这一句话，我就发现平时看不起主任，实在是错怪他了。一个领导，永远不会匆忙下结论或做一件没有把握的事。我在考虑是不是应该告诉他怎样解决这个问题。昨天找到症结所在后，我已经顺利地恢复了系统。

在等待小茜从北京赶回来的几个小时里，同事们聚集在一起热烈地讨论。平静如水的科技工作者的生活难得有点波澜。如果你是做开发的同行，你就会知道上班下班吃饭睡觉的枯燥了。除了办公室的人，你见不到任何新面孔，单身小伙子们闻不到任何女性的气息——仅有的几个女孩子，也是不敢恭维，或者说，天天见面，已经可以不必把她们当女孩看待了。男士们过着快乐孤独的生活，女士们恨恨地咬牙——兔子为什么不吃窝边草？

我估计小茜就这么想的。按道理来说小茜属于不算漂亮也不算丑的一类，这类女孩构成了这个社会的主体。只不过技术上出色的女孩总是失去了被关注的女性一面，特别是泼辣的小茜。用泼辣这个词我觉得有点对不住，但想必也没什么人反对——每一个同事都受过了她的训示："要账号？找主任签字去，找我干吗！签完了我自然会给你分配你急啥急？""要用光驱？又想拷什么黄色图片吧？装软件？服务器什么软件都有，想要什么我给你装！三级还是A级？"

得，不算丑陋的小茜在其他几位更丑的女士顺利外卖后仍旧独来独往，北方的卷舌音响彻在办公室的上空，成为一道不算迷人的风景。

胡思乱想之际，主任走了进来，拍了拍手，做了一个大家安静的手势。

各位，主任脸色凝重地说，我刚才和市安全局网络安全科联系过了，这不是一个孤立的事件，昨天夜里，市里有好几家公司受到了攻击，还有政府的网站。据说，攻击来自美国。

我知道是谁了。PoisonBox，一个激进的美国黑客组织。自从中美飞机相撞事件以来，该组织不断在网上扬言要攻击中国网站。前几天已经有几家政府网站被入侵，被修改了主页，当时看了新闻也没往心里去，没想到居然发生在我身边了。但，我心中升起一丝疑虑，这和民间的科技公司有什么关联？

我立刻想到了答案。公司的产品有一些卖到了被美国贸易制裁的国家，比如说，伊拉克的光纤骨干网。美国经常指责中国政府不顾国际禁令，支持一些大公司卖产品，其中就有我们公司的名字，当然政府和公司对外都是否认的。私下和同事交谈，都把美国骂得狗血淋头，什么玩意，在那里指手画脚，12 亿中国人民是被吓大的？

其实我本人对美国并没有什么坏感，当然也没什么好感，我最讨厌的是日本。美国毕竟还标榜着自己的民主，而日本，不折不扣就是虚伪狡诈贪婪的民族。从学校出来后，我已经没有热血沸腾的激情了，对什么事情都是无所谓，不过在一年前攻击日本的行动中还是和肥猫合作过。我懒散的态度在女朋友离开之后达到了巅峰。用肥猫前几天对我说的一句话概括：我看你现在，就算有一个女人躺在你床上，恐怕你都懒得脱她的衣服了。我记得回了一句话：如果她主动脱的话我可以考虑。

日子就像流水，永不停息，永不回头。

小茜走进办公室的态度很从容，这令我对她刮目相看。谁说的来着？真正遇到危险时，女人永远比男人镇静。

小茜打开机子开始检查，我知道她几个小时之内是不会有什么结果的，她的水平我很清楚。

五分钟之后，小茜站起来，对守候在一旁的主任说了两个字。虽然这两个字是平时听到最多上口率最高的词，但打死我也没想到这两个字可以如此轻易地说出来。

小茜说，搞定。

我再次目瞪口呆。

若干日子后，我问起小茜这个问题。当时我们全身赤裸汗水淋淋，在我那张双人床上战斗了很长一段时间。小茜在我怀里眨了半天眼睛，才从亢奋的边缘回过神来。你说这事啊，这有什么，我在飞机上想了很久了，安全局的人都告诉我是 PoisonBox 干的，他们的风格你也知道啊。

我无话可说。一个天大的误会。如果不是小茜说出那句话后在我心目中的形象急剧变高大，我就不会更加注意她，就不会发现她泼辣里温柔的女性一面，也就不会掉入陷阱了。当然，我对掉入这种陷阱没什么后悔的，甚至还有点满意。

小茜说了搞定后主任的脸色变得红润起来。他亲切地拍了拍小茜的肩膀，这通常是领导的专利，也是表示友好的手势。基本上来说，被主任拍过肩膀的人，下个月有百分之八十的可能加一级工资。小茜可能也知道这一点，因为她的脸色也跟着红润起来。也许我更乐意把这理解为女孩的羞涩。

一切恢复平静，同事们带着一点可以被称为遗憾的表情开始了工作。我理解这种表情，我也希望世界偶尔乱一下套，中规中矩的生活太久了。可惜乱套的时间太短了，才半天。

下班时，小茜走到我面前。有空吗？她不动声色地说。

我不知道她为什么找我，在我记忆中，小茜到公司的一年里我和她说过的话屈指可数。我从来不喜欢事业心这么强的女孩，何况以前的女朋友在学校被称为系花。

有空，什么事？

我们去老莫餐吧，我有点事和你说。

我带着一点好奇与奇异的感觉和她走在路上。我甚至在想，她不会是看上我了吧？不排除这种可能，在部门的光棍中我不算太差，重要的是，我看起来老实。有不少同事，泡吧喝酒出入娱乐场所是常事。在以事业为主要生活目标的深圳，没有时间去寻找另一半，对于科技人员来说更是如此。生理的需要只有靠非正常途径解决，大家心知肚明。

在餐吧里，小茜根本没有给我自以为是的想象机会。

“你昨天进入过服务器？”

我吓了一跳，我立刻想起来了。我对自己屡犯低级错误后悔不已。昨天的突然事件让我根本没有机会消除我在服务器里的登录记录！！而发生了这件事后，小茜自然会彻底清查服务器里的程序，我的后门监控软件不可避免地显形了。

如此致命的错误居然出现在天王身上！！

我想我的脸色很难看，面对着小茜不动声色的脸，我实在不知道说什么好。大家都是圈中人，骗是骗不到的。虽然空调很冷，我的额头上却出现了汗滴。

我决定装傻，顶多承认装了个监控软件，一个部门的人，在服务器上装个程序也没什么。

也许看穿了我在想什么，小茜严肃地说："主任对这件事很重视，认为有内部人员泄密，要彻底清查。"

我沉默。臭丫头想蒙我？我出道的时候你还在用小霸王呢。

万一，主任要动真的……？我对主任不感冒，主任对我也不感冒。我们这些早来公司的员工从来就没把从另一个部门调来的主任放在眼里，主任也对我们无可奈何。

正在沉思着，小茜忽然不可抑制地大笑起来。她捂着肚子，笑得花枝招展妩媚娇艳。花枝招展，妩媚娇艳，这两个形容词是我后来加上去的。当时我愣了好几分钟才反应过来。臭丫头原来是耍我的！

说是这么说，我呆了几秒钟也笑了。周围的客人看着我们忽然毫无征兆地大笑起来，都莫名其妙。

从那一刻起我对小茜有一种特别的感觉了。

我对小茜详细地说明了事件的经过。我没有告诉她我在黑客世界里的显赫身份，我只是说，我通过那个后门监控软件查到了有人侵入服务器，于是我回去后继续追踪，就要查到对方的 IP 时忽然发生了系统崩溃的事。

小茜很用心地听着，她的睫毛一颤一颤让我时不时想入非非。我对自己很失望，也许真是很久没有接触女人了，对女人的品位越来越低了？

小茜不会想到我在想什么，要知道的话她说不定会把眼前的热茶泼到我脸上。我只是推测，后来证明我的推测比较正确。因为若干日子后我和她正在亲热时，一不小心说出了现在的想法，小茜很不客气地一脚把我从床上踹了下去。

“你认为是刘民吗？”小茜说。

“很有可能。”

“我们需要合作，找出那个窃取资料的人。”

我注意她并没有说刘民的名字。

我想不出有什么必要和一个女孩合作，但我也想不出在这种情况下如何才能拒绝她的合作请求。我只能说，“没问题，还请你多指点。”

看起来小茜很受用这句话。从一个女孩的表情可以看出她的喜怒哀乐的话，说明这是个纯洁的女孩，当然也能说肤浅。我相信是纯洁。

小茜的宿舍很近，我建议去她那里。我不想带她到我的狗窝，我在公司的形象一直是整洁斯文。何况，我的机子里有很多儿童不宜的东西，我相信小茜看到之后会脸红的。也许，还因为我的桌面是前任女友的照片。从她离开后，我保留一切东西，什么都没改变。这是否意味着我想挽回过去和逃避现实？

小茜犹豫了一会儿同意了我的建议，我把这犹豫理解为女孩的矜持。到了小茜的宿舍后我知道错了。

这纯粹是另一个狗窝，我目瞪口呆地看着小茜收拾着四处散乱的东西，花花绿绿的女性用品让我大开眼界。

“看什么看!!”小茜没好气地说。

我说没看，谁想看这，又不是没看过。

“我看你的眼睛瞪得比牛还大!”

我懒得和她吵，和一个正在气急败坏的女人吵是最愚蠢的事情。好在小茜很快就将一堆的内衣扔到衣柜里去了，并且打开了计算机。

“你相信那个窃贼今天还会来吗？”

“我觉得他会来。”

“为什么？”

“不为什么，直觉。”

又是直觉，女人的直觉啊！我无话可说。

事实证明女人的直觉不一定正确。我和小茜守候了几个小时仍没有等到窃贼的出现。我和小茜都使用了窃贼这个词，含着对黑客世界里败类的蔑称。

我强打着精神。我可是昨晚整夜未眠。到了十一点，我说要回去了。为了一个女人可笑的直觉，我可不想奉陪。

看得出，小茜是准备耗上了，从她送我出门时那兴致高昂的表情就能看出来。我想起了肥猫，如果他在的话，应该是个很好的帮手。

“走啦，还想什么？”小茜不耐烦地说。她巴不得赶快回到机子前吧。

我说，没想什么。

我转身离开。

走下了楼，我抬头看了看小茜的窗户。寂静的黑夜中，一点昏黄的灯光透出，一个模糊的影子晃动着。我呆立了片刻，终于走了。

回到宿舍后我照例打开机子，收到了肥猫的留言。他告诉我美国黑客组织 PoisonBox 的行动升级了，已经开始大肆攻击中国网站，并由政府网站扩散到民间网站。他知道我在一家大公司上班，因此警告我要小心防范。他当然不知道我的公司已经被攻击了。我们一直严格遵守着黑客第三准则。他除了知道我是在一家大公司上班外其他一无所知，甚至连我在深圳都不知道。而我，除了想象他是一个肥佬或者养着一只懒散的肥猫外，也是一无所知。这也许构成了我们能长久交往下去的前提。

肥猫最后还说，由于美国黑客的行动升级，中国的黑客组织决定组织大规模反击。一个中国红客联盟、中华黑客联盟和中国飞鹰组织为发起人的临时指挥部已经成立。作为逍遥派的杰出代表之一，肥猫被邀请为其中的一员。

我们将在最近举行一次协调大会，部署五一大反攻的计划，肥猫说。

我知道肥猫想叫我参加，否则他不会告诉我这么多机密。我不知道怎么办。我痛恨自以为是指手画脚的美国，但我实在太累了。

网络与现实之门开开合合，有时我分不清我到底是在虚拟世界，还是在现实世界。也许唯一真实的，是我桌面的那张照片，还有很久很久以前流下的晶莹的眼泪。

从那时起，我告诉自己，要远离网络。

我在思索中睡着了。我做了一个梦，梦里有一个女人在晃动，有点熟悉，但看不清脸。背景是无数色彩绚丽的数字，迎面飞驶而来，让我有一种晕眩的感觉。我陶醉在这种晕眩的感觉里，就像喝了一杯陈酿的酒。

我精神抖擞地走进办公室。一进门就看到小茜无精打采地趴在桌上。我知道这个直觉的女孩白辛苦了一晚上。我上前问候了一句，小茜恨恨地说，“我就不信他不出现，今天晚上我们再等着。”

我注意到她很自然地用了一个词：我们。我张嘴想说，我可没同意和你一起。但我张了张嘴，终于没有反对。

这是个好机会。有一个女人总比没有强，说不定，晚上还能发生一点故事。

我不是小人，但也不是君子。我就是抱着这种龌龊的思想再次来到小茜的房间。

明亮，整洁，温馨。

我傻傻地看着这个和昨天截然不同的房间，半天没想明白。看来女人是善于创造奇迹的。

小茜红着脸说，“你坐，你坐。”

我浑身不舒服。我宁愿是在昨天那狗窝里，没有什么男女的区别，那样我会更自然一点。在这个突然女性化的地方，我无所适从。

我紧张地坐在计算机旁，我闻到了小茜的香水味。在我印象中小茜从来没有洒过香水。

看来今天又是一个不寻常的夜晚。

小茜表情很奇特地看着我。我专心致志地看着屏幕，目不转睛。

“我想和你说件事，”小茜说。

我的心一阵急跳。在这种情况下，一个女孩用一种很犹豫很羞涩的口气对我说，“我想和你说件事!!!”

我装做很平静地说，“什么事？”

“其实，昨天你走后，我并没有监控那个网络窃贼，我花了几个小时把屋子里彻底打扫了一遍。”

我哦了一声，没有说话。在这种情况下，不做任何反应是最正确的选择。

但我没想到，小茜要说的话如此令我吃惊。

“因为我知道，我是抓不到那个网络窃贼的。”

我又哦了一声，我还没反应过来。

因为，我就是那个下载文件的人。

也许是太吃惊了，我的脑袋一片空白。

小茜很同情地望着我，就像看一条快死的鱼。

“从外地下载保密资料的文件，实际上就是一个局。由主任布置下来的。”

为什么？我发现我的喉咙有点发干。

“因为我很早就发现了你装的那个监控软件，但我不知道是谁装的，于是我向主任做了汇报。主任和我商量了一下，认为事关重大，决定设一个局，把这个人引出来。”

我有气无力地说，“那你为什么告诉我？这不正好，人赃并获。还等啥，通知公安局啊，安全局也行。要不要现在就把我绑起来？”

“我为什么要通知公安局？”小茜吃惊地睁大眼睛。“一开始我以为有商业间谍呢，所以才向主任汇报的。现在真相大白了，你只不过是为了公司的利益而已，我还应该感谢你呢，让我省了好多事。”

我傻乎乎地听着。这几天我经历的事情太多了，老是出乎我的意料，这让我的思维有点迟钝。我这个可笑可怜可悲的天王啊，被人玩弄于股掌之间都不自知。我决定，以后谁再叫我天王我和谁急！

我反应过来后，忽然想到一件事。我说，“你昨天就知道是我做的了，为什么不告诉我？”

我说这话的时候带着明显的气愤的语气。我在想，这他妈的不是玩我吗？

小茜的脸色阴晴不定,也不知道在想什么。我想她是不是在找什么借口?不管你找什么理由我也决定摔门就走了。

“你以为，我昨天花了几个小时收拾房间，是为了什么？”

“为，为了什么？”我忽然之间又不会说话了。

小茜直瞪瞪地看着我，不说话。

我也不说话。房间的气氛很微妙。似乎在发生一种奇妙的变化——由原来的尴尬僵持，变得暧昧起来。

这是很要人命的变化。我决定不走了。看谁先出声！这么做确实有点有失君子风度，但管不了那么多了。

“你可以走了。”小茜忽然说，我看到她的眼眶有点红。

我愣了片刻。站了起来。靠，走就走，谁怕谁啊。

在我站起来的一瞬间，小茜转过身去了。我没理她，走到了门口。把手放到门把上。我觉得那门把似乎有千斤重。我的手有点颤抖，我知道门开后，将会是一个世界，一个我所熟悉的旧世界。我在那个世界里寂寞孤独地行走了一年多。

我该走出去吗?

我决定回头和小茜说声再见。我要保持风度。

回过头，发现小茜趴在桌上，肩头在颤动。我张了张嘴，发现说不出一句话来。

小茜，一个普通，好强，不美丽的女孩，这和我的理想差太远了。她的皮肤不光滑，她的个子不高挑，她的声音不甜美。

可我为什么还站在这里?

一年前，我曾经放弃过那一滴晶莹的眼泪。我把它作为我过去岁月的墓志铭。我时刻在想，如果那一刻我追出去了，那我的现在将是另一个样子。

但我没有，所以我只能在这里犹豫着。我不知道爱情是什么，也许，爱情就是感动和心乱如麻?

我走了回去，把手放在小茜的肩上。不管怎么说，我已经错过了一次，我不想再次错过。

小茜的肩头逐渐停止了颤动。我们就这样一动不动。时间在这一刻似乎凝固。我知道我要做什么了。

在这一段时间里，我不再对世界冷淡了，我久违的充实感又回到了心中。一种温暖的感觉将我包围，点点滴滴渗透我的全身，每一个细胞。

我从背后将小茜抱住。我感觉小茜的身体忽然僵硬了，然后点点滴滴融化，最后，她全身乏力地躺倒在我怀里。

我们这么坐着。很久。

回到宿舍，我打开机子。我发现肥猫并没有打开 ICQ。我破天荒地按下写消息按钮，弹出一个小窗口。我敲打着键盘，写了三个字——我参加!!

让该死的美帝国主义尝尝无产阶级铁拳的厉害!!!!

肥猫很快上了线。他告诉我说，正在和几个负责人开会，协调五一反击的事情。我的消息转到了他的手机上，所以他临时出来了。在他的带领下，我也进入了一个网站的秘密聊天室。这里云集着中国黑客界的精英。我发现了很多大名鼎鼎的人物，当然我也是其中之一。当我进聊天室时，受到了热烈的掌声欢迎。

由于美国政府已经觉察到了五一的这次行动，因此他们决定提前防范，在五一那天将白宫、五角大楼、中央情报局、美国联邦调查局、美国航空航天局、美国国会、纽约时报等重要的网站安全保密级别提高，由允许普通用户访问改为只允许权限用户访问，因此，临时指挥部决定提前一天发动进攻，也就是三天后的四月三十号，开始第六次网络卫国战争。之所以称为第六次，是有前几次的台湾民进党上台后进攻台湾网站、日本攻击战，南斯拉夫中国使馆被炸引发的攻击战等等。

临时指挥部决定分为几个小组进行攻击。三大黑客组织的负责人，肥猫、我，以及其他几个天王级人物，分别为小组负责人，下设高手级和新手级。由高手级带领新手级进攻一般性的网站，由天王级负责对重要网站的进攻，并负责协调组员。攻击方式将主要采用拒绝服务式登录方式，也称潮水登录，也就是说，在同一个时间，向同一个 IP 地址发送大量的数据，将导致网络的严重阻塞!

毫无疑问，这是最大的一次黑客反击战!

我从没有感受如此的激动。也许，当一个人融入到一个伟大民族中时，能为这个民族做出一点哪怕是微薄的贡献时，也是自豪的!!

我期待着。

我根本没有预想到一场危险正在靠近，它足以把我摧毁。

期待是一种美丽，也是一种痛苦。我在心神恍惚中度过了一天，幸好主任看起来也有点心神不宁，可能还没从昨天的打击中恢复过来。所以我用来打发时间的最好办法就是看小茜。我颇有兴趣地观察着这个我以前没有注意过的女孩。小茜很严肃地在办公室进进出出，我看得出来她时不时会脸红一下。也许是我的错觉。我在考虑要不要把小茜吸收进五一的战役中来。

在我为公司工作的三年里，我第一次觉得，公司除了工资和奖金外，还有值得我关注的东西。

但我没有机会和小茜说这些。下班后我走出办公室，下楼，我想在路口等她。我不想在公司张扬。

有几个陌生人坐在一楼的会客厅里。套用古龙的话来说，这几个人无论坐在哪里，都是最不起眼的。他们就和你在街上遇到的成千上万人一样普通，可是，千万人中只要有他们在，你就会立刻注意到他们。

我从来没有什么直觉，也不相信什么直觉，我对古大侠的话不屑一顾。可在大厅的来来往往的人中，我一眼就看到了坐在大厅一角的沙发上的这几个人。这几个人让我觉得有一种危险的感觉——就像老鼠闻到了猫的气味。

在看到我的同时，他们站了起来。很沉稳地朝我走了过来。我有些紧张，我不知道发生了什么。

你好，天王。其中一个领头的中年人对我说。

我吃了一惊。在几秒的时间里，我大脑一片空白。

也许看出了我的惊讶，中年人笑了笑，说："先自我介绍，我叫杨成，市安全局网络安全科的。"

如果一个黑客遇到网络警察，最好的办法就是闭上嘴。没有充分的证据他们根本就不可能来找你。

"别紧张，我们只是想找你谈谈。请和我来好吗？"

杨成说话很客气，却带着不容拒绝的表情。我注意到旁边已经有同事看着我们。我只有和他们走出门。门口停着一辆小轿车，是警车牌照。

在我坐进车的那一刻，我看到小茜从门口出来，她也看到了我。可惜我没有时间和她说话，就被推上了车。

在车开的瞬间，我看到小茜在后面追跑了几步，然后车帘被拉上了，我陷入了阴暗之中。

在一间小会客室里，我和杨成面对面坐着。杨成没有说话，我也没有说话。我看过不少推理小说，我知道警察一般都会在审问之前沉默很久，让罪犯先胡思乱想，然后自己崩溃。

但我不会。我相信自己并没有做什么坏事。就算是入侵过计算机的系统，我也没做什么破坏。我一直遵守着黑客第一准则。

在我意料之中，杨成先开口了。

“我们请你来，是想和你谈一谈。这不是审问，只是私下的交谈，如果你想走的话，我可以马上安排车。”

我在心里笑了一下。把我当傻瓜了？不过我听到这话，心里也稍微安定了一点。

“我知道你们正在策划一个五一攻击战。我想了解一下具体情况。”

我不吭声。政府知道这件事我并不感到意外，网络本就没有任何秘密。我只是奇怪，他们怎么会找到我的。要知道，和肥猫这一类人比起来，我入侵系统的次数并不太多。

奸细？我脑袋中忽然冒出了一个词。我出了一身冷汗。

“你们是怎么找到我的？”

杨成笑了笑，说:“在党的领导下，在广大人民群众的积极配合下，不要说找个人，就算是找只蚂蚁也没问题。”

我暗暗地骂了一句，“老狐狸!”

也许是怜悯，杨成叹了口气，说:“你们这些小毛孩啊，不知天高地厚，学到一点网络知识，下载几个木马或密码字典之类的黑客工具就以为自己是黑客了。我们是干嘛吃的?我们每天就坐在计算机面前分析黑客工具，追踪病毒行踪。我们科里哪个人拿出去不算一个天王?不要说你，稍微有点名气的黑客，什么肥猫啊、飞鹰啊，不都在我们的控制之下?”

“你们每天上几次厕所我都一清二楚。”杨成最后下结论似地说。

我目瞪口呆地听着。

我伟大的祖国啊，强大的人民民主专政啊!我还能说什么?

“那，那，你们为什么不阻止我们?”我半天才挤出一句话。

杨成笑了笑，说:“因为你们没有破坏，你们是真正的黑客，不是破坏者。只要你们一旦违反了网络安全法，我就会毫不客气地把你们抓起来。其实，只要你们未经许可进入他人的系统，就算不做破坏，也已经违法了，我只不过不想这么做而已。”

“我也年轻过，也希望过啊!”杨成的眼神掠过一丝惆怅。

我傻傻地听着，像听故事一样。

“算了，我看你也不会透露五一计划的详情。你不愿说，我们也不勉强，反正我们也知道得差不多了。你可以走了。”

我呆呆地站起来。我不知道回去怎么办。是告诉肥猫他们，还是退出五一反击战?

也许是看出了我的想法，杨成在送我出门时，似乎很随意地说了一句：“其实，美国这次做得太过分了，适当给他们一点教训也是应该的。我想，政府也会原谅你们的。有张盘，你拿回去看看。”

我在车上才把这话回味过来。我看了看手上的磁盘。我已经猜到里面是什么了。

果然，当我回到宿舍后，打开磁盘，我看到了一个威力巨大的攻击软件。不同于蠕虫，不同于邮件炸弹，这是一个做得精致甚至可以说是完美的程序。它可以截取远程系统的序列号。要知道，每一个用户请求登录时，系统会对登录名和密码进行确认，这一切都是经过数据链路层进行的。一般的黑客工具都是试图截取数据链路层的数据以获得权限。可这个程序，可以通过物理层的特性来取得权限!!

我几乎是嫉妒地看着这个软件，我宁愿用全部的积蓄换取它的源代码!

我恨恨地骂了一句。因为，这个软件的有效期是五月七号。我想都没想到要破解有效期，我有一堆的将试用版转为完全版的软件，可我根本就不用去试。

能写出这样的程序的人，你就别指望能破解。

我不是轻易被打击的人，可我的确很佩服他。我不知道是不是杨成写的，不管是谁，我都感到了自己的浅薄无知。我曾经在井底望着天，现在想起来，有太多的东西值得我去学。我知道中国的黑客水平，我算顶尖高手了，却也是拿着老外写的工具去攻击老外。就算偶尔自己写了一两个程序，也顶多是做做小修改，从来没有从系统的角度改善它。我真有点怀疑这次的攻击行动能有什么意义了。靠人海战术让老美的网站瘫痪几个小时有意义吗？是显示中国人民的技术实力，还是显示中国有十二亿人？

我长久地思索着。

电话响了，我抓起电话，是小茜。

“你怎么把手机关了？知不知道我找你找得好辛苦!!”

小茜的声音似乎有点快哭出来了。我记起来了，在车上我被要求把手机关上。一回来我就忙着看程序去了。

我有点愧疚地说：“对不起，让你着急了。”

“我看你被几个人带上了一辆警车牌照的车，出什么事了？”

“没事，没事，这不已经回来了吗。”

我不想告诉小茜这件事，一是不想让她为我着急，二也是觉得女孩的口风不紧，说不定过几天全公司都知道我的底细了。

“我过来看你。”小茜在话筒那边说。

“不用了不用了。”我急忙说。我还要花点时间研究一下那个程序，另外也要和肥猫通个气。

“真不用了？”

“真不用了，我挺累的，想早点休息。”

“那，好吧。”

小茜挂断了，我听出来，她似乎很失望。我把话筒拿在手上，半天也没放下。

我也很失望。真希望小茜能坚持一下。

虚伪的男人啊!

我无精打采地走进办公室。昨天晚上等了很久都没有等到肥猫，这让我很惊讶。在我的印象中，这是很少出现的情况。按肥猫自己的话来说，一天让他不上网，比杀了他还难受。

早知还不如把小茜叫来，我想入非非。

迎面而来的小茜和我打了个招呼，我向她笑了笑。小茜仔细地看了看我，发现我身上没有被警察虐待的痕迹，放心地走了过去。我感觉她有意无意地撞了一下我的肩。我对此很受用。

主任匆匆地走出去。我看到他慌张的神色。就算是前几天公司系统被黑也没见他这么慌张过。我心里一动。跟着他走了出去。

在一楼的大厅里，我看到主任和几个人正在交谈着。而那几个人里，赫然站着杨成！

我的脑袋里闪过一个词——奸细！！

难怪，难怪，我自言自语。我都说不出我现在的心情了，没有一点愤怒，只是平静。我看着主任和杨成一起，走出大厅，上了那辆黑色小轿车。

我木木地站着。我的愤怒开始一点一滴回来，凝聚成火焰。

等着瞧！！我咬着牙。

主任一个小时后就回来了。他进门我就拦住他。主任吃惊地望着，我看出他的脸色很不好，几乎是雪白的。我认为这是心虚的表现。我说，我要和你谈谈。我虽然抑制怒气，但傻子都能听出我的口气不善。主任盯着我看了好一会，似乎不明白我的意思。

最终我和主任面对面坐在主任的小办公室里。

“有什么话快说吧。”主任似乎很不耐烦。

“你是怎么知道的？”我说。

“什么？”主任没听明白。

“我是说，你怎么知道我是天王？”

我看出主任的嘴突然张得很大，他盯着我看，好像不认识一样。

“你说，哪个天王？”

我的怒火越来越盛，居然还在装模作样！

“除了网络里的黑客天王，还有谁？”我竭力让自己冷静下来，说。

主任长久地看着我，然后说了一句让我无法冷静下来的话。

“我不知道你是天王。”

你和杨成的说话我都看到了，还想骗我？我四处找杯子或烟灰缸一类的硬物。

“杨成来找我谈话，因为，”主任长长地吸了口气。

“因为，我是肥猫。”

一个天大的笑话，我的耳边一片轰鸣，只看到主任的嘴唇在动，听不清说什么。

我想过会和肥猫见面，但打死我也想不到在这种情况下。

这是一个奇妙的社会。人和人之间的关系微妙、复杂、单纯。

我不了解主任就像我不了解大街上的一个陌生人。我了解肥猫就像我了解我自己。我知道肥猫的喜怒哀乐，就像知道自己一个人在夜晚关机之前那种似乎失去一切的悲哀。看着屏幕的一闪，陷入死寂，我的心便也空荡起来。然后我只有在黑暗中，让自己尽快睡去。睡去不是为了本能，而是我们明天不得不工作。

肥猫和我讨论这个话题时，我和他都有一种世界末日似的感觉。

我看着眼前的主任。白白胖胖，肚子发福，带着习惯的微笑，有点浮肿的眼睛。此刻，他的微笑有点凝固，变得很怪异。你可以想象当一个人笑容出来了一半是什么表情。浮肿的眼睛是夜生活的象征，这和我是一致的。除此之外，我在主任身上找不到任何我在网络中所熟悉的特征。

我和主任就这么面对面坐着。若干时间后，我起身，走出房间。

我实在没法说什么。房门关闭时，我眼角的余光看到主任重重地往椅子上一靠，似乎失去了全身力量。

我和小茜在小区的花园中行走。傍晚的太阳有一种灿烂的炫目，两人无语。我想我越来越欣赏小茜了。一个真正的女人应该在他身边的男人重重心思时，陪着他静静地走一走。我不喜欢自作聪明说得太多的女孩。

“你觉得主任怎样？”我忽然问了一句。

小茜好像早就知道我要问这一句。也许是我早上从主任房间出来时就看到我的表情怪异了。

“在这个社会上，人都在保护自己，都在隐藏自己。”小茜似乎在自言自语，这不是一种错误，只是一种本能，就像动物的保护色。我们没有方法指责，尤其是女孩。小茜别有深意地看了我一眼：“你太追求完美了，你不再改变的话，注定是遗憾中在孤独地生存。”

“现在不是在校园中了。”小茜说。

我重复了一句——不是在校园中了。

一种久违的感动出现在心底。不是为了那句话，而是为了有这么一个人对我说出了那句话。

我对小茜说：“我知道。”

我本来就知道。但有人以朋友的身份，以一种温暖的语气说出这句话，我不免对这个社会产生了一点信心。

我对小茜说：“今晚，去我那里，好吗？”

小茜好像会错意了，红着脸说：“我才不去了，才几天，就想……”

我笑了。我用一种很温柔的口气说，今晚你一定要去。

剩下的一句话我没有说。今晚是确定明天总攻的最后一次战前讨论会。我宁愿让小茜红着脸想偏了。

这让我有一种大战前的紧张与刺激。

看到桌面出现的一个美丽女孩的照片，小茜的脸色很不好看。我也没指望她兴高采烈。让我惊讶的是，小茜没有问我这个女孩是谁，我还希望她能问一下，我可以告诉她我以前的情感。那个世界已经封闭很久，是需要人进去打扫一下的时候了。

我在聊天室的登录名中敲入不长叶子的树。小茜张大着嘴看着我，作为一个网络中的自由者，当然知道这个名字代表什么意思。

是的，代表天王。

如果说，以前的天王是一个消极面对的人，那从现在起，我逃出了给自己设下的牢狱。我知道，当我再往镜子中看时，我将不再看到面目狰狞。我会看到平和、宁静、充满希望和斗志的我。

也许，是因为小茜的存在，或者准确地说，是因为偶然的机会让小茜进入了我的生活。

人基本上都在，包括肥猫。我和往常一样先和肥猫打招呼，他也和往常一样和我打招呼。我忽然觉得上午的一切似乎都没有发生过。那种熟悉亲切的感觉又回到了我身上。我相信肥猫也是如此。如果他不和我一样，那我也就不会和他交往这么多年了。

红客的领袖作为临时指挥中心的牵头人，先发表了讲话。我们就称他为 RED 吧。黑客联盟的组织者——BLACK、飞鹰——EAGLE。RED 的口气中带有一丝沉重和不安，但愿只是我的感觉。如果我和肥猫在政府的监控下，他能例外吗?

谁也不知道 RED 是谁，在中国的网络中，这是一个神秘的名字——似乎在网络诞生的那一刻起，这个名字就已经存在，而且将永远成为网络史中的一个传奇。就像中国大多数黑客在入门时看着台湾软体蛀虫的教材一样。

RED 告诉我们，不要在美国人的网页上留下过于激进的话。这立刻遭到了 EAGLE 的反对。EAGLE 对美国，对日本，对印度等等非友好国家的态度从来就是一句话——灭了这帮狗日的！用政治术语来说，属于左派。

“我要在美国情报局的网页留下几个字：I WILL KILL ALL AMERICANS!”

EAGLE 敲出一个愤怒的符号。在上一次的会议中，将美国情报局分配给了他。

这不代表任何意义！RED说。

至少代表了中国还有一群有血性的男人！

我看着两人的争吵。作为独来独往的逍遥派，我不好说话，虽然我比较赞成RED，但存在的总是合理的。

小西默默地看着，我惊讶她的态度。我想起了平时风风火火的她。我说，“他们总是这样，知道吗，一山不容二虎。”

其实这是鸽派和鹰派之争。这话我没说，女孩一般不关心政治，我也只想和女孩讨论生活。

我对小茜说，我们出去走走。

我希望在战前能轻松一下。他们的争吵我已经习惯了。吵到最后一般是以EAGLE的妥协告终。肥猫告诉过我，一旦做出决议后，EAGLE不会再说什么。用一句话来解释，这是人民内部矛盾。

这是一个温暖的夜晚，夜晚中有一只温暖的手，还有分布在九百六十万平方公里的一起奋斗的人。有争吵，也有欢笑，有共同的信念，有共同的敌人。

不知从什么时候起，我开始恐惧死亡。我记得在我很小的时候，我想到死亡就像面临着无边无际的黑暗。在青春发育的那几年里，对死亡的恐惧和对女人的向往同时左右着我的身体。我清晰地记得家后面的小山。那里堆砌着坟墓，豪华气派的，落魄凋零的。我时常可以看到腐烂的木材，倾倒的石碑，残破的瓦罐。为了克服对死亡的恐惧，我每天早上跑到山坡上。那里有一座气派的水泥墓。我坐在台阶前，大声朗读着英语。不知道是不是我的训练起了作用，在高中毕业后，我已经忘记了什么叫死亡。

然而，此刻，这种恐惧又回到了我的身上。当我面对着黑色的屏幕，我竟然没有勇气打开它。我怔怔地看着表。还有一个小时，攻击就要开始了，而我，却在颤抖。是害怕？是激动？

我忽然怀念没有网络的生活。没有网络的生活中，充满了朋友愤世嫉俗的指责，充满了瓶瓶罐罐的撞击，清脆响彻在大学校园的操场上。

我仍清晰地记得老师的声音："我们现在要讲的 DOS 操作系统，估计就要被淘汰。微软公司最近推出了一种叫 WINDOWS 的窗口式操作系统……"

我在声音的回荡中，按下了 POWER 键。

我无法确定死亡和我目前的行动有什么内在的联系，有时候我会在毫不相干的物体间联想。我穿越物体空间，就像穿越时空。

恍惚之中，无数闪烁的星星飞过，无数的数字在变换，扭曲，伸缩。我就像星孩中的大卫，知道自己要回到出生的地方。

一切静止了。我站在美国的自由女神的火炬下。上面写着：欢迎一切渴望自由的人。这里是你们的家。

我说，这里不是我们的家。我们的文化不需要侵略。

我相信这个世界终将统一，这个地球终将没有战争，没有冲突。但不是现在。

现在，我们要用自己的方式维护我们的民族尊严。

这是一个坚固的城堡。我先连接到德国柏林大学的校园网，然后转登到韩国，再转到俄罗斯，最后来到了五角大楼和航空航天局门前。这两个该死的系统连个账号都不给我。我为这两个系统编写了两个不同的密码档。在为五角大楼的密码档中，包括了所有我能查阅到的美国军人的名字：巴顿，艾森豪威尔，鲍威尔……我把他们的名字正着敲，反着敲，加上一个美国人对名字的昵称，加上他们的生日，他们的入伍日期，加上五角大楼的建成日期，加上美国建国年份，加上国庆日。在 NASA 的密码档中，则是所有宇航员的名字和历次飞船升空的日期。我满脸仇恨，眼眶布满血丝，孜孜不倦地守候在机子前。看着进度缓慢地增加。三个小时过去了，我已经攻破了好几个一般的网站，可这两个系统的破解进度已经百分之五十，仍然没有猜对一个账号和密码。

已经传来消息，白宫网站被潮水般登录的中国人堵塞了。系统已经关闭。十分钟后开启，又再次堵塞，于是再次关闭。

这不算什么胜利，没有侵入到内部。倒是飞鹰已经侵入了中央情报局，在主页上留下了一面红旗和中国失踪飞行员的照片。正如肥猫所说的，他没有留下过激的话。

RED 也已经进入了时代周刊和纽约时报的网站，贴了一篇中国黑客声明。

我狠狠地砸了一下显示器。显示器闪烁了一下，不动声色地继续运行。

我准备向 RED 求助。这不是什么羞耻的事。入侵系统只有靠猜密码，有时试几次就出来了，有时好几天。我曾经试过一个星期才找到账号和密码的。当然那时处在摸索阶段。后来总结出来了一点规律——对军事网站的账号，就不用去试什么 SU、ROOT、SYSTEM 等等，根本没用。对一般的网站，用这些账号十拿九稳。我就入侵过账号是 ROOT，密码是 123456 的系统。

忽然之间机子发出伍佰的歌声——那里湖面总是澄清，那里空气充满宁静……

那里当然没有澄清的湖面，也没有宁静的空气。我喜欢这首歌，因为对我来说，一个系统的内部就是一片挪威的森林！

是五角大楼！我进去了！我看了一下账号，吃惊地发现是 CHINARUSSIA，密码是 STARWAR。真是侥幸。我把与美国不友好的国家名字和与战争相关的词输入，让他们自由组合测试。看来五角大楼的程序员们也患了一个通常的致命错误——用单词作为密码。甚至连大小写都不分。

我怀着复杂的心情，开始了五角大楼内部的搜寻工作。看来，这个账号的主人权限不小，可以修改或创建用户组。其实我也该知道的，权限大的人，除了系统管理员，一般都是官僚。越是官僚就越没有保密本能。

我轻松地打开 VI，运行我编写的解密码 SHADOW 的程序。接下来的事情就顺理成章了。我在主页上放了一幅漫画：布什拿着导弹发射器，对着地球说，我要给你民主。

我讨厌强加的民主。

NASA 的系统仍没有攻破。我决定把密码文件修改一下。漫长的假期，要做的工作多了。

我在荒原行走，饥渴。天上的九个太阳温柔地抚摩我干涸的肌肤。我把鲜血涂抹在身上，我感到一丝清凉，我知道这是死亡前的清凉，但我无法抗拒。我在手腕上割出一道深深的口子，让涌出的鲜血流进我的嘴里。我的牙齿越来越长，我的头发也越来越长，我发现我变成了狼，一头在荒原上独自行走的狼。

我仰天长啸，声音凄厉地穿过干燥的空气，壮烈地冲向太阳。

有一只猫怜悯地看着我，用历经沧桑的眼睛。我从它的眼里读到了它的过去，它前几次生命的历程。我问它："你现在是第几命了？"猫说："第九命了。"

我说："于是你隐藏起来，把你锋利的爪子折断，把你的爱恨喜怒放在心里。你的身体越来越肥，你终于成功地修道，变成了一只肥猫。"

猫说："你还有其他的办法吗？"它的身体颤动，悲哀。

我无言以答。

是啊，我们还有别的路走吗?

"看看天上的太阳吧，"猫说，"有时我向往那里，我知道在那里我将没有任何躯体，也许我还到不了那里，但我仍然渴望着。"

"我渴望轰轰烈烈的过程。"猫悲哀地说，"但我只能是渴望。"

从黄土上散发出的热浪让我的眼睛一片模糊。我说："我连渴望都没有。"

"有时这是一种幸福。"猫说，"知道吗，悲观的人总是看到红灯，乐观的人总是看到绿灯，在我的眼里，真正开心的人是色盲。"

我和这只肥胖的猫面对面坐着，我发现自己的身体逐渐变胖。我恐惧。肥胖的猫可以在人群中生活，肥胖的狼却将在自然中灭亡。

但我无法阻止，我看着自己的身体像气球一样膨胀，我的皮肤逐渐变薄，变透明，我可以清晰地看到里面的血肉。千万条血管欢快地奔腾，为即将冲出牢狱而欢呼雀跃。

我的身体在一声巨响中粉碎，块块的碎片、毛发，混合着血水，滴落在干裂的土地上。

我在此时醒来。我觉得后面会发生一些变化，也许有乌云，有暴雨，有彩虹。可是我醒来了。我茫然地看着手机上的时间显示。我不再想梦中有什么。我只想到，中午吃什么呢?

我拿起快餐店的菜单，拨了几个号码，门铃响了。我放下电话，拿起门上的对讲机。

一个声音说，起来了？我说，起来了。那个声音说，吃过饭了吗？我说，正打算叫快餐呢。那个声音说，我给你带了，开门吧。

我按下开门按钮，我想起这个声音是小茜的。想起这一点费了我很大的努力。以至于我在吃着鸡腿时有点惭愧。

幸好小茜不知道。她坐在一旁，专心致志地看着我吃，眼睛眨啊眨，让我觉得鸡腿里是不是放了香水。否则为什么我的嘴里我的气息里都是小茜身上淡淡的清香?

吃完了，我发现自己的思维正常了。看来熬夜和饥饿很容易让人的精神出现问题。在我考虑吃饱了后要做点什么的时候，古人已经替我安排好了。

饱暖思淫欲。

这是我第一次吻小茜。我觉得我的唇干燥，就像梦里的荒野。小茜的唇湿润，一点一滴滋润着我。我就像久旱的植物，用我所有的根系贪婪地吸取大地的甘露。我闭上眼睛，黑暗中宁静温馨潮水般涌来，我在潮水中呼吸，自由。

我感到了我身体的活力，我在小茜温暖的气息中感受到了一种称为幸福的感觉。

还有渴望。

我不知道现在的渴望和梦中的渴望有什么相同之处。人都是在极度的情绪中渴望。渴望朋友，渴望爱情，渴望充实，渴望快乐。

我的手指在小茜的身体上滑行。小茜在颤动。我没有体会到拒绝，只有羞涩。

我忽然觉得悲哀。我的羞涩在哪里，在许多年前的记忆里?

在光滑的背上，我的手停滞下来。我不知道我在想什么。我只知道我的心中一片空白。小茜一动不动地伏在我怀里。我知道她在想什么。

你有没有体会过，忘记自己的时候看到了对方的内心世界?

电话尖锐地响起。实际上，电话铃很悦耳。我不知道是气愤还是解脱，拿起了电话。

杨成的声音。

“恭喜，”他说，“昨天你们攻破了 231 个美国网站。其中 190 个是拒绝访问式，30 个是链接错误式，11 个是侵入修改式。231 个中，防范级为 C 的有 210 个，为 B 的有 15 个，为 A 的有 6 个。你占据 A 中的一席，所以祝贺你。”

停了停，他说，“中国的网站有 25 个被攻破。全是侵入修改。防范等级为 A 的有 5 个，为 B 的有 20 个。”

我沉默，我知道杨成要说明什么。但我只能说，我不明白你的意思。

杨成说:“我没对你说过任何话，我也不需要你明白我的意思。攻破的 6 个防范等级为 A 的系统中，有两个是俄罗斯的同行帮忙。”

“那有什么关系? ”我说，“俄罗斯也是在帮自己。”

杨成说:“你为什么不用我给你的工具? ”

我沉默。

我不想解释。我的自尊，身为天王的荣誉，让我无法接受杨成的馈赠，特别是处在杨成这样的身份。

我反问一句，“你为什么不自己去用？”

电话那头一片寂静，然后传来一声叹息。

“嘟嘟”的忙音响起。

我回头看了看小茜，她一直在看着我。

我说，“我们继续好吗？”

这是一句很无聊的话。在不恰当的时候，在不恰当的地点。我说出这话就后悔了。我觉得自己是越来越白痴了。说这话我能指望女孩做什么反应？点头说 OK 吗？

让我惊讶的是，小茜很恰当地回答了我的话。她什么都没说，只是又闭上了眼。

我越来越觉得小茜是个可爱的女孩了。

在这后面的一段时间里，我把网络，把黑客都忘记了。我不是什么黑客天王，不是什么网络中的孤独的侠客。我也不叫不长叶子的树。我只是一个普通人，渴望爱情，渴望女人的身体，渴望现实中的正常生活。

我在快乐中忘记过去。我在快乐中憧憬未来。我在快乐中享受现在。

这是一个温馨的夜晚。小茜在台灯下看书。我在计算机前努力工作。小茜在台灯上罩了一个红色的塑料袋，于是整个房间笼罩在迷离的气氛中。我坐立不安地敲打着键盘。终于，我回头说：“小茜，能不能把那个该死的塑料袋拿走？”小茜说：“为什么？”

我说："这玩意让我无法安心。总让我想干点别的事。"

小茜莫名其妙地看着我。我不怀好意地看着她。小茜似乎明白了什么，红着脸把塑料袋扯下。也许没有红脸，只是灯光的错觉。

我安心了，看着眼前的屏幕。我正和几个天王总结昨天的战况。我把杨成告诉我的数据说了一下，网上一片沉默。技术上的落后是一个永远的痛。我们有什么办法？操作系统，不管是WINDOWS、UNIX还是LINUX，都是老外的。有一段时间，把微软在WINDOWS上安装后门的事情炒得火热，到后面还能怎么样？该买的不都要买？不用WINDOWS，用什么？

"只有靠我们这一代努力了。"肥猫说。

我似乎能看到主任胖胖的脸上闪动着无可奈何。从知道肥猫的身份起，我对他的第一反应由一只肥肥胖胖懒懒散散，老打哈欠的猫，换成了主任的严肃表情。很奇怪，这两者已经完美地结合在一起了。我想象两者时没有任何的别扭。

RED通报了一下攻击纽约时报和时代周刊的情况。他在上面发表的黑客宣言是经过我们一致通过的。

EAGLE说了一下中央情报局的情况。我感觉他也费了很大的力气，这从他的口气中就猜得出。EAGLE把中央情报局的系统骂得狗血淋头，对RED不让他贴过激言语还耿耿于怀。

"下次还不知道有没有这么好的运气能进去了。"EAGLE说。

肥猫的任务是一些美国的政府部门，他负责的美国能源部的系统，是最早侵入的，被国内外的媒体广泛报道。我有点怀疑肥猫是不是用了杨成提供的工具。但我只是怀疑，我不会问。这是黑客之间的守则，除非自愿，任何一个黑客不能询问另一个黑客是如何侵入系统的。当然，现在我和肥猫的关系有些特殊。

我说，我想邀请一个人参加我们下一步的行动。RED、BLACK 和 EAGLE 说没问题，我介绍的人肯定可靠。肥猫却反对。

"我觉得这个圈子还是控制得严一点好，现在政府对这个事件很敏感，人多了会出问题。"肥猫说。

我当然知道肥猫为什么反对。他知道我想推荐谁，他的反对也是为了小茜。

是啊，谁知道这个事件后，杨成会怎么对待我们？利用完了，是不是就消灭掉？在杨成的心里，想必也是把我们这几个当做心头刺吧。

但，我还是宁愿相信杨成。也许是他在电话那头传来的那一声叹息。我知道自己还是显得幼稚，按肥猫后来对我说的，你啊，还是年轻了点。我回答说，不管怎么样，现在的结局不是很好吗？

虽然肥猫反对，我还是坚持。这是一个松散的组织，每个人凭自己对祖国的热情和信念在做没有任何报酬的牺牲。何况，在这个圈子里，我拥有比肥猫更崇高的声望，RED、BLACK 和 EAGLE 也支持我。

我把小茜叫到机子前，让她看上面大家对她的欢迎词。小茜笑了笑。

我看得出她是比较开心的，可是，在我想象中，她应该比这更开心的。也许，在几天前，如果告诉她这个消息，她会激动得手足无措，可是现在，她只是高兴地笑了笑。

我真不明白女孩。是不是得到爱情和家庭后，对事业的追求就会变淡了？

不管怎么说，我很高兴，能和小茜一起并肩战斗。

起码不用自己叫快餐了，我偷偷地想。

战争已经进行了四天。没有硝烟，没有鲜血。除了 NASA 的系统外，我已经完成了分配给我的所有任务。面对着 NASA 坚固的防线，我几乎要放弃自己的固执。为什么不用杨成给的软件？我面对着系统的一次次错误提示，恼怒地想。

我打了个电话给肥猫。不管怎样，我还是习惯称他为肥猫。

"你用的什么工具？"我问。

肥猫知道我的意思。他沉默了好久，然后一字一句地对我说："那只不过是工具罢了。"

我没听明白。

肥猫说："我一开始就没想过不用，重要的是结果而不是过程。"

"人追求的不是过程中的美丽吗？"我说。

"没有结果的完美，过程有什么意义？"肥猫说，"人总是这样，局限在自己的天地里，为了自尊和虚荣，错过了很多东西。"

我忽然想起自己的过去。我的过去有一颗晶莹的眼泪。

"你说不用他的工具，那你能不能不用所有软件？你可以自己去编一个，我相信你也能编出来，可你用的语言，你的软件工程的思想，是你自己的吗？"

"在我这个年龄，"肥猫说，"是怎么方便怎么用。我没有时间也没有精力和自己斗气。”

我没有办法回答。毫无疑问，这是对我的人生观念的一次挑战。

我握着话筒。很久。

我说：“是社会改变了人，还是人改变了社会？”

没有回答。肥猫已经挂线了。

我默默地挂上电话。

取出那张磁盘，我深深地看了一眼。我知道，一旦用了它，我就将失去了一些珍贵的东西。我曾经追求过完美，但理想还是不能改变现实。

在软驱前停留了一下，我用力一推。我听到弹簧清脆的声音，如此美妙，在我的理想世界中滑过，就像飞鸟掠过天空的痕迹。

是的，有一道看不见的痕迹。

三天后，五月七号。中华黑客联盟、中国红客组织、中国飞鹰三大组织发表联合声明，宣布停止对美国网站的攻击。历时七天的中美黑客大战结束。

我和小茜、主任面对面坐着。餐厅的气氛很好，有轻音乐，有人低低地细语。主任总是用一种审视的眼光看我，想发现一些不寻常的地方。

你大概发现了，我叙述这个故事的时候，一会儿用肥猫，一会儿用主任。这说明我已经能分清现实和网络了。现实中只有主任，网络中才有肥猫。能分辨这一点让我很惊讶。我记得以前都在这两个世界的边缘。

我面带微笑。应该说是幸福的微笑。我的手和小茜的手握着，这让小茜感觉很羞涩，也让主任感觉很难受。

活该。我想。虽然几天前发的工资条上显示，我的工资级别加了一级，我还是没有对主任表现出友善来。我发现这段时间来，主任几乎是在讨好似地对我微笑。

“你真的决定了？”主任说。

我说：“是。”

主任很羡慕地看着我。此刻他的眼神不只是作为领导的。当我昨天把辞职信交到他手里时，他只看了一眼标题就做出了一个领导的反应——遗憾，惋惜，好像说你怎么能这样公司待你不薄等等。

我相信作为一个朋友的立场，他会理解我的。我们都清楚地知道作为一个科技人员的辛苦。我们整天喊着创造价值，却忘记了找到自己。我记得以前我有很多理想的。当年我在校园中满怀柔情地对女朋友说，毕业后我要带你去天涯海角。

毕业后的几年里除了过年回家我没有离开过深圳。我在匆匆中忘记了诺言，忽略了最珍贵的。

“找好了工作没有？”主任说。

我犹豫了一下，还是决定说实话。

“杨成告诉我，他那里有个空缺。”

主任吃惊地看着我。呆了半天，不知道对自己还是对我说：“那也好，那也好。”

“不过，我不会很快去上班的，”我说，“我要休息一下。”我看了看小茜，她也在看着我。

“有时候，人是需要改变的。”主任说。

对，就看有没有改变的勇气。

“对了，RED 和 BLACK 他们问我，上次开总结大会的时候，是不是你在捣乱？”

我笑了：“你说呢？”

挽着小茜的手，我出了餐厅的门，回头看了看主任。

“网上见，肥猫。”我说，“以后我是猫你是老鼠了。见到我可要小心一点。”

主任笑了笑：“网上见，天王。我会更放心大胆了。“

走出了很久。阳光刺眼，我把眼睛眨了眨。

“怎么了？“小茜说。

我说：“没事，你想去哪玩？“

“随便你啦。“

“那就离开深圳。“

这座飞速的城市，每天接纳着无数有理想和有热情的年轻人。他们在这里创业，恋爱，生活。每天有许多的故事，也会有很多人离开。

这是一个普通的故事，发生在虚拟世界，也发生在现实世界。有很多人关注过它，然后又慢慢遗忘。只有在若干日子的又一次网络卫国战中，它才会被作为历史偶尔写上一句。对我来说，这一切并不重要。

重要的是，它发生了。而且改变了我。

离离原上草

作为西电唯一的文学刊物
《野草》摇曳至今

文为干，情为叶
临西风，对明月
原上之草，生生不息

龙门，永恒的皈依

文/渊达

陕西韩城是司马迁的故乡，也是我的故乡。我因生在韩城而骄傲，自豪。高考落榜的我不能失魂，郁郁寡欢，我要以我远古的先祖为楷模，立志成才。于是我激情澎湃，写成此文，以励我志。

——题记

巍比昆仑，高与天齐。龙门啊，这超越天界的图腾，这坚如钢铁的雄关，始终高过我膜拜的眼神。

黄河西来，咆哮万里触龙门，波浪如雷，惊涛拍岸雪连天！如风！如雷！如战鼓！如凯歌！日月精华凝聚千秋，乾坤灵气沉淀万古。

水往下流，泪往上涌。黄河的源头，一位古代的诗人惊奇地吟咏："溥彼韩城！"

大风，禹门的杰作，像一匹黑色的骏马，蹄奋蹄落间，多少樱红飘逝又复开，多少豪杰没入红尘不再复归。

大禹，我远古的先祖，在留下两柄刺破青天的利剑之后，带领民众在浩瀚的史册中隐去。足迹在石头上生根，岁月的马蹄愈陷愈深，大禹的刚烈陶冶着韩塬儿女。

太史公，史笔昭世，刚正不阿，留得正气冲霄汉。壮志凌云，幽而发愤，著成信史照尘寰。历史深处的辉煌，在时光的流逝中，被演绎成一个个令人怀想的意象。

黄河东去，英雄无意，龙门将怎样展示她今日的风流？

韩塬圣境，人杰地灵，每一个生活在这里的人，就是一条欲跃龙门的红鲤，弄潮怒涛，志比天高！

（本文章刊自第三十九期《野草》）

你是雪，圣诞的雪

文/一位麦穗守望者

我在你身后（缘起）

我用我的左手肯定，她到现在也不知道我的模样。很多次在电话中她总问：你在哪儿？为什么不往前坐？那是来自深夜美梦中的天籁之音，让我知道原来有耳朵是一件多么伟大的事。轻轻的，圆润毫无娇柔之感，我好多次沉溺于它。我习惯于答道：我在你身后，一个转身的距离。坦白说，我喜欢看她，习惯于此。但必须从背后。有人说过：只有那些奸雄才懂得看人背后，而智者也懂得看人背后。我不是智者，但我乐于欣赏美。她的古典，文静美，静静的，隐隐的，以半个君子都不齿的方位。曾经有一次她说：那太不公平，下次我也要坐后面。我说：那就在墙上穿个洞，只有那样你才能在我背后。那头传来了天使的笑，柔柔的。

喜欢一个人的感觉（接缘）

“喜欢一个人犹如呼吸，你只能驾驭它的节奏，却无法阻止它的存在。”我在日记本上画下这句话。

“喜欢一个人而犹不知道她却是一杯浓硫酸。随着吸收水分的增加，它会越来越沉重。”我一遍又一遍地呓语，我知道我对她有感觉。

有人说过：大凡好的女子，如商店展出的商品，要么是非卖品，要么是别人早已订购。在我看来，往往在阴缺阳盛之地，女子就是撒哈拉漫步的企鹅——因为稀少而大摇大摆。可她都不是。她是因为孤独而寂寞，并非寂寞而孤独。上天决定了我有一张不能面对阳光的脸，所以我钻进黑夜，寻找它的庇护，我对她选择了逃避。很多很多次，她就在我能闻到她及听见她那0.02分贝声音的地方。真想上前在眼睛帮助下让她知道：与你一样，雪，我喜欢。怯懦让我的腿与地面融为一体，我又逃了。习惯了逃避，我发觉我的脸连月光也省略了。

我去看她常去的花园，也许这是源于一种爱屋及乌的冲动，也许渴望与她对面而过的奇缘。花园真的不错，不过有那种缺少某种东西的感觉。暮色中，她站在了花园的一丛草中，牵着她的小侄女，微笑，定格，说：你也来了。我做了一件自豪的事情：大白天做梦然后自己醒来，留下整整一池子的失望，我闪了。要是有一位伟人说过：男儿有泪就要弹。那我愿意那咸咸的液体流经我的脸颊。有时我真的觉得她是一轮水中的月，因为源于对月光的独恋而努力地去捞，除了使她变得更加朦胧与缥渺，我一无所获……

很想对她说（缘续）

孤独是由心生，只有孤独与另一半的孤独接近碰撞，才能搭起一座通向心灵的大门。古典并不是遗落于现代书中的一枚书签，它其实是天上存在于现代天使中的美，孤独美，怜惜美。

当你走过稻田时，那枚在众多麦穗中低得最低的就是最大的，它（他）不缺少“内涵”的东西，它（他）缺少让你选它的表白，因为它不能言语而且如果走过了，错过了，就是永远。苏格拉底不是讲过不准回头的规律吗？你生命不是麦穗在远处而在这儿。生活对谁都是公平的，上天让你在这儿失去，他一定会在别处补偿。但当补偿到来时，要懂得抓住，牢牢地。然后要做的只剩下享受那一切一切的快乐与幸福……

后记：如果我是你，我是不肯也不会错过我一生中最大的麦穗。如果麦穗还没成熟的话，那我更劝诸位还是做一位忠诚而坚定的“麦穗守望者”。等她（他）成熟的一天吧！

（本文章刊自第四十期《野草》）

乞者

文/周冒文

阳春三月，明媚的阳光洒满了街道的角角落落，洒在每对青年俊侣幸福的脸上，洒在步伐仍矫健的老人身上，洒在永不知愁的童年脚下。路旁刚发芽的树随风轻轻摇曳着，一切的一切都组成了一幅和谐的画面。然而这时，听到叮叮当当的不和谐的声音，仿佛上帝太嫉妒这完美的画面。顿见，拥挤的街道散开了一道可供一辆轿车通过的通道，这可是绝无仅有的现实。这时只见有一蓬头垢面、衣衫破烂、失去双腿的残疾人，两个手腕上分别拴着一口铁制的讨钱罐，随着以手代脚的走路，发出叮叮当当的响声。看到路人像躲瘟神似地躲着他，突然觉得在乱发后面的眼光是那样的绝望，那样的无助。这时，听到一声“小心”，有一刚蹒跚学步的孩童，手里攥着五块钱，非常吃力地向那乞丐走着。这时，仿佛世间的一切都不再显得重要。这一刻也许很平常，但小孩的童真仿佛给这冷漠的社会画出了五彩的暖色格调。

无论是平常人，还是伟人，每个人都是在乞讨过活，只不过乞讨的方式不同而已。实在是没有什么可以炫耀、自豪的。衣冠楚楚的政客们为自己的前途在乞讨，狡猾市侩的商人们为自己的财路在乞讨，自命不凡的文人们为自己的观点在乞讨，但更多的是为过生活而存在的乞丐。但请记住，千万别轻蔑残疾人，他们只是在行使他们行乞的权利而已。为了生活，人从落地开始，便行使着行乞权利直到入土一刻。如果鄙视这权利的话，请你有点骨气，像伯夷一样。

乞讨不可耻，耻为乞讨没有尊严。在中国这个具有五千年历史的泱泱大国中历史的传承是连续不间断的，连续是指中国历代的文化几乎都完整地被继承下来，间断是指古人提倡的“高山仰止，景行行止”一直没有流畅地传下来。倒仿佛是在分流。目前，国人的修养、素质还不及“五四”时期。历史是进步的、发展的，但也是矛盾的。如果一味追求物质欲，那么他的精神领域是空虚、无助的。我并不想恶意中伤国人，但在某些国人眼中，金钱成了上帝，灵魂则完全赤裸地给金钱奴役。古人云：衣食足而知荣辱。然而现实是残酷的，游走在高级酒店的妓女们，似乎没有哪个是因为“衣食不足”

才去卖身的，更有甚者，日本的支那妓女数目与日俱增。从小听到的教育是“有国才有家”，现在我实在搞不清她们是丢弃了什么，难道丢弃的单纯是自己的青春吗？而那些在人大会上宣讲理想与崇高的男人们，那些在办公室里指点江山不可一世的男人们，那些在电视节目里满脸和蔼可亲的男人们，那些文字在报纸上散发诗意的男人们，他们一面大肆宣传文明道德，一面花天酒地，彻底地沉伏到欲望的汪洋。堆着凝固笑容的高官们，贪污受贿屡见不鲜，被金钱奴役的他们已没有了人格、尊严，金钱就是老祖宗，童叟无欺只是一句戏言而已。这难道也是中国共产党的作风吗？党的艰苦朴素是不是被乱扔到爪哇国了。

形形色色的人群在欲望的国度中却表现着惊人的相似，一样的贪婪，一样的陶醉。

（本文章刊自第四十一期《野草》）

不笑你痴

文/尘谖

在我上高中的时候，我家前院那所久已没人住的宅子搬来了母子两人。儿子六十岁上下，是个地道的农家老汉，母亲精神失常，但看起来身体还好。这母子两人为人和善，很快就与周围的邻居处熟了。那老汉日里去田间干活，走之前会拜托邻人照看他的母亲。老太太虽然有病却也没什么大碍，只是不会自己穿衣吃饭，经常说些莫名其妙的话，像个孩子一样。看他们那平静的生活倒使旁人不觉有着几分羡意。

老汉傍晚从田里回来会到处呼唤不知在谁家的母亲，然后带着她回家。老太太平时似乎听不懂别人说话，但是只要听到她儿子在街上一喊就会马上答应。老太太在吃饭方面很是固执，如果不提前问好了，一口也不吃。儿子对母亲有着绝对足够的耐心，会一遍遍地问吃啥，有时做着米饭老太太又要喝汤，老汉也不嫌麻烦再做一样。喂母亲吃饭时，老汉会有一搭没一搭地和她说话，说田里的庄稼，说街上的新鲜事。老太太不时地咧开没牙的嘴笑着，好像真的听懂了似的。晚饭后老汉伺候母亲睡下，通常到街上人多的地方坐坐。他最常说的一句话就是，六十有个妈，七十有个家，上辈子修来的福啊！每每这时脸上的表情全是满足与欣慰，丝毫不见常人所想缺妻少子的悲凉。

如果日子就这样过下去，在邻人的生活中这倒也是一副少有的温馨画面。可是就在我上大学以后第一个寒假回家时，在街头的寒风中看到了那个精神失常的老太太。比起半年前，她老了，也憔悴了许多，一个人提一个破篮子在风中瑟瑟发抖，瘦小单薄的身影，凌乱的白发让人看到不得不感到酸楚。我走过去，没想到她却主动向我走过来，口齿清楚地问我，你看到小五儿了么，她儿子的名字。在此之前我从未听过她说如此清晰流利的话。我想一定是她迷路了，说不定他儿子正在急着找她呢。我说我没看见他，我带你回家，没准他就在家给你做饭呢。老太太却一本正经地说，我不走，小五儿让我在这儿等他呢。无奈我只好先回家。到家之后我和妈妈说起老太太在路边等他儿子。妈告诉我那老汉两个月前得脑溢血死了。我的心咯噔一下，问那镇政府怎么不管老太太。妈说老汉死后，政府来人要送老太太去养老院，老太太抱着门框不肯走，说是小五儿要她在家待着不许出去。政府只好定时给她送些吃的，让周围邻居照应一下。老太太自己倒是能胡乱弄些吃的，每天晚上也知道回家。老汉死的时候灵车是从东面开走的，老太太记住了。便每天做些吃的用一个破篮子挎着，到街东头的路口站着，说是给他儿子送饭，逢人便问看到他儿子没。到了晚上就会自己回家，因为老汉临死前放心不下母亲，就告诉她，天黑黑，快回家。我从家里回学校的时候又看到了站在街头的老太太，她又一次上前问我看到小五儿没有。看着老人眼中那份急切与渴望，我的喉咙像被什么堵住了一样说不出话来，我实在是没有勇气用一个否定的答案去灭绝她眼中的那份期待，嗯了一声。听到我含混的一声嗯，老人竟然高兴地忘了形，扔掉手中的篮子一把抓住我，小五在哪儿。我似乎感觉真的帮她找到了儿子，我为她的快乐所感染，只好继续骗她，在你们家。老太太这下放了我，急急地往家里走去，快得竟有些似跑了，由于是缠过足的小脚，没走多远，她就摔倒在地上。我刚欲上去扶她，还没等我靠近她就自己爬了起来，又飞快地向家跑去。站在风中，看着她的背影，我的泪水止不住地流下来，这是一个精神失常的老人，一个普通的母亲，我怎能笑你痴。

（本文章刊自第四十四期《野草》）

城市

文/洪吉

是这样一道门槛，隔断了脚步，还有人的心。我看见那些疲惫的人站在十字街口，仰望早已疲惫的城市，躲在红黄蓝中偷偷地哭泣。

茁壮成长的高楼是快乐的吗？灰色，永远是城市的主旋律。我想象着几百年前和几百年后的阳光，终于退出了历史的舞台，成为一种怀念。

城市的人们，是一群伤心的月亮，他们早已习惯在阴暗中匍匐前行。我看着一张张一样的面孔，终于在暗夜里净化成沉甸甸的乌云。

拂过城市的风，夹杂着金钱的味道。桃红柳绿是城市的风景；莺歌燕舞是城市的风景；明眸顾盼是城市的风景；甜言蜜语是城市的风景……城市像一位沦落红尘的妓女，唱着不倦的夜歌。

我喜欢坐在街口，看城市中男女紧凑的步伐。我的目光始终跟不上他们忙碌的身影。马路是一个个重叠的漩涡。城市的人们正用自己的青春和未来赌博。每秒钟都有梦想沦为泡影，每秒钟都有乞丐成为富翁。

五更天的麻将代替了鸡鸣。麻木的夜游者辛勤地游走在宽阔的路面。他们是最敏感的钟，赶着和太阳比早起。

我左脚踏在槛外，右脚踩在槛内。我想就这样永远定格下去吧。我的左脚告诉右脚城外的纯净，我的右脚告诉左脚城内的精彩。我可以坐在槛上，数着有几只脚加入了“我们”，又有几只脚加入了“他们”，然后倾听我们和他们之间自命清高的辩论。

然而，我的心终于慢慢枯萎，我的瞳仁慢慢干涸。但是，我想用我清贫的真诚、枯瘦的信念，犁出一行行苦涩的芬芳！

（本文章刊自第四十六期《野草》）

雨纷纷

文/李潇海

不消说，这想必是清明了。

黯淡而模糊的天空并没有在人心里撰写下半点沉郁的阴霾，虽然看不透它。

清明已用它织下的层层罗绮将胭脂的红、淡墨不一的绿以及弥望的漫漫的灰彩全然融在了一起，泛出山水画那依旧是不大清晰的边沿。稽迟许久的心也自然地失去了抗御的能力，同四下里的楼阁小径一道浸在这浅浅的熏染里，让它洇过每一片田地，打磨掉乖张的锋芒与棱角——沉醉下去，渐渐地，渐渐地……

整个长安城都醉了。

清明像是位长别的故人，处处散发着熟悉的气息——清冷，却不乏亲切，令人浮想联翩。它又是守信的，每逢这个时候，清明就会为自然的子民们奉上清凉的礼物，不分轩轾。那或是游子，一岁一归，静静踏进家门。慈蔼的地母还在酣睡，游子只是默不作声地看着，在心底细数着无数往去的回忆和母亲额上那一道道岁月的印痕，而自己难以言尽的思愁便化作了这连绵不绝的雨幕。

在这道自然的幕景下，又上演过多少人间的悲喜剧。

古人有以清明为寂寥，我不这样想。

杜牧的路遇，恐怕是家喻户晓的。在那种“做冷欺花，将烟困柳”的凄迷而又美丽的景致里，身为行路之人的杜牧恰恰又遇上了这一阵细雨，轻衫尽湿，几欲断魂，心底陡然又增添了不少愁绪。而如今的我，不也正在这清明的纷纷落雨里前行吗？或许，当时的牧之同样未曾备得雨具吧，又同样地在寻找哪怕半檐青瓦以求栖身。于是，借问道旁的牧童酒家在何处，牧童抬了抬牛鞭，指了指远处的杏花村。酌几杯清酒，还要赶路。只是，不管如何紧慢，我是越不过这祟祟关山的。

春天有着绚烂的底色和浮躁的气息，充盈着太多的勃发和有些烫手的活力。它不像秋天那样有种淡淡的惬意，丽而不妖。秋是可以拥吻的，多姿而又静默，不必担心灼伤了自己的嘴唇。而清明恰恰在胜春的柳绿花红的妩媚中填补了它所缺少的那份清凉。

常听人说起：长安城的春天是短暂的。

冬季的厉凛化为了春时的料峭，却迟迟不愿将大地让给温暖以唤起久眠于土下的自然的生灵；当连亘的远山刚刚葱茏繁茂起来时，时令的主人又忙将万物生长的琐细托予夏日，而真正的春天显得尤为珍贵，稍纵即逝。如此一来，清明理所当然地成为了春的鼎盛。

我不知道千年前浑美的大唐是否也如此，只能猜想，那时的巳曲水边满眼是长裾广袖、翠钿明珠，一片“态浓意远”的景象。而文人墨客们一定又在借这美好的春景抒发自己的情怀了——或喜，或悲……只是今天，历史的流转与沉浮都已不在，昔日文者无穷无尽的思绪，都只能存留在黑色的墨笔间和人们的遐想中了。我无从考证这墨迹乃至遐想的真实性，只能任由它如杨柳的白絮漫天地飞舞，飞舞在岁月那扬起滚滚尘土的马蹄下，与汩汩的流水一起逝去，并渐渐地淡出视线。

雨停了，世界慢慢清晰起来，树木放缓了它们那细碎的耳语，宛如将灭的九微灯里溅出的片片残碎的花琐。人们匆匆的步履划破了模糊却安详的画面。空气透着草叶与泥土调和的香味，我还静静地看着，听着，陶醉于自然赐予的美丽中，然而没有人愿意停下脚步与我一同分享。急地记起苏轼在《记承天寺夜游》中发出的感慨，也许是这里没有闲人，抑或是我太过无所事事了？

清明还我以久别了的沉静，这大概正是我对它一见钟情的原因吧。

然而，这沉静只能是片刻的，同来来往往的行人一样，我还有许多事要做——于明天分担。于是，我悄悄地离开，没入了路人的队伍之中。

（本文章刊自第四十七期《野草》）

阳光下的小黑点

文/涂锂程

就这样匆匆地上路，那很不像样的校门不经意划过车窗的边缘，两边凌乱的小树像被检阅的士兵，让我感慨万千，但又什么也说不出。莫名其妙的感觉就像在心脏上列队而过。不记得那年的风在头顶飘过，云就停驻了脚步，越来越模糊……

在宿舍里、书桌前，空荡荡的，感觉很宽敞。空气里有淡淡的颜料味，头就一阵又一阵地晕眩。窗子的玻璃很厚，很脏，沾满粉白的灰尘。阳光很明媚，只是远处，茫茫的空白，没有山峦，也没有云彩。

又是一阵晕眩，鼻子一酸，眼睛就模糊，似乎阳光进了窗户，似乎尘埃在手心里飞舞，似乎一个小黑点在窗台上安静地移动，影影绰绰。自从那个眼镜店老板说我要配眼镜开始，看任何事物，模糊得没有任何棱角。可到处还是碰得头破血流，不受保护。

一个小黑点？在上大学之前，我爱到任意一座山巅，看着天边的路上，大车蚂蚁一样成了一个小黑点在努力地走出我的视线。在大学之前，我也说面朝大海春暖花开。在大学之前有人说好好读书，以后就会有很多很多钱，就快乐地以为读好书就会很安全。

大学？像这样一个小黑点在阳光下的窗台上移动，不值得提起。我想起高三的日子，像吸食了冰毒，精神亢奋而意识模糊。我以为高考是永恒的节点，最终也像这个黑点，只有在意外时才会被我发现。

我想起鲁迅，想起当年背诵“地上本没有路……”的时候的庄重与严肃。我想起鲁迅，想起他的《祝福》那里边醉醺醺的神明。我想起鲁迅，想起那天在图书馆站了一整天，心里还不停地怨恨。一抬眼，出现一大排鲁迅的名字，便安静了许多。没有伸手，不愿触及，害怕曾经那个已满是尘埃的梦想一触碰便化成碎片，随尘埃漫天飞舞。想起鲁迅他走过的那段路很凹凸，而我正走过一段路，模糊，说不清楚。

不知为什么，思想很不听话地四处飞翔。还是不清醒。明天又是考试，这里的生活除了考试一切都很美好。冬天来了，小树的枯枝直挺挺的很突兀，将天空小心地撕成一块又一块。

依旧，淡淡的有点阳光的气息。小黑点似乎还在移动。我使劲地晃了晃脑袋，以为那样便可以确定那只不过是只笨笨的蜗牛。还是看不清，作罢。安静地坐在自己的板凳上，有点冰凉，觉得自己不可饶恕，时间被阳光在窗户的罅隙中一米一米地带走。小黑点还是若无其事地移动。

喝了口水，清晰地感到他们在喉咙里打着转儿，你追我赶地穿进胃里才放下心来。

这里很少下雨，秋天拉着长长的尾巴走过，直到银杏枝端的最后一片叶子落下。风带着尘埃打在脸上，午后阳光下的身影已很长，冬天就在身边。

一直以来课都不多，明摆着给了很多放纵机会。有时候便背着书包，像迷路的孩子一样在校园内狂跑，不知道该去哪儿。我仅仅是像大多数大学生一样漫不经心地走在迷茫漩涡的平切线上。在这样的安静中不断地听见自己的脚步，越来越细微，最终在一个深秋的午后，阳光依然那样明媚，问自己：我是谁？模糊……

不知道他们走在了哪里，不断咀嚼他们叫嚣的日子，无知写在脸上，就老气横秋的样子。那里的夹竹桃应该又开满了花。可是许多人已离去，开始淡忘那灰色的年华。这学校没有夹竹桃，有那我叫不上名字的小草和不起眼的小树。好像又要在这儿演绎一场宁静与安详的故事。

一只小鸟立在树桩的端头，透过脏脏的玻璃，怪异地看着。莫名其妙地叫了两声，翘起尾巴，飞走了，不屑一顾。我又看了看窗台，不是很清楚，很久才找到那个小黑点，知道就此放下笔就开始了无所事事。很多时候觉得这样的日子像发炎的伤口一样糜烂开来，谁也没有更好的办法，如同《百年孤独》里，在行刑台前他想起那个遥远的他父亲带他去看冰块的下午。无知带给人快乐的同时也播下荆棘的种子，春天过去了，荆棘的刺肆意地让心疼痛。

告诫别人要忘了过去，即便叶子和蜜蜂曾相濡以沫。谁也不会记得那年是什么时候开始下雨，什么时候雨停了，说着现实与理想，天开云散。生活越来越安静，学着沉默，学着快乐，学着波澜不惊……

眼前的小黑点爬到窗台的边缘，不知道他要进来还是离开。

那天在校园的荒地走过，一个人，阳光很和煦，天空时不时有那怪鸟飞过。我走着，心底沉淀着迷茫，所以很平静。在图书馆停下，一整天，忘了外边阳光的味道。

将杯中最后的水喝下。起身到窗前，阳光打在脸上，用袖子抹了抹玻璃，一切变得透亮舒畅。记起那个小黑点，却再也找不到。

最后。

有些时候，心中总有一个小黑点在安静地移动，但怎样也无法清楚知道那是什么。

就像大学生活，我们模糊着在意的东西，耿耿于怀，不知所措。看窗外蓝蓝的天，想着漫无边际的天国。

或许，那就是个迷路的蜗牛。

或许，只是玻璃上的污点挡住了阳光的脚步！！

（本文章刊自第四十八期《野草》）

深夜

文/寇大培

夜……

不记得何时，我突然变得孤寂、漠然，喜欢皱着眉头看身边的一切，好像我被世界遗弃了，遗弃在我床边的窗台上。

双手合十呈水瓶状，举过头顶，这是神话里月亮女神艾露恩举着水银瓶的样子。手慢慢翻转、下落，瓶里那一束光倾泻而出：光！女神的宽恕！光并不耀眼，淡淡的。她把这束光投向我的窗台，笼罩我的全身，像她的长发，光亮、柔软、细腻、幽香。躺在怀里，我幻想着无数“如果”：如果这时她与我在一起；如果她很高兴；如果这时的我们已然长大；如果她可以是我的……

我从窗台移到钢琴边，艾露恩也移动这束光，一层荧光纱包裹起我和我的钢琴，黑色的漆泛起黑宝石的光泽。作为回报，我轻轻掀起琴盖，缓缓奏响《白月光》，我知道这是她最喜欢的旋律——淡淡的月光，淡淡的忧伤：

“白月光，心里某个地方；那么亮，却那么冰凉。

每个人都有一段悲伤；想隐藏，却欲盖弥彰。”

“白月光，照天涯的两端；在心上，却不在身旁。

擦不干你当时的泪光；路太长，追不回原谅。”

“白月光，照天涯的两端；越圆满，越觉得孤单。

擦不干回忆里的泪光；想隐藏，却在生长。”

“山是眉峰聚，水是眼波横。”苍白的脸，苍白的月，夜一般的凝重放在心上，火红的颜色，却掩埋在深深的月夜之色中，淡然褪色，却偶尔还能感到一滴火红的液体被生生挤出心脏，滴落出来，溅起一朵美丽的血玫瑰，绽放的瞬间又消失，无影无踪……

月光……

“我错了吗？”怯生生的声音。她总是那么小心翼翼，她懂得再漂亮的水晶球摔碎也只需一下，而碎了就再也完整不了了。

来自同一弯月的另一束光，照在遥远的另一扇窗上，照透薄薄的纱帘，围在伤心的她的身上，呼应着女神如发的柔光。她也摇了摇头，长发打在脸上，应该很疼，而木然的表情告诉我她感觉不到。她把头靠在冰冷的玻璃上，木木地盯着天空，禁不住露出一丝失望之色，黑的天空，乌黑的云，湮没了空中的一切，只有在那唯一的空隙中，有一轮月和一颗星：

抬头仰望天上的星斗 / 点数在我心中的星/之所以数不完 / 是因为黎明即将来临 / 是因为明夜可以继续 / 是因为心中还充满希望 / 是因为我们的青春还没有走到尽头 / 一颗星星中的回忆 / 一颗星星中的爱情 / 一颗星星中的凄凉 / 一颗星星中的你

"原谅我。"我也很小心。

"是的。"双手掩上了美丽的眸，不再言语，双肩不断抖动。

我走过去，捏着她的手，露出她苍白的脸，两行泪溢出眼眶，流上鼻头，聚成一滴露水，映着月亮柔美的光，脱离、旋转、闪耀、下落，落在我手心里，缓缓铺平，借着月光，那是一朵透明的玫瑰，又慢慢消失，沿着我手上的纹路，蔓延开去，带着温度，透过皮肤，渗进血液，又冷冷滴落在地上。

我慢慢跪在她腿边，她慢慢将我的头搂过，脸贴在她衣领上，浸湿了她的肩膀。

"不全是你的错，别难过。只是你这个样子能永远陪着我么？你懂的，不是吗？"手贴在我的脸上，冰凉，冰霜下埋有火的种子。

夜，安静，纯粹。一无所有却无处不是希望，于是黑夜孕育了新生，于是理想成就了希望。朗月照星辉……

依然是夜，静寂，空濛。而在我的左手边，是她的右手。

她告诉我，黑夜给了我黑色的眼睛，我要用它去寻找光明。

夜……

（本文章刊自第四十九期《野草》）

追梦的孩子

文/付冠球

小镇的阳光终于斜洒碰碰凉，温暖了手中的半杯冰镇百事，而我却依旧感觉寒冷，头微痛。店里已少有客人，对面的黄脸早已泛红，衬着阳光，表情显得异常痛苦。

“来，”她举起半杯酒，“祝你的大学生活美……美好！”继而独自饮下。

“我却，却还要再来一年，一年……”随即又倒了一杯，口中喃喃重复那几个字。

“我相信你行的，别灰心！”我夺过酒，倒入百事中，“补习总比打工强。”

品味这混合物，似乎沉淀了三年的忧愁，一下子涌出来，让人有些动容。

一

盛阳下，振翅，直上九万里
拂落轻云片片，落池水

“我们是精英！”站在一中的校门，相信每个新生都会这么想。甚至没人怀疑，三年后，我们将再一次骄傲地站在梦中大学的门前，重复这句话。

校园随处可见的梧桐和柏树投下隐约的影子和闪过的匆匆。

同桌是有些腼腆的男生——蓝。据说本可以去市里的重点高中，却为一个女生来到这里。看他的样子很像学习天才，感情白痴。

“同学，你叫什么？”后边的女生拍了下我的肩膀，“我是红，火红的红。”

此后我和蓝、红成了好朋友，我们开始了充满激情和挑战的高中生活，为追逐自己的梦想。

二

闪电划空，激无数惊雷
雨打新枝花减退，满地春痕
听寂静处，夏意正浓

就在大家刚混熟时，传来了提前分班的消息。红去了文科班，因为她变成了所谓的坏孩子：抽烟、喝酒、逃课、上网吧，经常说哪个大学生又一夜暴富，独自做着富姐梦，学文或许能勉强维持成绩。蓝最后也决定选文科，他说是自己喜欢，事实上他喜欢的那个女生去了文科班。

在理科班显得异常孤独，大家忘情地在战场上拼搏。前面的女生叫黄，学习很好，好到几乎成为书呆子。她只有短暂的说笑，然后把自己埋在题海中。可没想到后来我竟和她成为了好朋友。

三

忽逆风转起，茫茫飞花
飘入酒中化作愁
引诗文无序

吃完早饭，在去教室的路上，看见红抱着一大堆书向校门口走去，见了我高兴地叫着："喂，我不念了！"然后在耳边压低了说："挣大钱去！"我刚想问些什么，她已走远。

黄听我说完，并没太大反应，也许经历了生离死别，什么都变淡了吧。她在七岁那年父母双亡，靠二叔养大，寄人篱下使她更要强，努力学习，不敢有一丝懈怠。真希望高考快来，好减轻她的压力。

下晚自习蓝突然找我，说陪他一会。走在路上，他竟随手点起了一根烟，抽了起来，样子却是故作洒脱。手指上道道浅浅的疤痕在苍白的路灯下惨笑。

随他拐进一家小吃店，他要了很多啤酒，无言。

"她有了新对象，"几瓶下去，他终于开口，"不是我，不是……"

"从初二到现在，她已经换了七个，什么时候是我？"

"呵呵……"他苦笑。

听倦了他吐字不清的回忆，木然了他时笑时哭，我转头看外面的夜，凝重，被不时驶过的车灯光划破，撕心裂肺地哭喊。

四

夏尽杨柳强抽绿，惹得清寒

断痕处，不闻幽香……

教学楼大厅中的数字屏幕显示着鲜红的数字：三。

红意外地出现在校门外，远远地在角落站着，憔悴地望着这个曾带来多少快乐的校园。见我过来，眼神一阵迷乱，嘴角挤出一丝笑。

听她说本来和人去深圳打工，被骗了，欠下很多钱。说话时她的目光始终未离开校园。才一年未见，苍老了许多，飘忽不定的眼里，似乎还有疲惫和泪光。

“进去待会吧。”

“不了，就来看看，不想客死他乡。我走了，累了……”

看她渐行渐远，消失于人海，心里怅然若失。

老师又在讲台上缓解情绪，说要相信自己，又说考不上可以再来一年。其实老师没说也不敢说的是：这所学校考上重点大学的有七成是补习生！她要把我们这群孩子编织在一个梦里。

大家听“补习”两个字都笑了，多半是嘲笑，还有人在苦笑。黄脸上的笑容掩盖不住心里的紧张，毕竟大家都是第一次，而且是人生中最重要的一次，何况她还要考虑家里的情况。我们说好，谁考得好就请客去碰碰凉喝冷饮。

现在最幸福的就是蓝了。有时女生决定和一个男生交往，并不是因为她喜欢他，而是他令她感动，蓝就是一个例子。他们半个月前终于走在了一起，形影不离，吃饭、上自习、去图书馆。而蓝再也不是那个深夜去喝酒的少年了，他说他们约好了去同一座城市，或者还能上同一所大学。

五

暴雨后菊开花易散，佳酿未启
试问闲愁，在天一边，在水一方
待拭剑重来，相约端午后！

高考就这样快速而残酷地结束了，用两天来评价十二年。之后是焦人的等待，之后是或喜或忧。

黄发挥失常，连二本都没考上。她不想增加负担，要去打工，被二叔劝说补习。

约她去碰碰凉，她竟叫了啤酒，也不管我，独自喝了起来，在斜背阳光的角落，我看不清她的脸。

太阳渐下，路灯影子被拉长，投在桌子中央，将我们隔在两个世界，她离我那么遥远，遥不可及……

店里又热闹起来，黄倒在桌上睡了四个小时，外面天色渐暗，黑夜将吞噬小镇。对面的女孩今天本该高兴地说：随便，我请客！却被这场战役夺去了双翅，让梦想和现实着实嘲笑了一番。这是她第一次喝酒，我不愿阻止，索性让她暂时忘记一切的烦恼。明天，她还要为理想而奋斗。

已是十点，送黄回家，看见她二叔惋惜而又无奈的复杂表情，我匆忙跑开。走在清冷的大街，手机频闪，是蓝。他考得很好，却犯难了，因为他女友决定补习。我们聊了很久，聊高考，聊紧张的高中，聊高一时的无知，聊天真的梦想……突然他插了一句："还记得红吗？她自杀了，高考前三天，我也是今天才知道……"

风从四周涌来，我站在空旷的马路，呆呆地，时间仿佛静止。原来，我们真的再也回不到那个从前，那时我们无知却天真，我们有梦，我们为之奋斗。

人生，若只如初见，该会多么圆满！

没想到那是最后一次见红，憔悴的面容，疲惫的身躯，悲伤的眼神，若有若无地站在我面前，低低地说："我走了，累了……"可怜的孩子，像巴郎，抱着执著的梦奔跑，扑空了现实，却无法挽回。

"她怎么了，出什么事了？"蓝不知发生了什么，想不明白一向开朗的红怎会如此。

"红，走好！"我感觉她就在身边，正大声说着自己的富姐梦。

后来的对话有些压抑，我们有一句没一句地说着。问他对女友的想法，我听见的是坚定有力的回答："我等她，不论发生什么，她是我的梦。有梦，活着就有意义！"

对呀，有梦，活着就有意义！

静谧的夜不再寒冷，看见流星划过漫天繁华，我双手合十，虔诚地许愿，为红，为黄，为蓝，为所有追梦的孩子。

（本文章刊自第五十期《野草》）

临江仙

文/郭君禹

点滴芭蕉心欲碎，声声催忆当初。

门外雨滂沱，门内人两三心事堆叠眉心。"嘀嗒""嘀嗒""嘀嗒"……芭蕉道是有情，却不合时宜地奏起了《欢乐颂》。于是一扇门打开，往事，排山倒海。

欲眠还展旧时书。鸳鸯小字，犹记手生疏。

该睡了吧，夜已是如此之深。窗外没有月光，没有鸟的啼啭，有的只是"嘀嗒"的雨声和叶子的笑声。真的该睡了，但心头总凝结着什么，好重，好重。无奈，再次点燃油灯，立于书桌，却不想翻阅任何书卷。无意间，一张纸闯入我的眼——低头，看见你的手迹。于是，光影重叠，组成回忆，我站在你和你的一切形成的漩涡中央，甘愿沉沦。门外，雨依然滂沱；但耳畔的声音已变得嘈杂，然而亲切。你的笑声，你的怨声，你的笔尖在宣纸上行走的“沙沙”声……还有，还有，你临终前痛苦的呻吟声，你对郎中的央求声，你渴望我听到的孩子的哭声……所有的所有，都在这一个寂寞的雨天重叠，交结成一个完整的你，款款向我走来……

倦眼乍低湘帙乱，重看一半模糊。

我伸向你伸出的手，就在接触前的一瞬间，一切便如雾般消散，你深情的眸，你欲开还闭的唇，以及一切的嘈杂，剩下的只有残灯，孤影，漫漫长夜。低头看你字迹，乞求再感知哪怕一丝温存，而它却是如此的模糊不堪。我不知道是你的字迹模糊了我的双眼，还是我的双眼氤氲了你的字迹。我疼惜地抚摸着它，可它却是如此的脆弱，就这样破裂在了我的眼前，同时破碎的，还有我的心。没有了，什么都没有了……

幽窗冷雨一灯孤。料应情尽，还道有情无?

我抬头，环顾四周，氤氲的世界重归清晰，也重归残酷。我眼中只有那皱烂的宣纸，那静静伫立的孤灯，忽然间被破窗而入的风吹得摇摆不定，那单身下的只影也随着油灯左右摇晃，像极了灵魂正在被抽离出躯体。我突然间笑了，这样也好，灵魂走了以后，空洞的躯体怕是不会感知疼痛的吧。然而细心的仆人却精心地结束了我这短暂的欣喜，他轻轻地关上了窗子。然后，油灯依旧静静地伫立，我的影子也重归寂然，我的灵魂又回到了躯体，更加根深蒂固。

是你吗?是你带走了这一切吗?你当真如此狠心吗?你是真的想让我忘了你吗?

不，不，不，我不能啊……

（本文章刊自第五十三期《野草》）

凭栏听雨

文/于翔

等了许久的雨终于还是来了，在冗长压抑的闷热之后，以柔和却又凌厉的姿势驱赶积攒了许久时间的躁动与不安。

糊涂的考试，看来还是高估了自己在那堆数字间游刃的能力，不知道该说是麻木还是其他，在这些沉闷到无以复加的黏稠的琐碎中，再次，以更加庸俗的方式，深陷、沦落。

所谓的抛弃一切的不甘所换来的生活。

所面对与所拥有的，最后的仅存的那份凉意一点点糜烂腐朽。

所盼望与羁绊的，记忆中浓墨重彩的人事，再也不复那份光鲜。

你曾经说过，爱情是生命的防腐剂，在你腐朽进人海之时，至少能为自己流下最卑微的泪水，世间总有无数多个天才，可是时光的淘洗之下，又有几个我们能够抗拒和坚持。

记忆中的我还在笑着你的苍老伪装，嬉笑着学着蹒跚，而文字前的我，噙着泪水，连你和你给我的词句也不复忆起。

你所教给我的，我以为早已牢牢地扎根在掌心，却难料光影攒动，再凝重的香息，指缝之间，也同了忆念中的那片海滩之上，沙也好水也罢，流失殆尽。

我数不清记忆中的你们，或许早同念想中的无数个我一样，杂糅在一起，辨不清彼此，只留那份模糊的喜怒哀乐镌刻进时光里，仅留印记。那些说不清道不明的无奈愁绪，和着曾经的莫须有的光鲜明丽，角徵交叠，黏稠进每一个不甘轮回的夜晚。

那些曾经活着现在等待期盼挂念抑或怨恨我的孩子们，面对这些季风带来的嘈杂与湿冷，我们没有不同，不管欢笑还是泪水，曾经不曾念想的时间轮回，拜了下去，寒彻骨髓的卑微与懦弱。那些眷顾众生的神明，亘古不变的俯视，偶含同情，间或泪水，为一个又一个夭折或曾绚烂过的渺小生命，我们，抑或他们。

我所爱着念着的孩子，或许你们终于一个个告别少年，告别青涩，可是记忆中的画册，你们他们，从未苍老或者离去，就这样陪我笑着泪着，迎来又送走一个雨季。

（本文章刊自第五十四期《野草》）

渐行渐远

文/李祥东

“我不知道风，在向哪一个方向吹”——徐志摩的句子，现在想起，不免有些感伤。这几天，欲望，那些不安分的情愫，纷纷扰扰，灵魂就这样迷失了方向。而心，就像一片湖，被突然吹来的风打破了沉静，茫然无措中但听得几声轻叹。

长恨人心不如水，等闲平地起波澜。我用了那么久的时间，那么多次的，放纵吧，来印证——其实我是一个相信童话却在现实中笨拙无措的小孩。我的世界太静太轻，承受不了喧闹的重量，所以，一切就这样不动声色地破碎，在现实的复杂纷乱中，我渐渐被欲望奴役。

有人说过，这个世界上，有很多事，本来就是没有办法的。时间流逝，我们在愈走愈多的经历中，或许会明白当初那些看不清，剪不断，理还乱的情感，自己不可理喻的心伤，还有他几近决绝的转身。回望时，好像命运对自己不露锋芒的嘲讽。

指缝闭合，时光如流水般退回以往，闪着金色。到那个冬天的夜晚，在我第一次体会到心动的感觉时，是否就已注定了来年夏日的心伤？错误的时间对的人，面对梁公笔下不完满的宇宙，除了泪水，我还剩下了什么？我试着把锁不住的忧伤在岁月的长河中冲淡，闭上眼虔诚地相信，说不定有一天，经年累积的智慧会让我明白了一切呢。就像终于懂得当初的选择那样，理解了现实的不可抗拒。

There are no accidents in the world.

那么，有一天，我也会在醒来的瞬间成熟，变老吧？面对那些过往的无助，无助的过往，浅浅地笑着，不觉痛苦，也不觉哀伤。大浪淘沙后的澄澈，一切，好好地待在原处，像自己亲手绘制的一抹彩虹，每一笔，都已深深地嵌入生命，无可替代。

渐行渐远，渐无书。

会有那么一天，所有乌云密布的日子，变得云淡风轻。

（本文章刊自第五十五期《野草》）

天堂梦

文/李海霞

我是梦想

一直站在那个原点不曾离开。
我知道我该离开。
但我害怕渴望离开，
是在逃避现实；
害怕因为逃避，
是在畏惧；
害怕因为畏惧，
而丧失了勇气；
害怕没有勇气，
便不敢挑战；
害怕不敢挑战，
便再无生活的动力与希望；
我害怕害怕活着。

可我终究只是我，也就是我，

在宇宙和历史共同的塑造下，
逃过其它任何可能的我。
我当爱惜我、珍惜我，
因为是我让自己
能感受一切存在的可感受，
因为是我为自己
创造了行走人世的可存在。
纵然
命运可以始终让我颠沛流离，
生活可以始终让我黯然失色，
流言可以始终让我沉默不语。

但是
只要有我，
我就是世间独一无二的创造体；
只要有我，
世界便不能否认我、
忽略我的存在；
只要有我，
我就感受了一切、体验了一切；
只要有我，
历史就有我的参与；
只要有我，
就可以对我依附梦想；

只要有我，
我本身就是梦想！

毛泽东说：
“我就是原野大地之主，
我就是山川万物之精灵。”
而我要说：
“我才是我人生的背景！
而我的人生也只是我的过客！”

（本文章刊自第五十六期《野草》）

舍得吗

文/阿笨

梦呓般的
呼唤着你曾经的每一段记忆，
舍不得吗？
你垂下眼睑：舍得，
默默微风悄然滑过脸颊，
揩走了那滴似落非落的泪水。

想要的，舍得吗?
弥漫了伤感气氛的氛围，
用感伤的文字描摹了你的转变。
时间已消磨了当初的雄心壮志，
时间已改变了曾经的信誓旦旦，
棱角分明的岩石
整日接受流水的沐浴，
回想原先 难了。

可是 你舍得吗?
舍得曾经的梦想和期待吗?
你说：顺其自然吧
好 那就顺其自然吧……

（本文章刊自第五十七期《野草》）

那片绿

文/不系之洲

我们皆非草木，草木可以在这片校园年复一年地生长，而我们却注定要很快被另外一群人替代。——余杰《那塔，那湖》

读到这一句时，正是这个春意正浓的时刻。我手捧着书，品着香茗，咀嚼这句；望向窗外，发呆。思绪纷飞，飘往那个雨天、那个下午、那段风景。

那天，经过海棠，远远看见 5、6 号楼对面，绿意盎然。微风、细雨，柳丝轻垂，一幅朦胧的风景。于是，走近。那一片，连成茵的，不是青草吗？什么时候都已换新？那一棵，较矮的，不是山楂树吗？是不是开始象征爱情？那一些，高大的，不是杨柳吗？什么时候吐出这么多绿丝？鲜明的绿意透着勃勃生机，呼出春特有的气息。春天，悄然来临。春天，已然来临。

嘴角轻扬，将一颗薄荷糖放入口中。清凉，仿佛那片绿色倒映心上。淡淡的，甜甜的，别有一番清新。舌尖清甜的感觉翻飞、蔓延，好一份舒畅、开心。忽然，我却想到一个词：迷失。沉醉于这颗糖的我，是不是也沉浸于这个春的喜悦？但为什么，这份沉浸使我想到迷失？我问着自己。

我又看了看那一片绿。那片叶，是不是去年我曾见过的那一片？那颗芽，是不是去年我曾看过的那一颗？而这颗糖——根本不是我曾吃过的那一粒——显然地回答了我的问题。树虽绿，草虽青，可是“新枝不是旧时枝，且逐水流迟”……但可是的可是，草木本身会一直生长在这里。而我们，我们注定要很快被另外一群人代替。

过客。只不过是一个匆匆的过客。

而这个春天呢？它，是不是一个过客？它，将会去哪里？不必再问了吧，就像去年的春天已消失得无影无踪，这个春天也会离去。离去，而且再也不回来……犹如我们的青春！

仿佛刹那电闪雷鸣，只因脑海闪过的那个词：青春。不是吗？这个春天不正是我们的青春？！已然在最美的时刻，已然渐渐离去。只是，这个春天哺育繁花，温暖大地，让树木在秋来临时收获果实。而我们的青春，会收获什么？我们在青春逝去后会收获什么？收获，什么？

有些东西，该送走的一定会送走，比如青春；

有些东西，该延续的一定要延续，比如梦想。

梦想？青春要收获的东西？是的，这正是青春要收获的东西！这正是我们要收获的东西！但那并不是一如曾经空白的梦想，而是我们历经或是磨难或是快乐后的梦想，是我们已将青春密密麻麻写上的、充实的梦想，是一个最真、最有分量的梦想！

青春，收获——实现了的梦想！

风，依旧在吹；清明时节，依旧细雨纷飞。撑一把伞，背一个包，又一次我经过那片绿。

流光容易把人抛，红了樱桃，绿了芭蕉。终有一天，我们都将离去。静想着，再望一眼那片绿，我加快了脚步……

（本文章刊自第五十八期《野草》）

无关爱情的风月

文/林落

想起我大一的时候，真真是天真无畏，梦想的事情，现在大多已经实现，可是又都逝去了，徒留下来的只有深深的寂寞和浅浅的沧桑。

我沧桑着，却又不至于那么沧桑，相信感情，相信爱或许本是人的特性，所以即便受伤我仍还在相信。我有时也不寂寞，但这“有时”确实宛如刹那般短暂，仅仅一念之间，我又体会到了如影随形的孤独。

一年前的这个时候，其实跟现在也没有多大差别——恍惚间，我得到了一段感情，然后又失去了；我认识了几个朋友，然后因为全身心投入感情而疏于联系——我能保留的，唯有回忆，唯有寂寞，唯有一如往常的我。

但是终究说到此时，一切到头也是无关爱情的风月。

匡匡的《时有女子》中写道：“我一生渴望被人收藏好，妥善安放，细心保存。免我惊，免我苦，免我四下流离，免我无枝可依。但那人，我知，我一直知，他永不会来。”

我也不懂自己在期待什么，总之是有这样模糊的感觉，也许那人并非有关于我的爱情，可是运气好些总会遇到，他出没于朋友之中，躲藏在亲人之间，但给予我的会是妥帖细心的保护，同爱情来的感觉大不同，可是也足够了。

如今我大二，偶有前路坎坷之感，时常心心念念当时大一的我。短头发，笑容憨傻，说话做事不经思考，刚刚经历高考不懂什么是真正的考验，期盼一段轰轰烈烈的感情。归结起来就是二，傻，痴的一个女生，我真的很想念她，她停留在我这十八年来最美好的时期，她在我还未沧桑的时候坦然地毫无畏惧地存在过，我想念她，如同想念当初那段无关感情的风月。

（本文章刊自第五十九期《野草》）

常青树

文/马彩虹

走在校园里看到飘飞的黄叶，在感叹冬的临近时，想起了我高中校园的那些四季常青的树。

也许，它们让绿色长存在人们的视线中，是为了装饰冬的梦。也许，它们让青翠留在人们记忆中，是为了挽留时间的脚步。生活在一个四季分明的城市，却未曾真正看到四季都来过我可爱的校园。

常青树终究还是没能留住匆匆的时间，却一年又一年地蒙蔽着痴痴的我们。

那时的我们，整天无所事事地嬉闹。课间十分集体扒在电视前为火箭呐喊，一群群人拿着晚饭跑到池塘喂鲤鱼，狂奔到教室时最后一声铃响也已敲定。偶尔也软磨硬泡，费尽心机地说服老师给节课让我们为球场上挥汗如雨的老师助威，偶尔也会冒着冬晨扫大道的危险在暖暖的被窝里再多眯一小会儿……

仍在笑绿树还在，懒散不改。还在叹日子还多，慢慢消磨。总在说时间还在，不用烦恼。

一次偶然的闲逛，在小花园看到了一簇簇火红火红的花儿。同学说那是彼岸花，虽然开得灿烂，却也逃不了花叶分离。那一刻为"彼岸"而惊，那我们呢?

再盛大的宴会也会有散的一刻，再漫长的电影也会有停的一秒。我们纯真的年代也会有挥手话别的一天。聚少散多的人生由不得我们感性的选择，唯有理性地面对。

在送给老师的班级赠言上留下了我们调皮的打油诗，在集体合影上咧着嘴傻傻地笑，在离别校园的那一刻唱着我们曾经的歌，倔强得头也不回。

毕业了，频繁地赴宴，却总会感觉怪怪的。热热闹闹的喜宴在一阵狂欢后总是为最后的祝福而伤感。毕竟，这也是一场离宴。安静地坐在返回的公交车上，感受那种巨大的落差，心里不是滋味，却又表达不了，形容不出。文字和语言的隔阂，感觉与表达的分界，让人只能独自去承受共同的悲哀。

上大学了，都走了，各奔东西了。时间久了，再见面想喊出对方的名字，却在脑海中搜索了好久后不好意思地掩饰着喊了曾经的绰号。许久没有听到的或许曾经威胁过多次禁喊的绰号却也是会让人惊喜万分的。有些事可以被时间遗忘了，但是有些情只会在光阴中越变越浓。

没事时在班群里狂聊，低沉时看着视频记录里曾经的搞怪爆笑，早早的却嚷嚷着冬天里难得的聚会。有的人说颇想曾经的老班，虽然他总是被吼；有的人说快点回家，就想请你们吃饭，不管宰多惨也乐意；有的人说冬天了，同志们多穿衣服，要爱护自己；有的说想故地重游，回趟学校……

每晚抱着手机，发着短信，回着问候，送着祝福，梦着那片绿。

冬天了，树叶也落了，我也快回家了。同学急急地打来电话，说十七号的火车票都帮忙定好了，十六号考完最后一门就连夜赶过去见她。那时的我，连“谢谢”也觉得是太脆弱的字眼。

我那曾经的常青树也许正被现在的学弟学妹们青睐着，一如我当年。我们纯真的友情也正被我们精心地呵护着，胜过当初。

（本文章刊自第六十期《野草》）

我拖着安静的黄昏漫步

文/无痕残风

在潮来潮去的海岸
那几朵抬着落日的云
正霞光酡红
似一抹随意落下的朱砂殷红
九月残阳如稀释了的血

我在九月拖着黄昏
拖着九月和黄昏
行在已落潮的海岸
地平线的落日
拖着地平线和晚霞
慢慢地走

九月
我拖着安静的黄昏
离开街道漫步

路旁扯不开的长影
在海边
被落日拉进沙子里
我拖着沙里的黄昏的影子漫步
黄昏扭扭曲曲
像极了某年某月的小巷
盘错地延伸
像极了某地某人的回忆
扭曲而悠长

我拖着正在回忆的黄昏漫步
走过埋在沙里的九月
走过沉向海底的落日
走过泼了墨的云朵
向消逝的酡红
我缓缓躺下
想象
安静的黄昏拖着我
向皎然的月光走去

噢，是漫步
向着不远处温柔的月光

(本文章刊自第六十一期《野草》)

闲愁一夜深似海，只在空山雨滴中

文/吕丹

清晨渐醒，窗外雨阑珊，只觉闲愁一夜，深似海。

多少次听雨而眠，都在雨的淅沥中安然睡去，只有这一晚，无数雨点像打在我的心头，雨声滴碎了我的心。此情此景，此时此地，多少次的回忆在这一刻重合，无数思潮翻滚，怎么还能睡得着。

初夏的校园，经过雨的润洗，更加郁郁葱葱。在蒙蒙水气中，处处都是一树碧玉，半亩青溪。

早知毕业会在多愁善感的自己的心海上荡起波澜，只是没料到如此汹涌地喷薄而出，我的心舟沉浮飘零，如风中絮。痛，是躲不掉了。只能躲进文字的世界里慢慢疗伤。

毕业，是一个时代的结束。青春的班车，我也终将是个过客。无论怎么麻痹自己，内心深知时间还在渐渐迫近，我即将离开这里，我最爱的象牙塔。

闭着眼睛，我都能熟稔地在脑海里把校园的每一处角落重现，春夏秋冬，风花雪月。纵然有千般不舍，万种无奈，也阻隔不了岁月的脚步。

我还要拿什么爱你，母校，我已经把我的青春都献给了你。我们要离开了，你却依旧年轻，依旧微笑，继续去拥抱着一代又一代的学子，给予他们追梦的翅膀。

凭栏远眺，再回望一次南山。

多少年后，我必将重游，哪怕已经红颜不再，哪怕那时候西电已经不再是属于我的象牙塔，我也深知，这里的每一寸土地，春风吹过的地方都有过我的足迹。

(本文章刊自第六十二期《野草》)

又是一年荻花开

西风依旧
明月依然
荻花几度萧瑟

风中月下
秋荻仍是秋荻
却又不仅是秋荻

又是一年
荻花知为谁开

不忘初心

文/10级 武宇泽

而今，自己不敢称文艺，文艺是安静的事，半截身子进社会的人，思想也半壁喧嚣。只在今晚的阳台，瞥见四年前的冷夜里，一盏灯、一个兄弟，谈理想的自己守着份寂寞。

那两年把钱钟书说的“二十岁不狂是没志气”看得很重，高调做事结识许多人。寂寞的来处是藏在身后的自己，纵使外表喧哗，影子却始终沉默不语。

二十岁前，爱学文人迂腐，书却读得少。指点江山的时候，能拿来说事的就那么三五本。《局外人》、《麦田里的守望者》还有《我们的时代》和几本哲学书，每次都提及自己也觉得尴尬。总在心下自慰：好书太少，不必全读。当年做社长，往教室桌上一坐，跟新生侃侃而谈哲学思辨是文学的根本，真正好书能领人窥见现实，信马由缰地胡诌些自以为是的观念。若不回顾，竟没察觉四年后“修文化人心”这种情结早从生活里退却。面对毕业，必须承认现实远比书里更现实。偶尔回忆文学社，那个放任理想的年纪，生命也许最宽阔。

接任社长给《野草》写过两篇寄语，以前对生活很敏感，在第二篇说：“如今回想过去的一些日子，就像漂浮在湍急的流水，被浪潮推着，被砂石挤着，没看清周围就已经流到别处，来不及抉择，于是这个权利交给了安排。等看清楚这些而且做决定不再依靠安排，又已经被推搡着漂流了很远，能够自己选择是种幸福。‘选择’是沉重的话题，很多人说早已经懂，高中时候看过一句话，‘知道需要什么只是本能，懂自己不要什么却是一个人的智慧。’选择，不是意味着开始而是决定结果。”

这段时间抉择踏入社会何去何从，真切感受到命运把握在手里的沉重。但愿此后前程，不忘初心。

故事两则

文/10级 孔婉秋

Enchanted

人类公主美丽又高挑，很多国家的王子都慕名而来。

有一天人类公主来到一片森林，遇见了一个小精灵。

小精灵长相并非传说中那么出色，有点让公主失望了。

但是当小精灵眨巴着灵活的大眼睛，从浓密的绒毛般厚蓄的头发下，向她望过来的时候，公主还是感觉到心脏被小小地戳了一下。

她从没见过眼神中这么多话语的人，或许正是因为他不是人而是一个精灵。

公主和小精灵在森林里玩耍了一天，公主要回城堡去了，小精灵恋恋不舍：“我很喜欢你，我还能找你玩么？”

公主想了想，所有的童话故事里，公主应该是和王子在一起的，于是拒绝了他的示爱：

“我不能接受你，但是你可以来找我玩。”

小精灵很难过，虽然公主一个瞬间也感觉到了心痛，但是回到了城堡之后，她很快就忘记了小精灵的存在。

直到公主又遇上小精灵，小精灵把厚厚的头发剪掉，露出他充满希望的大眼睛，穿着一身黑色的斗篷在湖边唱歌。

一群更小的精灵围聚在小精灵身边，高呼着他的名字。

公主听过那个名字，精灵国王子的名字。

喜鹊的故事

有一只男喜鹊，一只女喜鹊。

他们认识的时候都还是小崽子，家离得很近，都上了森林一号喜鹊小学。上小学的时候，女喜鹊天天被别的小喜鹊欺负，因为在大家都开始练偷东西的技能的时候，女喜鹊还是一派天真懵懂，所以老是被别的小喜鹊偷。

男喜鹊就不一样了，很聪明，很努力，似乎是一生下来就具有了这种技能，他偷来的东西总是最好最漂亮的，闪着金澄澄的光。

后来男喜鹊变成了成年喜鹊，女喜鹊从小崽子变成了大崽子，她还是不会偷东西。

男喜鹊和女喜鹊在一起了，他们生了一个小崽子，他们的教育出现了分歧，到底是要学会偷东西呢，还是不学偷东西呢。

男喜鹊因为去森林外的人类家偷东西，被抓住弄死了。

女喜鹊很伤心，她决心不让自己的孩子重蹈覆辙。

小崽子从小就是品德高尚的孩子，她不偷不摸，不做小三不做二奶，全凭自己的斗志而坚强独立地生活着。

没有人给予她什么特殊的帮助，也没有人帮助她走后门，她也不会主动去要求什么馈赠，包括食物。

她过得快意恣然。

然后她饿死了。

青春未满，梦想渐远

文/10级 张 旭

刚刚看完了中国好声音的国庆特别节目，说真的感触挺大的，不是因为他们的歌曲多么动听，而是心灵被其中很多选手的执著所触动。自从步入大四，觉得自己一下子改变了很多，有时觉得自己意气风发，到了大有作为的时刻；有时又觉得自己在残酷的社会现实面前如此渺小。作为半步迈入社会的我们，梦想在现实面前显得是那样得微不足道。有多少人迫于生活的压力放弃了自己曾经的梦想，又有几个人能在惊涛骇浪中守住自己心中的那枚火种。可是我们才二十几岁，我们的青春不能就这样不声不响地画上句号。

小时候，老师给我们上的第一堂课就要我们谈谈我们的梦想，当时幼小的我们还什么也不懂，很多小朋友都大声说：我要当科学家。或许他们当时并不知道科学家是干什么的，只是认为科学家是很了不起的一种存在。中学时，随着我们知识的增加，梦想的概念也渐渐变得清晰起来，很多同学都大喊着要上清华北大。可最终大家不得不在赤裸裸的残酷现实面前降低自己的要求。曾经在考研网上看见一个六战清华的帖子，很多人都在劝他不要考了，都快三十了还上什么清华啊，确实从现实看来他的做法的确不可取，不过他对梦想的那份执著还是很让我敬佩的。

在成长的过程中，我们会发现我们的梦想变得越来越功利，那些唯美的理想日渐消亡。如今当我站在大四毕业这个人生最重要的路口上，是要坚持自我还是臣服于现实随波逐流。在经过艰难的抉择之后，大多数人会选择后者，投身社会，变成社会这个大机器中的一枚螺丝钉，为了衣食住行，为了房子车子，忘掉自我向钱看向厚赚。

当然也有人选择前者在奔波之余，保持自己那份理想。我就认识这样一位学长，他是一个 IT 男，每天对着代码，为了生活不断地奋斗着。但是在工作之余他始终坚持着他的漫画创作。程序员和漫画家似乎是两个完全不相干的身份，却同时存在于这位学长的身上。有一次谈话中我很好奇地问他：你工作好几年了，生活的压力和艰辛应该体会了很多，在这几年里是什么样的想法让你一直坚持漫画的创作，坚持自己的爱好呢？这位学长笑着回答我：人总是要有个精神世界，如果只是正常上下班，稳定收入，拼死供个房子，朝九晚五。那可能我不太甘心，让自己找到一个精神生活吧，在这里，让自己觉得跟别人是不同的。生活满足基本的衣食住行之后，就应该有一些自己的追求，会让自己更充实。

话题又回到我提到的中国好声音，我说了这里面有很多的人让我很尊敬，里面有一起长大，为了生活各奔东西，又为了好声音聚在一起站上舞台的好兄弟；也有在音乐道路上默默无闻坚持十年的音乐青年；还有几十年如一日，老骥伏枥的花甲老人。他们对音乐的这份执著让我由衷地赞叹，因为我不知道自己到了他们的年纪会是什么样。

我才二十多岁啊，想想自己即将走出象牙塔，进入残酷的现实中去，我真的无法保证自己会怎样。虽然目前的我选择工作的标准是哪儿的薪水高哪里待遇好，但是至少我还有一颗不屈的内心，仍希望能在社会中保持自我，不去随波逐流。那十年后呢，二十年后呢，我也不知道，甚至有时不太敢设想。看着师兄师姐们在工作岗位上的劳碌，看着父母叔伯被现实压弯了的脊梁，我真的有点害怕有一天我会不认识自己，会变成自己最讨厌的模样。《致青春》里的林静和陈孝正哪个不曾是意气风发的少年，到最后却不得不放弃理想，将自己变成自己不喜欢的样子。现实就是这样残忍，不断地蚕食着我们的心，让我们一步步地迷失自我，走向梦想的另一端。

我才二十几岁，我还年轻，不过我的青春在我走出校门的那一刻也许就会终结了，我也会和芸芸众生一样每天为了老婆孩子而四处漂泊。或许有一天回头望去才发现，自己那些梦想，那些信念，早已望不到踪影了。

北方的阳光

文/10级 朱虹

07年，思北考上了北京的一个大学，带着父亲一辈子的心愿去了北京。

思北是一个腼腆的女孩子，去了新的城市便把自己拘在学校了，天天待在图书馆。平时，图书馆人总是很少的。秋日懒懒的阳光，透过黄色的树叶，透过窗户，洒在了书架上，有一种很好闻的味道。思北很享受这种阳光，每天坐在图书馆一楼临窗的位置上，看书，听歌，有的时候会自己做一个书签，写一篇文章。

日子就匆匆地这么过去了，树叶变得枯黄，掉落，风吹过就卷走大半的叶子，只留树干，光秃秃的。天气也就凉了吧，思北少带了毛衣，第一次自己去买一件衣服，是一件浅蓝色的线衣，袖口有着几个小小的白色爱心。喜欢极了这件衣服，思北马上就套上了，走路都时不时瞅瞅自己的袖子，在路口拐弯的时候，一辆车子呼啸而过，幸好一个男生拉了她一把。

思北被拉过来之后还一脸懵懂地看着那个男生。男生很高呀，思北得仰着头看着男生。男生有点尴尬，摸了摸头，说："看路，这条路车子很多的！"

自从思北第一次碰到这个清秀的男生，之后便能在其他地方也碰到他了，也慢慢地知道，男生喜欢打球，也喜欢看书，经常坐在另外一个角落里，阳光总是晒不到的一个角落。那天，男生刚好打球回来，经过那条街，出手相救。

思北的家在南方，第一次看到下雪的时候，她还在图书馆吧。北京的天空总是灰灰的，雪一瓣一瓣慢慢从空中飘落，从地面看上去，像是凭空出现的。从秋天到冬天，思北知道男生叫阳阳，男生的朋友都这样子叫他。

阳阳呀，是个好名字，思北这样想。于是，她做了一个书签，上面有着大片太阳花，有着明媚的阳光的味道，背后写着：感谢救命之恩。

不知道为什么，思北的手臂上起了很多的小痘痘，起初没有在意，后来越来越大，之后开始溃烂了，延伸到身体其他地方，去看了一次病，于是在北京还没有到深冬的时候，思北就不得不休学回家住院了，思北因此休学了一年。休学前，思北把书签放在男孩经常坐的位置。

一年不在，学校变化了好多，思北也不能随意晒太阳了，挪了一个地方，也靠窗，不知道为什么，她过了很久都没有看到男生。那个男生呀，是她大学最喜欢的男生了吧。

大学的时光总是过得很快，匆匆四年就这么过去了。思北在家附近找了一个工作，有几个同事是同校的。有一天，一个同事问她：你是不是有段时间不在学校。

后来同事告诉思北，阳阳拿到书签之后一直在找她，可是一直找不到。阳阳在图书馆总是看着思北，有的时候会跟着出去，直到安全回到宿舍。阳阳其实一直很喜欢思北，可惜直到最后都没有说，甚至没有上前打招呼，认识。

如果当初我们都勇敢一些，是不是会不一样。

帘外雨潺潺

文/11级 李攀

西安的高温如约而至，特有喜感的同学戏称睡前冲个澡，身上撒点盐，第二天早上就是竹板烤肉。连续几天的高温，仲夏的空气让我有点喘不过气，试着像小狗那般吐出舌头或许会好点。昨天下午狂风乍起，夹杂着零星的雨滴，后来黑云压城，没有古诗里雨打芭蕉的桥段，但实实在在有点穿林打竹叶的意思。突然想起两年前我也刚考完高考，也同样下雨了。晚上睡得很甜，早晨下床，看到窗外依然飘着细雨，狠狠吸了一口略带泥土香味的空气，久违了。

这几天老喜欢怀旧，和于亮聊天说着我们这两年和秋荻其他哥们姐们一起厮混，还有就是以后回西安了必须要宰某某。其实一直想写点这两年在秋荻的日子，特别是最近认识了好多秋荻前辈。还有，也许就是人们常说的每个月都有那么几天。说来也很惭愧，好久都没怎么写东西了，偶尔的只是简短的几句感触，分开来，也许勉强可以冒充是一首小诗。现在外面下着雨，我喜欢雨天，因为这样的景色让我可以安静下来，什么都不想干，就喜欢一个人发呆，我大概属于那种婉约派，不像子豪文章大气狂放，而我这种小清新喜欢的东西他却懒得看一眼。

记得那会儿号称百团大战的社团招新，逛到只有两张桌子上面放着一沓报纸和一些散落的紫手环门前冷落的文学社，我不由停住了脚步。回想当年，一篇作文落笔，都会在班里传播好久，曾经还梦想做一个专栏作家，被班里其他学霸各种羡慕嫉妒恨，便毫不犹豫地报了名。现在虽然和小泽健儒他们都很熟，却怎么也记不清当时是谁还送给我一份《野草》和一个紫手环。我记人真的好差。参加过几次活动后，走在校园里，偶尔也会碰到秋荻的同学们，总是他们主动和我打招呼，大多都还有印象就是不知道名字，可是到现在我还记得有一位我们遇见好几次，每次他都是首先叫出我的名字，可是我实在想不起来我在哪有认识他吗？也不好意思问人家，就回个礼貌的问候，后来才知道他也是秋荻的。

我们在一起大多就是吃饭喝果啤，其实我更喜欢喝啤酒，只是我作为学弟也只有客随主便了。每顿饭基本都会吃到人家下班，从学校的热点话题聊到最近的什么新鲜玩意，但是每次到最后都会转到金庸古龙，这个时候我特别喜欢看朱虹这位浙江的学姐妹妹说话，她特有的停顿还有语气，我都会偷笑。还有不得不提的就是大奇葩主编孔婉秋，她的生活每天就是各种奇葩事，每次她都会给我们讲刚刚发生在她身上的奇葩遭遇，逗得我们笑得前抑后合，就算在学弟学妹面前也不装学姐样子。她还让我们叫她孔丁丁，问她为什么，她说“河南有个何晶晶，湖北有个孔丁丁”，她以后要做谐星，可是我们连何晶晶都没听过，但是我们确信她以后绝对会火。健儒他们比较喜欢打羽毛球，每次都会在群里喊喊约我们去，我去过几次，但还是喜欢玩篮球。至于K歌，丁丁是麦霸，别人还略有点害羞，她的屌丝声音却足以惊艳全场。健儒和旭哥点的，我们基本都没人听过，太老了，这代沟也太不靠谱了。小泽经常带我们参加一些别的学校的交流活动，其实大多都很无聊，他告诉我要突出自己存在的意义去挖掘价值，后来每次我都或多或少会有点收获。我们从来不去争什么明星社团的称号，小泽说，我们的传统是不慕虚名，大家玩得开心就行。

2012年6月1日傍晚，小泽打电话让我过去下，健儒也在，他说让我当主席，我有点不敢担当，怕自己没这个能力。他们说不要有压力，他们只是退居幕后，但永远是我们的后盾，不管遇到什么事自己解决不了都可以找他们。于是，我、王子豪、冯明瑞、杨彤、晁占强、山伟、孟瑞、张平、于亮、唐品、张赛捷、陆颖娟、张彦雪组成了新一届的小领导班子。说是文学社，但我们必须加一个所谓，我们也不见得文学素养就比别人高，只是喜欢读点书，偶尔矫情地记录下自己的心情罢了。虽然大家都说西电作为一个纯理工类的大学，文学氛围不是很浓厚，但我还是相信高手在民间。那个时候我还发了一条信息：文学就是用文字记录自己某一个时间、地点的真实情感，不是有多么华丽磅礴辞藻的才是文学。这个纯属个人看法，见仁见智吧。

我们这一届招新的时候没有收社费，我觉得大家有共同兴趣才最难得，我还是比较看重缘分。这个团体有人加入，有人退出，只要她曾经给你温暖，没有让你有任何损失，我们做的就是带给大家快乐。后来见面会的时候，发现有好多女生(西电男女比例号称 7:1，其实现在也没那么夸张)，不知道是不是因为我，臭美一下。看着这帮小孩充满天真渴望的眼神，我告诉他们，许多时候，自己可能以为许多看过的书籍都成过眼云烟，不复记忆，其实他们仍是潜在的，在气质里，在谈吐上，在胸襟的无涯，秋荻或许以后会变成你那本被遗忘的书籍。印象最深刻的就是那天许娜说的，各位学姐学长为什么留下来，就是我加入的原因。她在我看来很小很可爱，每天脸上都挂着笑容，口头禅都是嘿嘿。

张罗的人变成我了，吃饭时我就撺掇必须喝酒。女生呢？就随意。才知道都挺能喝的，就是以前能装，她们几个女生喝的可猛了，张彦雪还是东北那嘎达的。子豪比较豪爽，喝的满脸通红，据他舍友说喝高了回宿舍还有暴力倾向。占强也不好受，作为大主编，挨个灌他，他不好说话，只是认栽，倒是女生有看不下去的。于亮是个大滑头，那张说相声的嘴三句里总有损人的。大家都喝高兴了，提议以后必须也要常聚，下学期有时间一起出去旅游。

有次我们在观光塔上聊天，王娇阳说参加过那么多组织就感觉秋荻不一样，而且秋荻人的归属感很强。我觉得大概秋荻给我们的不仅仅是青春的记忆，我们在一起很纯粹，更像是认识了一辈子的朋友。

有一天早晨，我接到一个陌生来电，他说自己是 85 届的秋荻社长阎军社，我错愕一秒，连忙叫前辈。他说他们老秋荻人计划今年在西安办一个秋荻集结号，他们往下找，我们往上推，争取找到每一届的秋荻人，我们有什么需要尽管给他们说，因为还在开车，就不多说了，之后再联系。听到那边嘟嘟的声音，我简直还有点不敢相信，按捺不住心中的雀跃，手机又收到前辈发来的短信，是他和 84 届汪前辈的联系方式和他们的一个 QQ 群。幸福未免也来得太快了吧。第二节有课，我压根什么都不想听，用手机加了群，肚子里有一万个问题。心里难免还是有点畏惧，但是前辈们很热情，争相问我秋荻的情况，还互相调侃，像极了我们这帮平时在一起打闹，我胆怯的心也放开了。我一一作了汇报，更多的是前辈们的关怀与支持，那天晚上高兴的也能从梦乡中笑出声。后来，我和金前辈、赵学姐经常还聊些他们当年的趣事，差不多和我们现在经历的还有几分相似。金前辈到现在还保留着他们当年自己做的刊物《秋荻》，已经泛黄但是很珍贵。有时候我也会问前辈们当年秋荻是什么样子的，金前辈发给我一大堆他们当年的资料还有一篇玉梅学姐写的《秋荻文学社的兄弟姐妹》，我并不是一个多愁善感的人，但是读完真有一种想哭的感觉，觉得他们的故事真可以拍成一部青春电影。

我把这个好消息告诉其他人，大家都很欣喜，说着以后毕业后我们也要和秋荻多多联系。和前辈们聊着有关秋荻以后的发展，他们都很上心，什么资金方面的问题他们都乐意帮忙解决，还有靠着他们的关系以后也可以常请些国内的作家来学校，适当时候还可以办个全国性的秋荻征文比赛。现在是网络传媒时代，我们今年又做了一个微信公众平台，我计划着明年我们再做一个纯文学的秋荻网站。我们都是学 IT 的，把学到的技能更要用到恰到好处，能为秋荻做点什么一辈子都会高兴。

“秋荻”取意于秋，除了丰收大概还有静美的意思，32 年她没有背景没有家世，走到现在确实不易。今年秋荻 32 岁了，除了九几届的秋荻人还没有联系到，其他我们差不多都找到了，以后我们也会关注着她，庆幸我还可以陪伴她两年，看着她(继续)，绚烂。

2013 年

端 午

灵山何处

文/11级 王子豪

佛在灵山莫远求，灵山只在汝心头。人人有个灵山塔，好向灵山塔下修。

——《西游记》

心者谓何？良心乎？仁心乎？亦机心乎？

观中国之历史，实不乏修心尚德之先贤：伯夷叔齐心念故国，为商臣不食周粟，以采薇为食，最终饿死首阳山；孔丘仁以为己任，虽不得志，却甘为天下之木铎，布道四方；文天祥陷于敌营却不改忠义之心，怒斥敌酋，至死不降；海瑞清风两袖，一生以圣人之行自律，不畏权贵，敢直斥天子之过，直言天下之弊；谭嗣同面临新法的失败，甘愿以血鉴轩辕，明变法之志，启国人之心……以上种种，不胜枚举。

但我不禁心生疑惑：为何古来之仁人志士，总为失意之人？

自古成大功业者，总是与仁人志士所崇谦退仁慈之心背道而驰，往往是心黑而手狠。阖闾令专诸刺杀吴王僚，然后成称霸之伟业。曹操更是不凡：他杀吕伯奢，杀孔融，杀杨修，杀伏完，又杀皇后，杀皇子，悍然不顾，且明目张胆地说“宁我负人，毋人负我”。其心之黑，其手之狠，实已达于极点。就连被视为千古圣君的唐太宗李世民，也不是靠杀兄屠弟囚父这样不仁不义的行径才君临天下的吗？

如此之史实，如何不令人寒心。世道总如此，独善其身易，兼济天下难。也无怪李宗吾先生会发出这样的感叹："得之矣，得之矣，古之为英雄豪杰者，不过脸厚心黑耳。"

难道心灵之高尚与世俗之成功真的是一对无法调和的矛盾吗？

不然。

越是黑暗，星星之火越是明亮。正是有了这么多虽志穷于当世，身却善于千古的人坚守道义的孤城，才使世俗的人们还持有道德的信仰。那孤高的狼烟，是荒原上不倒的军旗。

然而，相对于持君子之行独善其身的人，我却更敬佩那些敢冒天下之大不韪以兼济天下的前驱们。出淤泥而不染固然不易，处污泥而不染却更是难能。千夫所指，往往比箪食瓢饮甚至千刀万剐更为可怖。千夫之指虽然不能发射六脉神剑摧毁你的肉身，却可以使你永远地沦陷于天下汹汹之口，为万世所非议。王安石为推行变法，不得不排除异己，拉帮结派来对抗强大的反对势力，并提出"天变不足畏，人言不足恤，祖宗之法不足守"的口号。他当时便背负了"权奸"的骂名，后世甚至有人把北宋灭亡的责任归结到他的身上。他却毫无畏惧，坚定地推行着他认为能够富国强民的新法。虽然他的新法确有不当之处，但其之大勇大行，诚可敬也。前者要为吴国之安定刺杀对其推心置腹的故君之子庆忌，后世张居正为推行变法而夺情，五四时期鲁迅提出"汉字不灭，中国必亡"的偏激论断，均是如此。无雷厉风行之手段，焉得成千古之壮举？纵然偏激，也是心痛的偏激；纵使无情，也是无奈的无情。在尔虞我诈的世界里，他们以自己的方式实现自己的理想。而身后之名，任由他人评说。苟利国家生死以，岂因福祸趋避之！天下汹汹，千夫所指，此身何惧？

心之明处，德之高处，未必就是至纯至净。在《西游记》中，离天竺灵山愈近，妖魔却是越多，或许正是为此。但求心之所向，道义自在人间。

不妨以《西游记》中行者所言草草作结：但要一片至诚，灵山只在眼下。

爱

文/11级 于亮

你是我的一缕交响梦，在生如夏花般绚烂的时候。
情意在我的心中蠢蠢欲动，纷扰尘世都缥渺无踪。
我已有了世界，还去奢求什么。
我已有了归宿，还去贪恋什么。
我什么都不用想，唯留清雅的爱沉于胸口。
全身的细胞都变得温暖、恒久，在我浅吻你额头的时候。
时光原来如此温柔，清淡如水般缠绕上我的双手。
它也许会令我的双手染上粗糙，
但依旧不变地轻抚你，
轻抚你的每一条皱纹。

我们只轻唱简单的童谣，不去听城市的喧嚣。
我们只依偎彼此的城堡，不去管风雨的潇潇，
只要你好，只要你好。

溢满而出的幸福，泼洒在与你走出的每一步，
不论我看过多少仙境、美景，最终我的目光只会停留在你的眉目。
要陪你到老，陪你到老。

我知了，知了，
在这匆匆而过的短暂一生里，
我只为去找到你，陪伴你，守候你，
去品悟漫长的暖意，
我的人生，才不是那么的漫无目的，
我的人生，才不是那么的没有意义。

大海的梦

文/11级 唐品

在离海不远的地方，男孩建了两个木阁楼，一个刷成蓝色，一个刷成了红色。

两个阁楼面对海滩并排地坐着，它们靠得很近，只隔着一条一米宽的小巷。小巷的上方是从两座阁楼上伸出来的窗台。

男孩住进蓝色的房子，在窗台上种了一盆太阳花。每天早上，他会去海边散步，要听海鸥的声音，看看海浪的颜色，然后要回去给花浇上一点水，就

这样过着简单的生活。 有人说，他在等一个人。

有一天早上，男孩浇花的时候看见对面的窗台上也放了一盆鲜艳的花，于是他对自己说：看来今天还没有开始，我还留在我的梦里呢。不过他转念一想，不妨去那间房子里看一看。

推开门，他惊呆了，房间被收拾得干干净净，墙上贴满了彩色的画报，靠窗的地方有一张桌子，桌上有钢笔和日记本，还有一些糖果。不过屋子的主人却没有在。

他想，她一定是躺在那只小木船上，漂荡在海面的某个地方，因为她一定也是喜欢看天上的那些白云的。

于是他决定，他要去海边等她，只是见上一面就行，不用说太多的话，他想他会一直等到黄昏，如果那时候他还没有被早晨的阳光照醒的话。

可是他哪里还会醒过来啊，又有谁会告诉他这从来都不是一个梦呢，他只是忘了，那盆花是他自己放在那里的，那本日记是他每天在写，还有那整间屋子，也都是他自己每天在打理。

青山依旧在

文/12级许娜

站在群山之外，我向它呼喊“我回来啦”，总是固执地相信，它可以听到。

盘山公路很陡，很弯曲，让人难以想象，群山之间环绕着的是那么大一片平坦的土地，那么多安详的村庄，还有我那散落在漫山遍野的记忆。

雨过初晴的早晨，是这片土地让我领略到什么叫做泥土的芳香。朝阳那么大，那么近，我骑着车子去拥抱它。耳边风呼呼作响，眼前的景物再熟悉不过，树，山，朝霞，红日，下坡路车子前进得飞快，双脚离开脚蹬，一只手举起，做一个环抱朝阳的动作，眯着眼，我似乎还能看到那个被朝霞映红了脸的自己，似乎，还能感受到心里那满满的幸福。

当然，在忘我地拥抱朝阳过后，身后那漫长的上坡路已成定格。推着车子走向村子，朝阳把我的影子拉得好长好长。炊烟袅袅，我觉得这才是我心中的生活气息。吃饱喝足后已忘却了刚刚推着车子上坡的艰难，来到羊圈，叫出我的小伙伴——一只几天大的小羊羔。我抚摸它，和它说话，给它讲它的出生历程。它有时会舔舔我，我理解为它听懂了我的话。我用奶瓶装了些羊奶，喂它喝了几口，然后在奶瓶的吸引下，它便会跟着我走，走累了我便抱着它。小小的孩子，小小的羊羔，我似乎能看到那个撅着嘴给它讲故事的自己，似乎，还能嗅到它身上淡淡的乳香。

过了中午最热的时候，大家便都赶着羊群去山上了。我和哥哥也一路蹦蹦跳跳地跟着。我喜欢在河里捡那种透明的小石头，每次都去捡，都装满满的两口袋，和宝贝一样。记得曾经捡到过一个相对大点的透明石头，里面有一片红色，我很坚定地对好多人说我捡到了一块“肉石”，里面红色的是一片瘦肉。不知道他们有没有相信，但那时的我是坚信不疑的。河边有好大一片芦苇荡，水里有数不清的鱼，蝌蚪，还有青蛙。玩累了，我和哥哥便躺在山顶，看着漫山遍野的青草，野花，羊群，看着蔚蓝的天，飞过的雁。哥哥吹着用芦苇做的笛子，我似乎还能看到那个被口袋里的石头压弯了腰的自己，似乎，还能听到那悠扬的笛声。

夕阳西下，天边出现了火烧云的景象。老家的人们劳动回来了，炊烟又升起了。我坐在门口，看着大伙有说有笑地走向家中，心里很满足。晚饭后大家纷纷把钢丝床搬到街道上，坐着或者躺着。我和哥哥也坐着打牌，不知道是不是我真的牌技好，我总是赢。不知不觉地，已繁星满天了，村里没有耀眼的霓虹灯，只有每家从门口透出去的光亮，月亮便显得格外的亮。哥哥教我数北斗七星，一颗，两颗，三颗，哇，第四颗最亮了。我似乎还能看到人们脸上开心的笑容，似乎，我看懂了我“打赢”牌后咧着嘴笑时哥哥温柔的眼神。

盘山公路很长，可开车还是不久就到了，我的回忆很长，可我没有时光机带我回到那些年的记忆。城里的白天是忙碌的，城里的夜晚是繁华的，只是我找不到一条可以让我放心大胆地去拥抱朝阳的路，只是我找不到那袅袅炊烟里的安详，只是，我找不到我那最亮的第四颗星。

“我回来啦”，还是那个曾经的我，还是那个每天挂着笑容，总喜欢犯傻的我。那些最美好的童年记忆，总是可以温暖受伤的我，平复烦躁的我，抚慰疲惫的我。

前路漫漫，不改初心，只因为，青山依旧在，岁岁夕阳红。

雪之恋

文/12级 孙 沃

只因在前世多看了你一眼
心里便再也难分难舍
我多想与你相见

在今生的某年某月
我在佛前求了千百遍
只换来一句注定无缘
最后
佛把我变成这个冬日的一朵雪花
在你的面前飘落

那洁白的颜色
如我对你的爱一样纯净
那晶莹的枝干
如你的眸子一样清澈

我看着你向我走近
心里的欣喜如花儿般绽放
还是那个熟悉的你
一个让我魂牵梦绕的你
然而啊
漫天的雪花在你眼里有什么区别
一阵悲伤 掠过心头
我们无缘无分

当我在你眼前划过的时候
你竟然伸出左手接住了我
你手心的温暖让我如坠梦中

我仿佛触摸到了你的心
那么惊喜 那么幸福

一股暖流迅速在全身蔓延
抹去了我所有的棱角
化成一滴水
从你指尖滑落

你可知道
那是我融化的心

过往，云烟

文/12级 吴 帅

曾几何时，我已忘却了过往；曾几何时，我也失去了我最初的梦想；曾几何时，如此熟悉的他们我却已叫不上名字；曾几何时，我把这一切都叫做了云烟。

他们，是我生命里的过客；他们，是我曾经的良师益友；他们，是我以往的怀念；他们，是如今我淡忘的路人。

我的他们，他们的我，都在变，都在随着时间的推移，而渐渐改变，不是出于我们的本心，也不是出于无奈的选择，只因造化不同，我们的追求有太多不一，所以，我们彼此选择了淡忘，也选择了沉默。当招呼都懒得打的时候，我，选择了遗忘曾经，于是奋力地解除了好友的关系，放他们离开我的视野，也让我不再去出现在他们生命的轨迹里。就这样，一年又一年，徘徊在建立与解除之间，看起来，我也乐在其中。

时间给了我更美好的东西，但时间也剥夺了曾经最美好的东西，我们选择沉默不是因为我们喜欢沉默，恰恰是因为我们别无选择，生活会磨去我们身上的棱棱角角，所以我们就这样淡忘着过去，同时也建立起新的未来。

不要说你后悔了曾经，毕竟，那是你当时最想要的；不必说你无言以对曾经，因为你，从那时走来；也不用说你留恋曾经，只因时间的车轮，不会因你而有些许停滞。

过往，即是云烟，即使有过灿烂，即使有过迷惘，那一切都已经进入了你深深的脑海里，所以不要太过留恋，毕竟路上风景正好，天上太阳正晴……

灵魂，世俗和桂花

文/12级 蔡文韬

“所以说你不准备再回去了？”

他点点头，随手夹起烟灰缸里燃得只剩一小节的烟屁股，默默含在唇间点燃。陈旧而狼狈的白烟弥漫，像逝人的灵魂一样漫无目的，揉出的一个个形状像极了哀嚎着的脸。

“你听我说，”他咽了咽唾液，“我现在脑海中仿佛一片荒冢——被白骨填满的枯树林！我找不到出口，我和他们……会是一个下场！！”

“你他妈给我镇静点!”我一把将颤抖着快要起身的他按回床上，胳膊抵着他的咽喉。我可以感到他浑身的抽搐，你可以理解为他激动，他恐惧，当然还可以是绝望。

他眼神更黯淡下去。我愣了会儿松手坐回床沿。空间又重归寂静，窗外月光洒在被晚风吹得飘起来的窗纱上，场景里带着不具名的压抑。

“那你今晚就好好待我这吧。我去楼下睡了。”我漠然摆手，带上房门走出起居室。

真麻烦。我啧啧嘴一骨碌倒在沙发上，下意识地裹了裹被子。江南的仲秋不比他待的西安，但夜晚寒意来袭还是会让人不禁打战。我关了灯翻来覆去思绪万千，想着反正也睡不着，干脆披上外衣走到花园散步。

他是我大学同学。时隔十载，谁也没料到我们会以这种方式再遇见。虽说我俩在古都的那四年里还算无话不说——其实也只是实在无人可谈才会推心置腹吧——但说实话我一直没将他看做可以让我抛头颅洒热血的人，有什么大脑分泌的激素能让我这么做呢。他是个标准的陕西小伙，长得还算尊重观众——至少不会像我这般连女朋友都找不到。第一次对他印象深刻应该是在一次社团活动中。那天，他就像一个傻大愣一样待在角落一声不吭。我尝试着上前和他交流，他留着八字胡的嘴角机械地翘了一下，说道:“既然无人理解，何必渴求发言。”这是他和我说的第一句话，搞得我尴尬半天。这家伙到底怎么回事，我那时在心里嘀咕。

其实像他这样表现得比较奇葩的情况也算是典型。大多工科生都给自己贴上奇葩的标签摧毁着自己的心灵宇宙——但可惜他不是。他的宇宙还处在“The Big Bang”的状态，时不时就来一次大爆炸。而此时此刻躺在我房间里的他，宇宙则是炸着炸着不小心崩坏掉了，就和人长到一定岁数一样。

真可笑，我不明白一个年薪至少三十万、大学收到的情书如山、博古通今还写得一手好文的“三好”青年，何必不堪到这个地步。

仲秋，花园里桂花只残有一点变味的浓香。踏在黏糊糊的石板上，我看着这一片桂树，终于记起刚搬入这个房子时自己对桂花的狂热——那都是年轻时候的事情了。抬头望见二楼未熄灭的灯光，心生感慨，也不晓得楼上那家伙是否还喜欢桂花。不过应该已经不重要了。现在的他就像一个随时要死的人，生机已逝。

鞋子踩过，在花泥中镶出一深一浅的脚印，想来多年以前他和我一起走过校园那条小路时，每每踩扁一瓣花屑，他脸上都会映出哀伤，像自己被踩了一脚一样。我很讨厌这样的触景生情，于是总用拳头打在他肩上并丢下一句“矫情，走快点”便兀自前行。他的确是一个多愁善感的混蛋，我虽然很佩服他的文笔，但真的无法忍受读完后自己心里蓦然泛起的失落与伤感。他就像一个哀神，走过之处都能留下悲伤。那天他和我说他喜欢一个人待着，又一刻不停地嘀咕着没人理解他。我说，你到底要怎样？再这样下去，活该孤独一生！

谁知第二天就有女生托我给他捎情书。之后，我便成了一个邮差，每天都有女生请我吃饭，然后给我情书——交给他。

“喂混蛋，又有一群女生给你情书呢！”我有些妒忌地将一沓信丢在他目光驻留的课本上。

他又只是笑笑，然后将它们抛进柜子。

“你这人到底怎么回事？！一天到晚五音不全地唱着《拥抱》，现在爱情来敲门了你又无动于衷，你他妈耍我啊！”我的手不经意摸到了自己鼓鼓的肚皮，想起今晚的良宵，突然对刚刚说的气话一阵后悔起来。

他慢慢合上书本，转过来直视着我，眼神中充满让人看不透的迷雾。

“你不明白。你觉得……我要告诉你吗？”

“切，”我一摊手，最看不惯故作玄虚的装B样了，“是谁一本正经地说

‘既然无人理解，何必渴求发言’的？你现在这样的意思是要我请你吗。”

他低下头去，重重叹了口气，继续看书。我见自己被冷落一旁，怒火中烧，摔门而去。在巨响中，他似乎在大喊什么。那个冬天我们大一。

大二开学，我和他终于又见面，这一次我毫不犹豫地喊住他，他愣了一下，僵硬一笑。

“你怎么笑得还是这么刻板啊。笑起来才好看你懂不，一天到晚这副德行，还想找女朋友不？”我戏侃道。

“我喜欢男生。”他轻描淡写地说，就在这人声鼎沸的广场上。他嘴唇嚅动的时候，眼神中没有一丝逃避，似乎这一秒的吐露是他花了一年时间彩排出来的，娴熟而深刻。

那个秋天的晌午我在桂树下坐了很久，听他说了很多关于他宇宙的事情。他告诉我他喜欢桂花，告诉我他喜欢过五个学长、四个同届生和三个学弟——他说他永远不会忘。对了，他还告诉我去年我关门时他大喊的话。

我喜欢你。

“哈，不过现在我得加一个‘过’字。”我打心底舒了一口气。

说这些故事时，他少有的富有亲和力的笑容居然在他八字胡的嘴角上挂了一整个下午。只有回忆能给他温软的床。

“我喜欢过很多男生。”他强调性地补充道，同时用中指推了推很有文人气质的镜框。我注视着眼前这位学院第一学霸的一举一动，突然觉得他是最完美的人——不过在“正常”人看来，他已不完美。

“你怎么终于想通要告诉我这些？”坐了四个小时，我忍不住问。

“噢，”他收了收笑容，看着我严肃道，“我已经接受了这样的自己，即使会抑郁，会痛苦，但不能克服这些，我也没资格活着。”

我本该从这句话中读出他口是心非的自卑。他总是把所有问题归咎于自己能力不行。真是可悲。

似乎一直到毕业，知道他取向的人就只有我一个。他开始毫无顾忌地和我诉说心事，哪怕和他最初那句“既然无人理解，何必渴求发言”无限矛盾，只因他以为我是他唯一的朋友。

毕业之后，我们就再没见过。道听途说地了解到他读完硕博之后本想继续做科研——这是他和我说过的他觉得自己唯一可行的避世方式。但考虑到自己父母生活的窘迫，他参与了一家知名公司的应聘会并被高薪录用。我知道他是个怎样的人，那一刻他一定恨死自己了——因为他没有能力平衡出世与入世。他说他无法活在这个世俗里，因为和一群不理解自己的人钩心斗角，还不如自己找个地方顾影自怜。我试过问他如果生活无法维持怎么办，他咬咬牙半晌才支吾道：“那只能说明自己能力不够。”

他口中的自尊一步步退让，终于堕回自卑。

不知不觉已经绕了一圈回到门口，我脱下鞋子走回起居室。

他这次“造访”当然并不是因为他找到了男朋友，而是他父母催促他结婚。他说他和父母大闹一通，心中憋了十年的悲愤尽数迸发——这悲愤或许是由于他喜欢的人都是直男吧，我略带嘲讽地想道。想到这里，我突然对他心生怜悯，倍感可怜。

不过作为“朋友”，我还是有必要象征性地关心一下的，我在起居室踱步片刻，走上二楼，脑子里思索着一会儿该如何寒暄，还有之后该怎么安排他。

血腥味很重。我皱皱眉头，心想这混蛋不会在我家玩自杀吧。

推门，一阵风浮动窗纱，屋里空无一人。盥洗室里，他全身赤裸着倒在浴缸里，胸口插着一把看起来很钝的小刀，黑红的血淌满整个白砖地面。想到他痛苦地朝自己心脏捅刀的场景，我不禁做了个鬼脸。

这该如何是好。我托腮走出盥洗室，这一刻突然觉得自己好像完全没有为他顺理成章的死亡感到惊讶。不过应该已经不重要了。

走回屋子，我这才发现我的失误——窗前，几朵枯得不成样子的桂花躺在檀香的木地板上。谁也不会想到夜晚竟会有斜向上吹的风把它们吹到这来——根本就不可能。我端详着房间的一景一物，寻找着什么其他的蛛丝马迹。

一封遗书飘在地上。是关于他自杀的原因以及我无罪的证据。他还算是个朋友，没把我出卖得彻底。

我捏着遗书，正准备拨 110，不经意瞥见浴缸中的他，猛然想起他对一位傻乎乎的学长告白后的惨状。自然是永远不再见。哪个直男受得了自己被男生喜欢呢，即使是单纯得一尘不染的。偏见无需教唆。

我眉心紧锁，似乎有什么想法撞进了大脑。我拿起打火机把遗书烧成灰烬，不慌不忙下楼开车。车缸里油应该还够我开好长的路。

路灯参差，我脑海里一直回荡着他与我初识时说过的第一句话。至于之后要去哪呢，我也不知道，反正我不想再见到我深爱的桂花了。

灵魂，舞在故乡

文/13级 杨永存

我所拥有的灵魂，是在故乡那无垠的土地上舞蹈的灵魂；我所希望的事，是用灵魂成就在故土上的舞蹈。那别样的舞蹈，势必是一切华美的乐章，属于一个人的传奇，一个生命的精美绝伦。

繁星点点，青草悠悠

我的童年以及少年就在村子里度过，我最初拥有生活并作为一个活物而存在的地方便是这里。依稀记得那土坯垒就的房屋，厚厚地立在这片土地上，墙面几块被烟熏过的油漆片子，见证着亘古与变迁——这便是我出生的地方。

故乡的白昼如同水中的太阳，炙热而美丽，纯洁而富有动感。记得蹦跳在村子的小路上，嗅着那泥土的芬芳和饱满的花香，入耳的是老牛的哞叫声，敲击着潭水的冲击波，牧羊人扬起手中的皮鞭啪啪作响，白色黑色的羊群穿梭在林间，河水依旧向它该流的地方流去，流入母亲的怀抱，品味着鹅卵与草荇特有的温情，响起哗哗的笑声——这，便是我所见过的最为繁华的景象，悠悠绵长……

故乡的夜晚是沉浸在梦中的，散发着陈年的酒香，醉了一夜的人与景。那垂在天际的繁星似乎伸手便可触到，看着流萤与月光交汇在夜的天幕，情不自禁地去触摸它，似初恋的男子的手掠过恋人脸颊的刹那，温情、静谧，不必言语；树影的婆娑伴着夜的箫声起舞，和着那油油青草中蟋蟀的鸣叫；农妇们坐在门前银色的大石头上，低语着今日的家常明日的里短；亘古不变的，则是那一座座的高山以及坟墓，永远保持着沉默与安详。

我所言语的故乡，是我生活中真正的故乡。这里有我的脐带，有我的胞衣，她不是我的全部，但我的全部都会被她拥有，无论她会把这些东西抛弃还是保存。有她，我才能生活，才能以一个拥有生活的故乡的灵魂起舞。

霓虹闪烁，春风随浮

第一次走出故乡，是真正意义上的故乡。驻足陌生的城，嗅着陌生的气味，看看陌生的事、陌生的自我，那似曾相识的“梦想”也终抵不住诱惑而变得暗淡而无声，如二三十年代的默片，心中有了一种莫名的悲凉感。

自卑，老土，不谙世事，是我最初留给这座城的印象，仿佛走进了一座迷宫，抬起头，四处都是刺眼的白炽的光。在每一个霓灯闪烁的夜晚，我长久地站立在桥头，嗅着栏杆上那斑驳的铁锈味和河底泛起的悠悠的水草味，一个人思索着一些东西。那沉浸在苦杏仁水中的梦想，如河水里霓灯的斑斓与缤纷，玄妙而又朦胧，使我不由地伸出手去捡拾，去牢牢抓住它们，可它们却又像那天际的流星一般逝去了。

纵是如此，我也终究是我，一个有着梦的人。我迎着刺鼻无情的风儿奔跑，追逐那远方停留许久的梦，或许，直到许多年后，我会把梦捧在手心，端详许久，我坚信总会有那一天。

我所歌唱的“故乡”，是我的梦想，她见证了一种力量，见证一个人的传奇，一个人的重生，一个人的真真切切，有她我才能歌唱，以一个拥有梦想的灵魂起舞。

天水蓝蓝，和日东升

生命，便是由生到死的过程，自我，则是这过程中所能永存的。万物的开端便决定了他终会有一个结尾。曾设想，会有一个早晨，太阳升起的时候，我却违背诺言，不再醒来，那缕缕阳光照在脸上却难以融合，冰冰的身躯将随那最后一缕光被装入木质的盒子，轻放在玄妙的地宫，溢满了大地的财富，留下那一座矮矮的墓冢，坟前那孤单的衰草摇曳。

或许，直到那时，我将不会留下什么。但作为一个人，我走尽了生命的路，当我躺在故乡的土地之中，沙土掩埋的，终将不会只是一副躯壳，是一个曾和着太阳升起的人，只不过，他已消逝在天的尽头，还原最本质的自我，完成最华美的蜕变。只留下那一方墓冢作为一个自我“故乡”的建筑。

黄土覆盖了一个生命，禁锢了一个灵魂，而那墓碑四周的草，挣扎着舞蹈，那是我此生的印记。殊不知，在另一个世界的地宫，有一个灵魂在舞蹈，那是我的舞蹈，只属于一个人，庆祝一个人在走尽生命的刹那，才会获得新生的东西——自我，那永不会被黄土掩埋与禁锢的东西，那是最真实的东西。

我所希望的“故乡”，是别样的死亡。她是一个人的消逝，一种人生的完结，她是一个生命的开始。有她，我才有希望，才能以一个拥有自我的灵魂起舞。

我生命的全部，便是故乡，一生中所有能够留下记忆的地方，都是我的故乡。生活的故乡，梦想的“故乡”，牵引着我一生前行，是我生命中充斥着的所有饱满的东西。准确地说，我的生命，源于我的“故乡”，那有灵魂舞蹈的“故乡”，那能哺育一切的善物，使我的生命与灵魂在故乡的舞蹈中得以永恒。

逐日

文/13级 张倩云

我看到了，那坚毅的眼神迸射出希望的火花，那不屈的步伐奏响铿锵的乐章，那抛洒的汗水在空中旋过一道美丽的弧线，然后坠落。

——题记

逐日，逐日，我的背后是万里星空；逐日，逐日，我的眼前是日光摇曳。

金乌似一颗流星划过天际，背负世间光明，毅然奔赴东海。宛若掀开的画幕，而我在明暗间奔跑。目标只是遥远的地平线，只是金乌！

一时，两日，三月，半年……

我同时间并肩而行，它走，我奔；我同金乌共赴东海，它翔于天际，我驰于陆间。任汗水侵蚀罢，哪管其他？任青春流逝罢，哪能回头？

总有那么一个目标让你我付出一切！既然目标是地平线，留给世界的只能是背影；既然决心追回光明，哪能重回黑暗？

我明确目标，向东，向东，再向东！因为金乌在东方，我的目标在东方！

我咆哮于世间，呐喊于天地——

神圣的金乌啊，愿君稍作停留罢！这世间的花花草草，虫鱼鸟兽只因你而存，愿君停留罢！

神圣的金乌啊！若你沉入那暗黑的大海，这世间将是一片沉沉死气，没有光明，没有生命，萎靡的生机终将在时间里腐烂。就像你我，若失去目标，灵魂便会被一点点蚕食，最终只剩下一副空囊，无所事事，游荡于世间。

神圣的金乌啊！不要沉沦，不要坠落，吾愿用此血肉之躯交换世间万千光明。既然目标在东方，将自己葬于东方又有何不可？

你可知？当东方泛起鱼肚白时，多少人的心随之雀跃？

你可知？当阴翳取代阳光时，多少生灵愁眉不展，闭户不出？

你可知？你在这陆间飞翔，带来的何止是光明，还有希望、念想！

逐日！逐日！光阴散失，何惧！生命流逝，何惧！青春不再，糠食糟粕，何惧！只愿有一目标，引领人生，哪怕征途遥遥，远赴沧海，何惧！

生在世间，当追逐光明；活在世间，当怀有希望；长于世间，当心有念想！

坚定信念，一步一步，向前，向前！总有一天能追回光明，能看到希望，能诠释完美人生！

饮罢黄河水，此心已无垠。原作两丘山，笑看尘世间。日升复日落，天地暖融融。何人还记得，夸父曾逐日？笑抛手中杖，风吹桃树林！

——后记

泪雨霖铃终不怨

文/13级 杨善超

东周大夫的忧患承担了整个王朝的兴衰忧患，他觉得他看见了，并且有心要挽救，可是当那段岁月决意远走，历史沉沉下坠，像一列火车轰轰的迎面驶来，他一个人的一双手，如何挽得住这份决然？所以忧患，也只能是忧患吧。

——安意如

有了思想的人，若想当一个先知，怕就学会了忧患。有的流露于言表，有的却掩藏得很深很深。然而这大大小小的忧患始终沉淀不到底线，就那样、一直高高地悬着悬着，渐渐地，这股绳索束缚了神经，赐予了人们又爱又恨的衰弱。

恨，恨自己的无可奈何；爱，爱自己的那份独然清醒。

然而这忧患，又赐予了人们什么呢？多愁、轻叹、独怜？还是诸如郁达夫笔下的那一个个有志之士因精神世界的不安而带来一生惶惑和不幸么？

郁达夫笔下曾描述过一个人，名叫“黄仲则”。从小神经过敏的黄仲则，他“常常守着沉默，无论何人对他说话，他总是噤口不作回答的。不过在这期间他对人虽不说话，对自家却总是一个老在幽幽的好像在讲论什么似的。他一个人，在这中间，无论上什么地方去，有时或轻轻吟诵着诗或文句，有时或对自家嘻笑嘻笑,有时或望着天空而作叹息,竟似忙得不可开交的样子”，“但是，一见着人，他那双呆呆的大眼，举起来看你一眼，他脸上的表情就会变得同毫无感觉的木偶一样，人在这时候遇着他，总没有一个不被他骇退的”。神经衰弱如这厮，倒也快立地成佛了。正如郁达夫所说，“他早熟的性情，竟把他挤到与世人绝不相容的境地去，世人与他的中间的那一道屏障，愈筑愈高了”，这般厮，未免也太孤傲了，而衰弱便是这尘世予他的最大恩赐。

还有一位质夫,“他的状态就是在一条面上好像静止的江水里浮着的一只小小的孤船。那孤船上也没有舵工，也没有风帆，尽是缓缓地随了江水面下的潮流在那里浮动的样子”，这种人仿佛觉得只有把心伪装成枯死的状态，才能显示自己心性的高人一等似的。

郁达夫笔下的很多人物属于神经衰弱派，却尤以留洋后或归或未归的男一号为主。回来的，只叹息国家的软弱；有的索性不回来，躲起来落个清静。军阀混战，官僚纷争——那个时代可能永远不知道她赋予了这么多人心灵上的不平，而那些人愤然竟成了病，终日心神不定。国家昏暗，而他们竟练就了神经衰弱症，呵，多么思想进步心性超然的一群人哪！国弱，却只会躲起来，睁着病恹恹的两只大眼，幽怨国家的不富强。呵！即使再加上跺几下脚，啐几口痰，可又有什么用呢？国，依旧是那个样，而家，也依旧是那个样罢了。倘若有人碰到了他们，于心不忍劝一声“看开一些”，他很有可能会遭到衰弱人宛若鄙视般的幽怨目光。仿佛我们都成了只会坐在台下旁观的观众，而他们，因多加了叹息的筹码，摇身一变，成了把自己的忧伤隐藏的很深很深的自命不凡的小丑。于是，忧患传承到了他们手中时，带来的不是“知耻而后勇”的发奋，而是摧残自己的神经衰弱。可怜且可叹。

国乱，能有“泪雨霖铃终不怨“的心境，是一种无上的决然。只可惜，属于神经衰弱派的那些人只会抓住了忧患，秋风下，长悲画扇。而那份忧患，却随时间沉淀下来，愈发清明。

你的神经，带来了谁的衰弱?

你的忧伤，除了带来了衰弱，可曾有其他的不同于悲伤的快乐么?

而我的神经，却也因你终日衰弱般的叹息声而渐渐衰弱了……

天行山

文/13级 胡狄威

幼闻天行山，过势五岳托四海。涛水绕云开，独行天启傲万彩。耸破九霄，高俊亿丈。凡尘叹其万鎏金，仙人赞其光体银。飘然兮若飞羽之轻盈，荡阔兮僾天宝之体势。

庭前而相坐，无言独自许。夜暮思悠悠，忽现白鹤影。白鹤仰天呢，载我至天行。羽翅起飒飒，散形空幽幽。云雾兮霏微，流水兮潺湲。叶林扶疏兮苍郁，青松舛错兮繁缛。山嵴嵲兮石嶉，花菲菲兮草蔓。东霡霂，西踆乌，寒暑乖违。北枫香，南芙蓉，水陆怪谲。行路无人声空响，清澈四方花自香。

蜿蜒嵯峨迂前行，石磴颠连身漫云。至已七七日，若闻鸽鹏鸣。谛视远方影，鹤发童颜形。玓瓅耀尘寰，身势若扶桑。脚踩八宝云，头入五盖天。熊虎伏拜，游龙宛转。忽崿裂而山摧，兀石崩而水洪。仙去云灭，终归沉寂。

人生百年纵风流，江水一去向东流。浪花迸卷千层浪，淘尽千古英杰相。春花雪月若沧海，白云悠悠逝万载。但愿一醉长休归寂寥，可惜春风一夜花落知多少?

后记

我们永远都不能预知下一秒会发生什么，32 年好似一场梦，又像一台时光机，把我们重新送到校园。在他和她的回忆里有你的故事，在他的故事里又有你相似的身影。或许这就是青春，变得只是年代和符号，相似的剧本在变幻着的时间空间不断演绎。我们这群人该庆幸的是，不变的秋荻让我们跨越时间的束缚，相聚一起。正好差不多一年的时间，从寻根问祖到相识相聚，虽不遗余力地寻找散落各地的荻友，却也未能一一寻得，若您恰好看到此文，也恰好认识哪位秋荻人或者您就是，请您与我们联系，希望等到下次秋荻盛会时，能有更多的秋荻人回到我们的大家庭。本书也酝酿了许久，谢谢各位师兄师姐对我不间歇催稿骚扰的容忍，限于篇幅未能将所有佳文全部出版，在此也要向大家道歉。其间也要感谢李锦峰、汪宁生、闫军社、金晖师兄以及赵丽欣师姐等一直的鼓励和帮助。还要谢谢涂老爷子在背后对我教诲发力才能促成本书的收集发行。最后要特别鸣谢西安立人科技股份有限公司对本书的赞助。立人科技成立于 1994 年，由西安电子科技大学部分教授、工程师和管理人员创办，2002 年，经西安市人民政府批准，公司改制整体变更为西安立人科技股份有限公司。

二十多年来，公司紧紧依靠西安电子科技大学雄厚的技术优势、人才优势和品牌优势，以计算机软件开发、应用为核心，不断开拓，锐意进取，已经成为一家以智慧交通、智慧社区、智慧教育为主营业务的高新技术企业。

公司具有计算机信息系统集成三级资质、涉及国家秘密的计算机信息系统集成乙级资质、技防工程设计施工一级资质、建筑智能化工程专业承包二级资质，通过了 ISO9001 质量管理体系认证，取得了“增值电信业务经营许可证”和“信息系统安全等级保护备案证”等证书，立人品牌荣获陕西省和西安市著名商标。

公司以西安电子科技大学、陕西师范大学等多所高校为依托，与国内外著名企业广泛合作，建立了企业研发中心，聚集了一批高素质的技术人才，开发出三大类、二十多套系统集成解决方案和产品，拥有各种专利、软件著作权、产品证书等 60 多项，以智慧教育产品为代表的三大主营业务产品均具有国内领先水平，道路运输车辆卫星定位平台系统能够为用户提供各种车辆位置、视频和运行于一体的专业化运营服务，现已成为以计算机软件开发、应用为核心的智慧城市系统集成解决方案供应商，并在业界具有一定的影响力。

公司全面推行并有效运行 ISO9001 质量管理体系，确保每一个系统集成项目和软件开发项目顺利进行、品质优良，为客户提供周到满意的服务。公司倡导"以人为本"，注重企业文化的建设和人力资源的开发利用，强调规范化、制度化管理，不断提高员工的整体素质，增强企业的凝聚力和核心竞争力，实施开放式的用人策略，并积极构建学习型组织，使企业永葆生命力；不断发扬“勤奋、敬业、高效、节俭”的企业精神，使员工、企业与社会共同进步和发展。

公司始终坚持以客户服务为导向，不断提高企业的核心竞争力，努力成为国内领先的智慧城市解决方案供应商，为社会进步与经济发展做出更大的贡献。

李攀

秋荻文学社部分社员名单

王　超(1980)	余佳川(1980)	王建奇(1980)	陈怀志(1982)	刘晓光(1980)
杨丽达(1980)	柯丽芳(1980)	高　岩(1981)	顾长富(1981)	刘征南(1980)
吴卫平(1980)	李亚民(1980)	李　奇(1980)	王　杰(1981)	张玉红(1980)
苏　憬(1980)	董　燕(1981)	李　倩(1981)	柯旭芳(1980)	杨丽达(1980)
王伟林(1981)	王若梅(1980)	屠本建(1981)	谢　莉(1981)	温雅丽(1981)
丁艳贞(1981)	江　澍(1980)	李　佳(1981)	刘征南(1980)	张　容(1981)
李春娥(1983)	常玉斌(1982)	张泽云(1982)	周雅平(1983)	康春华(1982)
薛晓生(1982)	燕方娇(1982)	高亚军(1984)	廖清榕(1982)	张之增(1982)
张晓慧(1982)	樊晓霖(1982)	鲁加国(1983)	张琼花(1983)	谢世诚(1983)
汪宁生(1984)	黄　勇(1984)	闫军社(1985)	王　琦(1985)	施　黎(1985)
刘彦明(1985)	赵庆华(1985)	金红霞(1985)	朱玉芳(1986)	何静逸(1985)
杨　锐(1984)	崔　冬(1986)	夏建芳(1985)	林丹丹(1986)	熊慧琴(1986)
任增辉(1986)	金　晖(1986)	赵丽欣(1986)	玉　梅(1986)	吴　岚(1986)
刘晓霞(1986)	于雪莉(1986)	王　峥(1986)	付　遥(1986)	徐昌鸿(1986)
李　刚(1986)	董宝平(1986)	汪坚强(1987)	孙　晔(1987)	金　涛(1987)
陈乐波(1984)	史国峰(1987)	朱　筝(1985)	谭劲秋(1987)	段晋毅(1989)
何兴伟(1989)	梁铁航(1989)	徐向荣(1990)	张春燕(1990)	杜　威(1992)
王宏岳(1993)	刘　风(1993)	谢扬林(1993)	李乐天(1993)	何自清(1993)
拓　峰(1993)	郭飞耀(1993)	韩　冰(1993)	苏　钰(1994)	徐　艳(1994)
殷允辉(1993)	姚维博(1993)	杨　丽(1994)	刘红荣(1994)	文冠果(1994)
韦再雪(1994)	李　俊(1994)	卢光伟(1993)	冯煜翰(2000)	刘团团(2000)

徐凤佳(2000)　李国扬(2000)　任小兵(2001)　杜　翠(2002)　刘改云(2002)
王瑞华(2003)　宋海军(2003)　郭　毅(2004)　王　琪(2004)　肖世源(2004)
单联瑜(2004)　施　峰(2005)　赵东辉(2006)　于光文(2006)　朱　鹏(2006)
徐　豪(2007)　田　露(2007)　霍文星(2008)　逯遇参(2008)　曹孝天(2009)
李晓华(2009)　陈亚南(2009)　胡普全(2009)　郭　洋(2009)　邬梦云(2009)
梁庭浩(2009)　郭君禹(2009)　何海波(2009)　张文静(2009)　武宇泽(2010)
王健儒(2010)　张　旭(2010)　王娇阳(2010)　孔婉秋(2010)　朱　虹(2010)
赵琴琴(2010)　宁晨庚(2010)　张　儒(2010)　郭海月(2010)　王子豪(2011)
于　亮(2011)　冯明瑞(2011)　孟　瑞(2011)　山　伟(2011)　唐　品(2011)
张　平(2011)　陆颖娟(2011)　张彦雪(2011)　刘　锦(2011)　杨　彤(2011)
张赛捷(2011)　李　攀(2011)　许　娜(2012)　吴　帅(2012)　蔡文韬(2012)
韩伟云(2012)　龚　萧(2012)　李　克(2012)　孙　沃(2012)　郑发扬(2012)
李　巍(2012)　曹舒雨(2012)　霍宇环(2013)　杜平杰(2013)　李心怡(2013)
汪　悦(2013)　李元媛(2013)　许　路(2013)　张　磊(2013)　雷　静(2013)
杨永存(2013)　郑　凯(2013)　陈现辉(2013)　程　进(2013)　孙明明(2013)
孙坤睿(2013)　陈佳宁(2013)　高轶林(2013)　李浩楠(2013)　任子震(2013)
邹昊森(2013)　张砺超(2013)　邢　帅(2013)　张晗玉(2013)　吴雅心(2013)
陈岱渊(2013)　申王鑫(2013)　武振华(2013)